VIOLETA

VIOLETA

Isabel Allende

VINTAGE ESPAÑOL

Penguin
Random House
Grupo Editorial

Primera edición: enero de 2022

© 2022, Isabel Allende
© 2022, Penguin Random House Grupo Editorial USA, LLC
8950 SW 74th Court, Suite 2010
Miami, FL 33156

Diseño de cubierta: Adaptación de la cubierta original de
Elena Giavaldi / Penguin Random House Grupo Editorial /
Yolanda Artola

Impreso en México / *Printed in Mexico*

ISBN: 978-1-644-73478-0

22 23 24 25 26   10 9 8 7 6 5 4 3 2 1

A Nicolás y Lori, pilares de mi vejez

A Felipe Berrios del Solar, mi amigo muy querido

Tell me, what is it you plan to do
with your one wild and precious life?

Dime, ¿qué es lo que piensas hacer
con tu única vida salvaje y preciosa?

MARY OLIVER,
«The Summer Day»

Camilo querido:

La intención de estas páginas es dejarte un testimonio, pues creo que en un futuro lejano, cuando estés viejo y pienses en mí, te va a fallar la memoria, porque andas siempre distraído y ese defecto se acentúa con la edad. Mi vida es digna de ser contada, no tanto por mis virtudes como por mis pecados, muchos de los cuales tú no sospechas. Aquí te los cuento. Verás que mi vida es una novela.

Eres el depositario de mis cartas, donde está anotada mi existencia entera, menos alguno de los pecados que te acabo de mencionar, pero debes cumplir la promesa de quemarlas cuando me muera, porque son sentimentales y a menudo malévolas. Este resumen reemplazará esa exagerada correspondencia.

Te quiero más que a nadie en este mundo,

VIOLETA
Santa Clara, septiembre de 2020

PRIMERA PARTE

El Destierro

(1920-1940)

1

Vine al mundo un viernes de tormenta en 1920, el año de la peste. Esa tarde de mi nacimiento se había cortado la electricidad, como solía suceder en los temporales, y habían encendido las velas y lámparas de queroseno, que siempre mantenían a mano para esas emergencias. María Gracia, mi madre, sintió las contracciones, que tan bien conocía, porque había parido cinco hijos, y se abandonó al sufrimiento, resignada a dar a luz a otro varón con ayuda de sus hermanas, quienes la habían asistido en ese trance varias veces y no se ofuscaban. El médico de la familia llevaba semanas trabajando sin descanso en uno de los hospitales de campaña y les pareció una imprudencia llamarlo para algo tan prosaico como un nacimiento. En ocasiones anteriores habían contado con una comadrona, siempre la misma, pero la mujer había sido una de las primeras víctimas de la influenza y no conocían a otra.

Mi madre calculaba que había pasado toda su vida adulta preñada, recién parida o reponiéndose de un aborto espontáneo. Su hijo mayor, José Antonio, había cumplido diecisiete años, de eso estaba segura, porque nació el año de uno de nuestros peores terremotos, que tiró medio país al suelo y dejó un saldo de miles de muertos, pero no recordaba con exactitud la edad de los otros hijos ni cuántos embarazos malogrados había padecido. Cada uno la incapacitaba durante meses y cada nacimiento la dejaba agotada y melancólica por mucho tiempo. Antes de casarse había sido la debutante más bella de la capital, espigada, con un rostro inolvidable de ojos verdes y piel traslúcida, pero los excesos de la maternidad le habían deformado el cuerpo y agotado el ánimo.

En teoría, amaba a sus hijos, pero en la práctica prefería mantenerlos a una confortable distancia, porque la energía de ese tropel de muchachos producía un disturbio de batalla en su pequeño reino femenino. En una ocasión le admitió a su confesor que estaba señalada para parir varones, como una maldición del Diablo. Recibió la penitencia de rezar un rosario diario durante dos años completos y hacer una donación significativa para reparar la iglesia. Su marido le prohibió volver a confesarse.

Bajo la supervisión de mi tía Pilar, Torito, el muchacho empleado para todo servicio, trepó a una escalera y amarró las cuerdas, que se guardaban en un armario para esas ocasiones, en dos ganchos de acero que él mismo había instalado en el cielo raso. Mi madre, en camisón, arrodillada, colgando de una cuerda en cada mano, pujó por un tiempo que le pareció eterno, maldiciendo con palabrotas de filibustero que jamás empleaba en otros momentos. Mi tía Pía, agachada entre sus piernas, estaba lista para recibir al recién nacido antes de que tocara el suelo. Tenía preparadas las infusiones de ortiga, artemisa y ruda para después del parto. El clamor de la tormenta, que se estrellaba contra las persianas y arrancaba pedazos del tejado, apagó los gemidos y el largo grito final cuando asomé primero la cabeza y enseguida el cuerpo cubierto de mucosidad y sangre, que resbaló entre las manos de mi tía y se estrelló en el suelo de madera.

—¡Qué torpe eres, Pía! —gritó Pilar alzándome de un pie—. ¡Es una niña! —agregó, sorprendida.

—No puede ser, revísala bien —masculló mi madre, agotada.

—Te digo, hermana, no tiene piripicho —replicó la otra.

Esa noche, mi padre regresó tarde a la casa, después de cenar y de jugar varias partidas de brisca en el club, y se fue directamente a su pieza a quitarse la ropa y darse una friega profiláctica de alcohol antes de saludar a la familia. Le pidió una copa de coñac a la empleada de turno, a quien no se le ocurrió darle la noticia porque no estaba acostumbrada a hablarle al patrón, y fue a saludar a su mujer. El olor a óxido de la sangre le advirtió de lo ocurrido antes de cruzar el umbral. Encontró a mi madre en cama, colorada y con el cabello mojado de sudor, con un camisón limpio, descansando. Ya habían quitado las cuerdas del techo y los baldes de trapos sucios.

—¡Por qué no me avisaron! —exclamó después de besar a su esposa en la frente.

—¿Cómo quieres que lo hiciéramos? El chófer andaba contigo y ninguna de nosotras iba a salir a pie en esta tormenta, en caso de que tus gañanes armados nos dejaran pasar —replicó Pilar en tono poco amable.

—Es una niña, Arsenio. Por fin tienes una hija —intervino Pía, mostrándole el bulto que cargaba en brazos.

—¡Bendito sea Dios! —murmuró mi padre, pero la sonrisa

se le borró al ver al ser que asomaba entre los pliegues del chal—. ¡Tiene un huevo en la frente!

—No te preocupes. Algunos niños nacen así y a los pocos días se normalizan. Es signo de inteligencia —improvisó Pilar, para no decirle que su hija había aterrizado de cabeza a la vida.

—¿Cómo la van a llamar? —preguntó Pía.

—Violeta —dijo mi madre con firmeza, sin darle oportunidad a su marido de intervenir.

Es el nombre ilustre de la bisabuela materna que bordó el escudo de la primera bandera de la Independencia, a principios del siglo XIX.

La pandemia no había tomado a mi familia por sorpresa. Tan pronto se corrió la voz de los moribundos que se arrastraban en las calles del puerto y del número alarmante de cuerpos azules en la morgue, mi padre, Arsenio del Valle, calculó que la plaga no tardaría más de un par de días en llegar a la capital y no perdió la calma, porque estaba esperándola. Se había preparado para esa eventualidad con la prisa que aplicaba para todo y que le había servido para sus negocios y para hacer dinero. Era el único de sus hermanos que iba camino de recuperar el prestigio de hombre rico que distinguió a mi bisabuelo y que mi abuelo heredó, pero fue perdiendo con los años porque tuvo demasiados hijos y era honesto. De los quince hijos que tuvo ese abuelo quedaban once vivos, número considerable que probaba la fortaleza de la sangre Del Valle, según se jactaba mi padre, pero cuesta esfuerzo y dinero mantener a una familia tan numerosa, y la fortuna fue desapareciendo.

Antes de que la prensa llamara a la enfermedad por su nombre, mi padre ya sabía que se trataba de la influenza española, porque estaba al día de las noticias del mundo mediante los periódicos extranjeros, que llegaban con retraso al Club de la Unión, pero contenían más información que los locales, y una radio que él mismo había construido siguiendo las instrucciones de un manual, con la cual se mantenía en contacto con otros aficionados y así, entre los carraspeos y chillidos de la comunicación en onda corta, se enteraba de los estragos reales de la pandemia en otras partes. Había seguido el avance del virus desde sus comienzos, sabía de su paso como un viento de fatalidad por Europa y Estados Unidos, y dedujo que si había tenido consecuencias tan trágicas en países civilizados, se podía esperar que en el nuestro, donde los recursos eran más limitados y la gente más ignorante, sería peor.

La influenza española, que apodaron «gripe», para abreviar, venía con casi dos años de retraso. Según la comunidad científica, nos habíamos librado del contagio por el aislamiento geográfico, la barrera natural de las montañas por un lado y del océano por el otro, las bondades del clima y la lejanía, que nos protegía del tráfico innecesario de extranjeros contaminados, pero el consenso popular lo atribuyó a la intervención del padre Juan Quiroga, a quien le dedicaron procesiones preventivas. Es el único santo que vale la pena honrar, porque en materia de milagros domésticos nadie le gana, aunque el Vaticano no lo ha canonizado. Sin embargo, en 1920 llegó el virus en gloria y majestad con más ímpetu del que nadie pudo imaginar, y echó por tierra las teorías científicas y teológicas.

La peste empezaba con un frío de ultratumba que nada podía mitigar, el tremedal de la fiebre, el garrotazo de dolor de cabeza, la quemadura ardiente en los ojos y la garganta, el delirio con la visión aterradora de la muerte aguardando a medio metro de distancia. La piel se iba poniendo de color azul morado cada vez más oscuro, los pies y las manos se volvían negros, la tos impedía respirar, una espuma ensangrentada anegaba los pulmones, la víctima gemía de zozobra y el fin llegaba por asfixia. Los más afortunados morían en pocas horas.

Mi padre sospechaba, con fundamento, que en la guerra de Europa la influenza había causado más mortandad entre los soldados hacinados en las trincheras, sin posibilidad de evitar el contagio, que las balas y el gas mostaza. Con igual ferocidad devastó a Estados Unidos y México, y luego se extendió hacia Sudamérica. Los periódicos decían que en otros países los cadáveres se apilaban como leños en las calles, porque no había tiempo ni suficientes cementerios para enterrarlos, que un tercio de la humanidad estaba infectada y que había más de cincuenta millones de víctimas, pero las noticias eran tan contradictorias como los rumores terroríficos que circulaban. Hacía dieciocho meses que se había firmado el armisticio que puso fin a los cuatro años espantosos de la Gran Guerra en Europa, y recién empezaba a conocerse el alcance real de la pandemia, que la censura militar había ocultado. Ninguna nación admitía el número de sus bajas; sólo España, que se mantuvo neutral en el conflicto, difundía noticias sobre la enfermedad y por eso acabaron llamándola «influenza española».

Antes, la gente en nuestro país se despachaba por las causas de siempre, es decir, pobreza irremediable, vicios, riñas, accidentes, agua contaminada, tifus y el desgaste de los años. Era un proceso natural, que daba tiempo para la dignidad de los entierros, pero con la llegada de la gripe, que atacaba con voracidad de tigre, hubo que prescindir del consuelo a los moribundos y de los ritos del duelo.

Se detectaron los primeros casos en las casas de remolienda del puerto a fines del otoño, pero nadie, excepto mi padre, les prestó la debida atención, ya que las víctimas eran féminas de escasa virtud, delincuentes y traficantes. Dijeron que era un mal venéreo traído de Indonesia por marineros de paso. Muy pronto, sin embargo, fue imposible ocultar el infortunio general y ya no se pudo seguir culpando a la promiscuidad y la vida alegre, porque el mal no discriminaba entre pecadores y virtuosos. El virus venció al padre Quiroga y se paseaba en plena libertad, atacando con saña a niños y viejos, pobres y ricos. Cuando la compañía de zarzuelas en su totalidad y varios miembros del Congreso cayeron enfermos, los tabloides anunciaron el Apocalipsis, y entonces el gobierno decidió cerrar las fronteras y controlar los puertos. Pero ya era tarde.

Fueron inútiles las misas de tres curas y las bolsitas de alcanfor colgadas al cuello para evitar el contagio. El invierno que se avecinaba y las primeras lluvias agravaron la situación. Hubo que improvisar hospitales de campaña en canchas deportivas, morgues en los frigoríficos del matadero municipal y fosas comunes, a donde iban a dar los cadáveres de los pobres cubiertos de cal viva. Como ya se sabía que la enfermedad entraba por las narices y la boca, y no por picadura de mosquito o gusano en las tripas, como creía el vulgo, se impuso el uso de mascarillas, pero si estas no alcanzaban para el personal sanitario, que combatía el mal en primera fila, tampoco estuvieron disponibles para el resto de la población.

El presidente del país, hijo de inmigrantes italianos de primera generación, de ideas progresistas, había sido elegido unos meses antes con el voto de la emergente clase media y los sindicatos obreros. Mi padre, como todos sus parientes Del Valle y sus amigos y conocidos, desconfiaba de él por las reformas que pensaba imponer, poco convenientes para los conservadores, y porque era un advenedizo sin apellido castellano-vasco de los antiguos, pero estuvo de acuerdo con la forma en que enfrentó la catástrofe. La primera orden fue de encerrarse en las casas para evitar el contagio, pero, como nadie hizo caso, el presidente decretó estado de emergencia, toque de queda por las noches y prohibición a la población civil de circular sin una buena razón, bajo pena de multa, arresto y en muchos casos, palos.

Se cerraron escuelas, comercios, parques y otros lugares donde habitualmente se concentraba la gente, pero siguieron funcionando algunas oficinas públicas, bancos, camiones y trenes, que abastecían las ciudades, y las tiendas de licor, porque se suponía que el alcohol con dosis masivas de aspirina mataba al bicho. Nadie contaba a los muertos intoxicados por esa combinación de alcohol y aspirina, como hizo notar mi tía Pía, que era abstemia y no creía en remedios de botica. La policía no dio abasto para imponer obediencia y prevenir delitos, tal como mi padre temía, y hubo que recurrir a los soldados para patrullar las calles, a pesar de su bien ganada reputación de brutos. Eso provocó un clamor de alarma en los partidos de la oposición y entre intelectuales y artistas, que no olvidaban la masacre de trabajadores indefensos, incluidas mujeres y niños, perpetrada por el ejército años antes, así como otras instancias en que se habían lanzado con las bayonetas caladas contra la población civil, como si fueran enemigos extranjeros.

El santuario del padre Juan Quiroga se llenó de devotos buscando curarse de la influenza, y en muchos casos ocurría así, pero los incrédulos, que nunca faltan, dijeron que si las fuerzas le alcanzaban al enfermo para subir los treinta y dos escalones hasta la capilla en el Cerro San Pedro, es que ya estaba repuesto. Eso no desanimó a los fieles. A pesar de que las reuniones públicas estaban prohibidas, se juntó una muchedumbre espontánea, encabezada por dos obispos, con la intención de ir al santuario, pero fue desbandada a culatazo y bala por los soldados. En menos de quince minutos dejaron tirados a dos muertos y sesenta y tres heridos, uno de los cuales pereció esa noche. La protesta formal de los obispos fue ignorada por el presidente del gobierno, que no recibió a los prelados en su despacho y les contestó por escrito a través de su secretario que «a quien desobedezca la ley se le aplicará mano dura, aunque se trate del Papa». A nadie le quedaron ganas de repetir la peregrinación.

En nuestra familia no hubo ni un solo apestado porque, antes de la intervención directa del gobierno, mi padre había tomado las precauciones necesarias, guiándose por la forma en que otros países combatieron la pandemia. Se comunicó mediante su radio con el capataz de su aserradero, un inmigrante croata de plena confianza, que le mandó del sur a dos de sus mejores leñadores. Los armó de fusiles tan antiguos que ni él mismo sabía usarlos, plantó uno en cada entrada de la propiedad y les encargó la tarea de impedir que nadie entrara o saliera, excepto él y mi hermano mayor. Era una orden poco práctica, porque lógicamente no iban a detener a miembros de la familia a tiros, pero la presencia de estos hombres podía disuadir a los rateros. Los leñadores, convertidos de la noche a la mañana en guardias armados, no entraban a la casa; dormían en jergones en la cochera, se alimentaban de viandas que la cocinera les pasaba por una ventana y bebían el aguardiente mataburros que mi padre les facilitaba sin límite, junto a puñados de aspirina, para defenderse del bicho.

Para su propia protección, mi padre compró de contrabando un revólver inglés Webley, de probada eficacia en la guerra, y se puso a practicar tiro al blanco en el patio de servicio, espantando a las gallinas. En verdad no temía tanto al virus como a la gente desesperada. En tiempos normales había demasiados indigentes, mendigos y ladrones en la ciudad. Si se repetía lo ocurrido en otros lados, aumentaría el desempleo, habría escasez de alimentos y empezaría el pánico, en cuyo caso incluso las personas de cierta honradez, que hasta entonces se limitaban a protestar frente al Congreso exigiendo trabajo y justicia, recurrirían a la delincuencia, como en los tiempos en que los mineros cesantes del norte, hambrientos y furiosos, invadieron la ciudad y contagiaron el tifus.

Mi padre compró provisiones para pasar el invierno: sacos de papas, harina, azúcar, aceite, arroz y legumbres, nueces, ristras de ajos, carnes secas y cajones de frutas y verduras para hacer conservas. A cuatro de sus hijos, el menor de los cuales acababa de cumplir doce años, los mandó al sur, antes de que el colegio San Ignacio suspendiera las clases por orden del gobierno, pero José Antonio se quedó en la capital porque iba a entrar en la universidad apenas se normalizara el mundo. Los viajes estaban suspendidos, pero mis hermanos alcanzaron a tomar uno de los últimos trenes para pasajeros, que los llevó hasta la estación de San Bartolomé, donde los esperaba Marko Kusanovic, el capataz croata, con instrucciones de ponerlos a trabajar hombro con hombro con los rudos leñadores de la zona. Nada de niñerías. Eso los mantendría ocupados y saludables, y de paso evitaría molestias en la casa.

Mi madre, sus dos hermanas Pía y Pilar, y las empleadas del servicio fueron conminadas a permanecer puertas adentro y no salir por ningún motivo. Mi madre tenía los pulmones débiles por una tuberculosis de juventud, era de constitución delicada y no podía exponerse a contraer la gripe.

La pandemia no alteró demasiado las rutinas del universo cerrado que era nuestra casa. La puerta principal, de caoba tallada, daba a un amplio vestíbulo oscuro donde convergían dos salones, la biblioteca, el comedor oficial de visitas, la pieza del billar y otra cerrada, que llamaban la «oficina» porque contenía media docena de muebles metálicos llenos de documentos, que nadie había revisado desde tiempos inmemoriales. La segunda parte de la casa estaba separada de la primera por un patio de azulejos de Portugal, con una fuente morisca cuyo mecanismo para el agua no funcionaba, y una profusión de camelias plantadas en maceteros; esas flores le dieron el nombre a la propiedad: «la casa grande de las camelias». Por tres costados del patio corría una galería de cristales biselados que unía las habitaciones de uso diario: comedor, sala de juegos, otra de costura, dormitorios y baños. La galería era fresca en verano, y se mantenía más o menos tibia en invierno con braseros a carbón. La última parte de la casa era el reino del servicio y los animales; allí estaban la cocina, las bateas del lavado, las bodegas, la cochera y la fila de cubículos patéticos en que dormían las empleadas domésticas. Mi madre había entrado a ese tercer patio muy pocas veces.

La propiedad había pertenecido a mis abuelos paternos, y cuando ellos fallecieron fue lo único significativo que les quedó en herencia a sus hijos. Su valor, repartido en once partes, significaba muy poco para cada uno. Arsenio, el único con visión de futuro, ofreció comprarles su parte a los hermanos, en pequeñas cuotas. Al principio, los otros lo entendieron como un favor, ya que ese caserón antiguo presentaba un sinfín de problemas estructurales, como les explicó mi padre. Nadie en su sano juicio viviría allí, pero él necesitaba espacio para sus hijos y los otros que vendrían, además de su suegra, ya muy anciana, y las hermanas de su mujer, dos solteronas que dependían de su caridad. Después, cuando empezó a darles con atraso una fracción de lo prometido y finalmente dejó de pagar por completo, la relación con sus hermanos se deterioró. Su intención no fue engañarlos. Se le presentaron oportunidades financieras en las que decidió aventurarse, y se prometió a sí mismo que les pagaría el resto con intereses, pero fueron pasando los años de una postergación a otra, hasta que la deuda se le olvidó.

La vivienda era en verdad un vejestorio mal cuidado, pero el terreno ocupaba media manzana y tenía entrada por dos calles. Quisiera tener una fotografía para mostrártela, Camilo, porque allí empiezan mi vida y mis recuerdos. El caserón había perdido el lustre que alguna vez lo distinguió, antes del descalabro económico, cuando todavía el abuelo reinaba sobre un clan de muchos hijos y un ejército de domésticos y jardineros, que mantenían la casa impecable y el jardín como un paraíso de flores y árboles frutales, con un invernadero de cristal donde cultivaban orquídeas de otros climas, y cuatro estatuas de mármol de la mitología griega, como se usaba entonces entre las familias de abolengo, esculpidas por los mismos artesanos locales que tallaban las lápidas del cementerio. Los viejos jardineros ya no existían, y los nuevos eran una manga de holgazanes, según mi padre. «Al paso que vamos, la mala hierba se tragará la casa», repetía, pero nada hacía para resolver la situación. La naturaleza le parecía muy bonita para admirarla de lejos, pero no merecía su atención, que estaba mejor empleada en asuntos más rentables. La ruina progresiva de la propiedad le inquietaba poco, porque pensaba ocuparla sólo el tiempo necesario; la casa no valía nada, pero el terreno era magnífico. Planeaba venderlo cuando se hubiera valorizado lo suficiente, aunque tuviera que esperar años. Su axioma era un cliché: comprar barato y vender caro.

La clase alta se estaba desplazando hacia barrios residenciales, lejos de las oficinas públicas, los mercados y las plazas polvorientas cagadas de palomas. Había una fiebre de demoler casas como aquella para construir edificios de oficinas o de apartamentos para la clase media. La capital era y sigue siendo una de las ciudades más segregadas del mundo, y a medida que las clases inferiores fueran ocupando esas calles, que habían sido las principales desde la época de la colonia, mi padre tendría que mudar a su familia para no quedar mal ante los ojos de sus amigos y conocidos. A pedido de mi madre, modernizó parte de la casa con electricidad e instaló inodoros, mientras el resto siguió deteriorándose silenciosamente.

2

Mi abuela materna vegetaba el día entero en la galería, en un sillón de respaldo alto, tan perdida en sus recuerdos que no había pronunciado ni una palabra en seis años. Mis tías Pía y Pilar, varios años mayores que mi madre, también vivían en la casa. La primera era una mujercita dulce, conocedora de las propiedades de las plantas, con el don de imponer las manos para sanar. A los veintitrés años había estado a punto de casarse con un primo en segundo grado, a quien había amado desde los quince, pero nunca llegó a usar el vestido de novia porque su prometido falleció súbitamente dos meses antes de la boda. A falta de una autopsia, que la familia se negó a autorizar, se atribuyó la muerte a un defecto congénito del corazón. Pía se consideró viuda de un solo amor, se vistió de luto riguroso y no volvió a aceptar a otros pretendientes.

La tía Pilar era guapa, como las otras mujeres de su familia, pero hacía lo posible por no parecerlo y se burlaba de las virtudes y adornos de la feminidad. Hubo un par de jóvenes valientes que intentaron cortejarla en su juventud, pero ella se encargó de espantarlos. Lamentaba no haber nacido medio siglo más tarde, porque habría cumplido su ambición de ser la primera mujer en escalar el Everest. Cuando el sherpa Tenzing Norgay y el neozelandés Edmund Hillary lo lograron en 1953, Pilar lloró de frustración. Era alta, fuerte y ágil, con el temperamento autoritario de un coronel; hacía de ama de llaves y se encargaba de las reparaciones, que nunca faltaban. Tenía talento para la mecánica, inventaba artefactos domésticos y se le ocurrían maneras originales de resolver desperfectos, por eso decían que Dios se equivocó de género con ella. A nadie le sorprendía verla encaramada en el techo dirigiendo el reemplazo de las tejas después de los temblores, o participando sin asco en la matanza de gallinas y pavos en el patio para las fiestas de Navidad.

La cuarentena impuesta por la influenza se sintió poco en nuestra familia. En tiempos normales, las mucamas, la cocinera y la lavandera salían sólo dos tardes al mes; el chófer y los jardineros tenían más libertad, porque los varones no se consideraban parte del personal. La excepción era Apolonio Toro, un adolescente gigantesco que unos años antes había tocado la puerta de los Del Valle para pedir algo de comer, y se había quedado en la casa. Suponían que era huérfano, pero nadie se había tomado la molestia de comprobarlo. Torito se asomaba a la calle muy rara vez, porque temía que lo agredieran, como había sucedido en un par de ocasiones; su aspecto algo bestial y su inocencia incitaban a la maldad. A él le tocaba acarrear leña y carbón, lijar y encerar el parquet y otras tareas pesadas que no requerían razonamiento.

Mi madre era poco sociable, y en tiempos normales salía lo menos posible. Acompañaba a su marido a las reuniones de la familia Del Valle, tan numerosas que se podía llenar el calendario del año con aniversarios, bautizos, bodas y funerales, pero lo hacía a regañadientes, porque el bullicio le producía dolor de cabeza. Contaba con la excusa de su mala salud o de otro embarazo para quedarse en cama o irse a un sanatorio de tísicos en las montañas, donde se reponía de la bronquitis y aprovechaba para descansar. Si había buen clima, salía a dar un breve paseo en el flamante automóvil que su marido había comprado apenas se pusieron de moda, un Ford T, que alcanzaba la velocidad suicida de cincuenta kilómetros por hora.

—Un día te voy a llevar a volar en mi propio avión —le prometió mi padre, aunque era lo último que ella hubiera deseado como medio de transporte.

La aeronáutica, que se consideraba un capricho de aventureros y playboys, a él le fascinaba. Creía que en un futuro esos mosquitos de tela y madera estarían al alcance de cualquiera que pudiera pagarlos, como los automóviles, y él sería uno de los primeros en invertir en ellos. Lo tenía bien pensado. Los compraría de segunda mano en Estados Unidos, los traería al país desarmados en pedazos, para evitar el pago de impuestos, y después de armarlos como correspondía los vendería a precio de oro. Por uno de esos caprichos de la casualidad, a mí me tocaría cumplir su sueño, con algunas modificaciones, muchos años más tarde.

El chófer llevaba a mi madre de compras al portal de los turcos o a reunirse en el salón de té Versalles con alguna de sus cuñadas, que la ponía al día de los chismes familiares, pero casi nada de eso había sido posible en los últimos meses, primero por el peso de su barriga y después por el encierro de la pandemia. Los días de invierno eran cortos y se le iban jugando a los naipes con mis tías Pía y Pilar, cosiendo, tejiendo y rezando el rosario de la penitencia con Torito y las empleadas domésticas. Hizo clausurar las piezas de los hijos ausentes, los dos salones y el comedor. A la biblioteca sólo entraban su marido y su hijo mayor. Allí Torito encendía la chimenea, para evitar que se humedecieran los libros. En el resto de las habitaciones y en la galería mantenía braseros a carbón con ollas de agua hirviendo y hojas de eucalipto para limpiar la respiración y espantar al fantasma de la influenza.

Mi padre y mi hermano José Antonio no cumplían con la cuarentena ni con el toque de queda, el primero porque era uno de los hombres de negocios que se consideraban indispensables para la buena marcha de la economía, y el segundo porque andaba con su padre. Contaban con permiso de circulación, como otros industriales, empresarios, políticos y personal sanitario. Padre e hijo iban a la oficina, se reunían con colegas y clientes y cenaban en el Club de la Unión, que no fue clausurado porque habría sido como cerrar la catedral, aunque la calidad del restaurante disminuyó en la misma medida en que los mozos se empezaron a morir. Se protegían en la calle con mascarillas de fieltro hechas por mis tías, y antes de acostarse se daban friegas de alcohol. Sabían que nadie era inmune a la influenza, pero esperaban que con esas medidas y los sahumerios de eucalipto el bicho no entrara a nuestra casa.

En el tiempo en que me tocó nacer, las señoras como María Gracia se recluían para ocultar la barriga del embarazo a los ojos del mundo, y no amamantaban a su descendencia, era de pésimo gusto. Lo habitual era contratar a una nodriza, una

pobre mujer que le quitaba el pecho al hijo propio para alqui-
lárselo a otro crío más afortunado, pero mi padre no permitió
que una desconocida entrara a la casa. Podía traer el contagio
de la influenza. Resolvieron el problema de mi alimentación
con una cabra, que instalaron en el tercer patio.

Desde mi primer día hasta los cinco años, estuve a cargo
exclusivamente de las tías Pía y Pilar, que me mimaron hasta
casi arruinarme el carácter. Mi padre contribuyó también, porque yo era la única niña en la manada de hijos varones. A la
edad en que otros niños aprenden a leer, yo era incapaz de
usar una cuchara, me daban de comer en la boca, y dormía
hecha un ovillo en una cuna mecedora junto a la cama de mi
madre.

Un día mi padre se atrevió a llamarme la atención porque
hice añicos la cabeza de loza de una muñeca, azotándola contra la pared.

—¡Mocosa malcriada! ¡Te voy a dar una buena zurra!

Nunca antes me había levantado la voz. Me tiré de bruces
al suelo dando bocanadas de poseída, como hacía con frecuencia, y por primera vez él perdió la tolerancia infinita que
practicaba conmigo, me cogió por los brazos y me sacudió con
tal vigor que, si no intervienen las tías, me hubiera desnucado.
La sorpresa puso fin instantáneo a mi pataleta.

—Lo que esta chiquilla necesita es una institutriz inglesa
—determinó mi padre, indignado.

Y así es como llegó miss Taylor a la familia. Mi padre la consiguió a través de un agente que manejaba algunos de sus negocios en Londres, quien se limitó a poner un aviso en *The Times*.
Se entendieron con telegramas y cartas que demoraban varias

semanas en ir y otras tantas en volver con la respuesta, pero a pesar de los obstáculos de la distancia y de la lengua, ya que el agente no hablaba español y el vocabulario en inglés de mi padre se limitaba a asuntos de divisas y documentos de exportación, lograron ponerse de acuerdo para contratar a la persona ideal, una mujer de probada experiencia y honorabilidad.

Cuatro meses más tarde, mis padres y mi hermano José Antonio me llevaron, vestida de domingo con abrigo de terciopelo azul, sombrero de pajilla y botines de charol, a recibir a la inglesa al puerto. Debimos aguardar a que bajaran todos los pasajeros por la pasarela del barco, saludaran a quienes habían acudido a darles la bienvenida, se fotografiaran en grupos alborotados y se reunieran con sus complicados equipajes, antes de que se desocupara el muelle y pudiéramos distinguir a una figura solitaria y con aire de estar perdida. Entonces mis padres descubrieron que la institutriz no era lo que habían supuesto, basados en la correspondencia plagada de malentendidos lingüísticos con el agente. En verdad, lo único que había indagado mi padre en uno de sus telegramas antes de contratarla fue si acaso le gustaban los perros. Ella había contestado que los prefería a los humanos.

Por uno de esos prejuicios tan arraigados en mi familia, esperaban a una mujer madura y anticuada, con la nariz afilada y mala dentadura, como algunas damas de la colonia británica que conocían de lejos o habían visto retratadas en las páginas sociales. Miss Josephine Taylor era una joven de unos veintitantos años, más bien baja de estatura y algo entrada en carnes, sin ser gorda, y llevaba un vestido color mostaza de corte suelto y cintura caída, sombrero de fieltro en forma de bacinica y zapatos con pulsera. Tenía ojos redondos de un azul cerúleo pintados con kohl negro, que acentuaba su expresión asustada, cabello de un rubio pajizo y esa piel como papel de arroz de algunas jóvenes de los países fríos, que con los años se mancha y arruga sin piedad. José Antonio pudo comunicarse con ella mediante el inglés que había adquirido en un curso intensivo, pero no había tenido ocasión de practicar.

Mi madre quedó encantada a primera vista con esa miss Taylor fresca como una manzana, pero su marido se consideró estafado, porque su propósito al traerla de tan lejos había sido que me impusiera disciplina y buenos modales y me impartiera los fundamentos de una escolaridad aceptable. Había decretado que me educarían en la casa para protegerme de ideas perniciosas, costumbres vulgares y las enfermedades que diezmaban a la población infantil. La pandemia dejó algunas víctimas entre parientes lejanos, pero nadie de nuestra familia inmediata; sin embargo, existía el temor de que volviera con renovada furia y sembrara mortandad entre los niños, que no estaban inmunizados como los adultos que habían sobrevivido a la primera ola del virus. Cinco años más tarde, el país todavía no se había recuperado por completo de la desgracia que dejó a su paso; el impacto en la salud pública y la economía fue tan devastador, que mientras en otras partes reinaba la locura de los años veinte en nuestro país seguíamos viviendo con prudencia. Mi padre temía por mi salud, sin sospechar que mis desmayos, convulsiones y vómitos explosivos eran producto del extraordinario talento melodramático que yo tenía entonces y lamentablemente perdí. Le pareció evidente que la *flapper* a la moda que recogió en el puerto no era la persona adecuada para encargarle la tarea de domar a esa hija de temperamento salvaje. Pero esa extranjera habría de darle más de una sorpresa, incluido el hecho de que no era realmente inglesa.

Antes de su llegada, nadie tenía claro cuál sería el lugar preciso de miss Taylor en el orden doméstico. No entraba en la misma categoría que las mucamas, pero tampoco era un miembro de la familia. Mi padre dijo que la trataran con cortesía y distancia, haría sus comidas conmigo en la galería o el repostero y no en el comedor, y ordenó que le asignaran la habitación de la abuela, que había muerto sentada en la bacinica unos meses antes. Torito se llevó al sótano los pesados muebles de tapices deshilachados y maderas resecas de la anciana, que fueron reemplazados por otros menos fúnebres, para evitar que la institutriz se deprimiera, como dijo la tía Pilar, ya que tendría bastantes motivos para eso lidiando conmigo y adaptándose a un país de bárbaros en el fin del mundo. Se refería al nuestro. Escogió un papel mural de rayas sobrias y cortinas de rosas desteñidas, que creyó adecuados para una solterona, pero apenas vio a miss Taylor comprendió que había sido un error.

A la semana, la institutriz estaba incorporada a la familia mucho más íntimamente de lo que su empleador esperaba, y el problema de su lugar en la escala social, tan importante en este país clasista, desapareció. Miss Taylor era amable y discreta, pero nada tímida, y se hizo respetar por todos, incluso por mis hermanos, que ya estaban grandes pero seguían comportándose como caníbales. Hasta los dos mastines que mi padre había adquirido en tiempos de la pandemia para protegernos de posibles asaltantes, y que terminaron convertidos en perros falderos de pésima conducta, la obedecían. Bastaba con que miss Taylor les señalara el suelo y les diera una orden en su idioma, sin levantar la voz, para que se bajaran de los sillones con las orejas gachas. La nueva institutriz estableció rápidamente las rutinas conmigo, y comenzó la tarea de inculcarme ciertas normas básicas de convivencia, después de mostrarles a mis padres un plan de estudio que incluía gimnasia al aire libre, clases de música, ciencia y arte.

Mi padre le preguntó a miss Taylor cómo siendo tan joven sabía tanto, y ella le respondió que para eso existían los libros de consulta. Antes que nada, me explicó las ventajas de pedir las cosas por favor y dar las gracias. Si rehusaba hacerlo y me tiraba al suelo aullando, ella detenía con un gesto a mi madre y mis tías, que acudían presurosas a consolarme, y dejaba que me revolcara hasta agotarme, mientras ella seguía leyendo, tejiendo o arreglando las flores del jardín en los jarrones, impasible. Tampoco hacía caso de mi fingida epilepsia.

—A menos que esté sangrando, no vamos a intervenir —determinó, y la obedecieron, espantadas, porque no osaron cuestionar sus métodos didácticos.

Supusieron que, como venía de Londres, estaba bien calificada.

Miss Taylor dijo que yo ya estaba grande para seguir durmiendo encogida en una cuna mecedora en la pieza de mi madre, y pidió una segunda cama para poner en su propio cuarto. Las dos primeras noches trancó la puerta con la cómoda para que no me escapara, pero pronto me resigné a mi suerte. Enseguida se dispuso a enseñarme a vestirme y comer sola, con el sistema de dejarme semidesnuda hasta que aprendiera a ponerme al menos parte de la ropa, y de instalarme frente al plato con la cuchara en la mano, esperando con ecuanimidad de monje trapense que comiera por hambre. Los resultados fueron tan espectaculares que al poco tiempo el monstruo que les había molido los nervios a los habitantes de la casa estaba convertido en una niña normal que seguía a la institutriz por todas partes, fascinada por el olor de su colonia de bergamota y sus manos regordetas, que se movían en el aire como palomas. Tal como diagnosticó mi padre, yo llevaba cinco años suplicando que me dieran estructura, y al fin la tenía. Mi madre y mis tías lo interpretaron como un reproche, pero debieron aceptar que algo esencial había cambiado. El ambiente se había dulcificado.

Miss Taylor aporreaba el piano con más entusiasmo que talento, y cantaba baladas con una vocecita anémica, pero bien entonada; su buen oído le sirvió para aprender rápidamente un español aguado y comprensible, que incluía algunas palabrotas del vocabulario de mis hermanos, que ella soltaba sin conocer su significado. Gracias a su acento cerrado no sonaban ofensivas, y como nadie la corrigió, siguió usándolas. Nunca pudo soportar bien la comida pesada, pero mantenía su flema británica ante la cocina nacional, tal como hacía con los diluvios de invierno, el calor seco y polvoriento del verano y los temblores, que hacían bailar las lámparas y desplazaban las sillas ante la indiferencia general. Lo que no pudo tolerar, sin embargo, fue el sacrificio de animales en el patio de servicio, que calificó de costumbre primitiva y cruel. Le parecía una brutalidad comerse en el guisado al conejo o a la gallina que conocíamos personalmente. Cuando Torito degolló una cabra, que había engordado durante tres meses para el cumpleaños de su patrón, miss Taylor cayó con fiebre en cama. Entonces la tía Pilar decidió comprar la carne afuera, aunque no veía la diferencia entre matar al pobre animal en el mercado o en la casa. Debo aclarar que no era la misma cabra que fue mi nodriza en la primera infancia, esa se murió de vieja varios años más tarde.

Los dos baúles de latón verde del equipaje de miss Taylor contenían libros de estudio y de arte, todos en inglés, un microscopio, una caja de madera con lo necesario para experimentos químicos y veintinueve tomos de la más reciente edición de la *Enciclopedia Británica*, publicada en 1911. Sostenía que si algo no aparecía en la enciclopedia, era porque no existía. Su vestuario consistía en dos tenidas de salir con sus respectivos sombreros, una de las cuales era el vestido color mostaza con que descendió del barco, y un abrigo con cuello de piel de algún mamífero difícil de identificar; el resto eran faldas y blusas simples, que de diario cubría con un guardapolvo. Se quitaba y ponía la ropa con maniobras de contorsionista, de modo que nunca la vi en enaguas y mucho menos desnuda, aunque compartíamos la habitación.

Mi madre supervisaba que yo rezara en español antes de acostarme, porque las oraciones en inglés podían ser herejes y quién sabe si las entendían en el cielo. Miss Taylor pertenecía a la Iglesia anglicana, y eso la eximía de acompañar a la familia a la misa católica y rezar el rosario comunitario. Nunca la vimos leer la Biblia, que mantenía en su mesita de noche, ni hacer proselitismo religioso. Dos veces al año iba al servicio anglicano, que se llevaba a cabo en casa de algún miembro de la colonia británica, donde cantaba himnos y se relacionaba con otros extranjeros, con quienes solía tomar el té y compartir revistas y novelas.

Con ella mi existencia mejoró notablemente. Los primeros años de mi infancia fueron un tira y afloja para imponer mi voluntad, y como siempre lo conseguía no me sentía segura ni protegida. Tal como sostenía mi padre, yo era más fuerte que los adultos y no tenía en quién apoyarme. La institutriz no pudo dominar por completo mi rebeldía, pero me inculcó normas de buen comportamiento en sociedad y logró quitarme la manía de referirme a las funciones del cuerpo y las enfermedades, que en nuestro país son temas predilectos. Los hombres hablan de política y negocios; las mujeres hablan de sus achaques y del servicio doméstico. Al despertar por la mañana, mi madre hacía un inventario de lo que le dolía y lo anotaba en la misma libreta donde llevaba la lista de los remedios del pasado y del presente, y a menudo se entretenía leyendo esas páginas con más ternura de la que le inspiraba el álbum de fotos familiares. Yo iba por el mismo camino de mi madre; de tanto fingirme enferma era experta en una variedad de enfermedades, pero gracias a miss Taylor, que no me hacía caso, se me curaron solas.

Al principio hacía mis tareas escolares y los ejercicios de

piano para complacerla, pero después, por el simple placer de aprender. Apenas pude escribir de corrido, miss Taylor me hacía llevar un diario en un precioso cuaderno de tapas de cuero con un minúsculo candado, costumbre que he mantenido casi toda mi vida. Cuando pude leer de corrido, me apoderé de la *Enciclopedia Británica.* Miss Taylor ideó un juego en que nos desafiábamos mutuamente con palabras de poco uso, memorizando su definición. Pronto José Antonio, que iba a cumplir veintitrés años sin la menor intención de abandonar la comodidad del techo paterno, también participó en el juego.

Mi hermano José Antonio había estudiado leyes, no por vocación, sino porque en aquella época había muy pocas profesiones aceptables para los hombres de nuestra clase. Leyes le pareció mejor que las otras dos opciones: medicina o ingeniería. José Antonio trabajaba con mi padre en el manejo de sus negocios. Arsenio del Valle lo presentaba como su hijo predilecto, su brazo derecho, y él correspondía a esa distinción entregándose por completo a su servicio, aunque no siempre estaba de acuerdo con sus decisiones, que le parecían imprudentes. Más de una vez le advirtió que estaba abarcando demasiado y hacía malabarismos con sus deudas, pero, según mi padre, los grandes negocios se hacen a crédito y ningún empresario con visión comercial trabaja con su propio dinero si puede hacerlo con el dinero de otros. José Antonio, que tenía acceso a la contabilidad creativa de esos negocios, pensaba que debía haber un límite, que no se puede estirar demasiado la cuerda sin que se corte, pero mi padre le aseguraba que tenía todo bajo control.

—Un día vas a manejar el imperio que estoy construyendo, pero si no te espabilas y aprendes a correr riesgos, no podrás hacerlo. Y, a propósito, te noto distraído, hijo. Pasas demasiado tiempo entre las mujeres de la casa, te vas a poner tonto y flojo —le dijo.

La enciclopedia era uno de los intereses que José Antonio compartía con miss Taylor y conmigo. Mi hermano era el único de la familia que la trataba como a una amiga y la llamaba por su nombre de pila; para los demás siempre sería miss Taylor. En las tardes ociosas, mi hermano le hablaba a mi institutriz de la historia de nuestro país; de los bosques del sur, a donde un día la llevaría a conocer el aserradero de la familia; de las novedades políticas, que le preocupaban mucho desde que un coronel se había presentado como candidato único a las elecciones presidenciales y, lógicamente, había obtenido el cien por cien de los votos y manejaba el gobierno como un cuartel. Debía admitir, sin embargo, que la popularidad del hombre se justificaba por las obras públicas y las reformas institucionales que había emprendido, pero José Antonio le señalaba a miss Taylor el peligro para la democracia que representaba un caudillo autoritario, como tantos que plagaban América Latina desde las guerras de Independencia. «La democracia es vulgar, mejor les vendría una monarquía absoluta», se burlaba ella, pero en realidad estaba orgullosa de tener un abuelo que había sido ejecutado en 1846 en Irlanda por defender los derechos de los obreros y exigir sufragio universal para los hombres, aunque no fueran propietarios, como requería la ley.

Josephine le había contado a José Antonio, creyendo que

yo no escuchaba, que a su abuelo lo habían acusado de afiliación al movimiento cartista y de traición a la Corona, lo habían ahorcado y después lo habían descuartizado.

—Unos años antes lo habrían abierto en canal, le hubieran arrancado las vísceras y castrado en vida, después lo habrían ahorcado y cortado en pedazos, delante de miles de espectadores entusiasmados —le explicó sin ningún énfasis.

—¡Y a ti te parece que nosotros somos primitivos por matar un pollo! —exclamó José Antonio, horrorizado.

Esas historias truculentas poblaban mis noches de pesadillas. Ella también le contaba a mi hermano de las sufragistas inglesas, que luchaban por el voto femenino a costa de humillaciones, prisión y huelgas de hambre, que las autoridades resolvían alimentándolas a la fuerza con un tubo por la garganta, el recto o la vagina.

—Soportaron terribles torturas como heroínas. Consiguieron el voto parcial, pero siguen peleando para obtener el mismo derecho que los hombres.

José Antonio estaba convencido de que eso jamás sucedería en nuestro país, porque nunca había salido de su estrecho ámbito conservador; no tenía idea de las fuerzas que se gestaban en ese mismo momento en la clase media, como habríamos de ver más tarde.

Miss Taylor evitaba esos temas delante del resto de la familia; no deseaba que la mandaran de vuelta a Inglaterra.

3

—Es de tripas delicadas —diagnosticó la tía Pía cuando miss Taylor cayó fulminada de diarrea al día siguiente de su llegada.

Era el mal común de los extranjeros, que se enfermaban al primer trago de agua, pero como casi todos sobrevivían no se le daba importancia. La institutriz, sin embargo, nunca se inmunizó contra nuestras bacterias, y pasó dos años luchando con los sobresaltos de su sistema digestivo, medicada con infusiones de hinojo y manzanilla por la tía Pía y papelillos misteriosos que le administraba el médico de la familia. Creo que le caían mal los postres de dulce de leche, las chuletas de cerdo con salsa picante, los pasteles de maíz, las tazas de chocolate caliente con crema de las cinco de la tarde, y otros alimentos, que habría sido de mala educación rechazar. Pero aguantaba estoicamente sus calambres, vómitos, y cagatinas, sin mencionarlos jamás.

Miss Taylor se fue debilitando sin alharaca, hasta que intervino la familia, alarmada por su pérdida de peso y su color ceniza. Después de examinarla, el médico le recetó una dieta de arroz y caldo de ave, y media copita de oporto con gotas de tintura de opio dos veces al día. En privado, les dijo a mis padres que la paciente tenía un tumor del tamaño de una naranja en el vientre. Había cirujanos nacionales tan buenos como los mejores de Europa, dijo, pero creía que ya era tarde para una operación y que lo más humano sería enviarla de vuelta con su familia. Le quedaban pocos meses de vida.

A José Antonio le tocó la dura tarea de decirle una verdad a medias a la paciente, que adivinó de inmediato la verdad completa.

—Vaya, qué inconveniente —comentó miss Taylor, sin perder la sangre fría.

José Antonio la informó de que su padre haría los arreglos necesarios para que pudiera viajar en primera clase a Londres.

—¿Tú también quieres echarme? —sonrió ella.

—¡Por Dios! ¡Nadie te quiere echar, Josephine! Lo único que queremos es que estés acompañada, querida, cuidada… Yo le explicaré la situación a tu familia.

—Me temo que ustedes son lo más parecido a una familia que tengo —replicó ella, y procedió a contarle lo que nadie le había preguntado antes.

Era cierto que Josephine Taylor descendía de un abuelo irlandés que había sido ejecutado por enojar a la Corona británica, pero al contárselo a mi hermano había omitido que su padre era un alcohólico violento cuyo único mérito era descender de aquel luchador por la justicia. La madre, abandonada en la miseria con varios hijos, murió joven. Los niños menores se repartieron entre los parientes; el mayor, de once años, fue enviado a una mina de carbón; y ella, de nueve, a un orfelinato de monjas, donde se ganaba el sustento en la lavandería, principal fuente de ingresos de la institución, con la esperanza de que apareciera un alma bondadosa y la adoptara. Le explicó en qué consistía la tarea hercúlea de jabonar, apalear y cepillar, hervir en enormes calderos, enjuagar, almidonar y planchar ropa ajena.

A los doce años, cuando ya no estaba en edad de adopción, la colocaron de sirvienta sin sueldo en casa de un militar inglés, donde trabajó hasta que este se adjudicó el derecho de violarla sistemáticamente siendo aún adolescente. La primera vez irrumpió de noche en el cuarto junto a la cocina donde ella dormía, le tapó la boca y se le fue encima sin preámbulos. Después estableció una rutina, siempre la misma, que Josephine conocía y temía. El militar esperaba que saliera su mujer, que vivía ocupada en obras de misericordia y visitas sociales, y le indicaba a la niña con un gesto que lo siguiera. Ella obedecía, aterrorizada, sin imaginar que fuera posible resistir o escapar. En la cochera el hombre la azotaba con la fusta de los caballos, cuidándose de no dejarle marcas visibles, y la sometía cada vez a las mismas prácticas perversas, que ella soportaba abandonando el cuerpo al suplicio y cerrando la mente a la posibilidad de clemencia. «Va a pasar, va a terminar», se repetía sin voz.

Por fin, al cabo de meses, a la esposa comenzó a intrigarle la actitud de perro apaleado de su sirvienta, y su forma de escabullirse por los rincones y temblar cuando llegaba su marido a la casa. En sus años de casada había visto varios signos de perturbación en él, que había preferido ignorar con la teoría de que aquello que no se nombra es como si no existiera. Mientras se mantuvieran las apariencias, no había necesidad de escarbar bajo la superficie. Todo el mundo tiene secretos, pensaba. Pero se dio cuenta de que los otros domésticos cuchicheaban a sus espaldas, y una vecina le preguntó si acaso su marido castigaba a los caballos en la cochera, porque se oían golpes y quejidos. Entonces comprendió que debía investigar lo que ocurría bajo su techo antes de que lo averiguaran otros. Se las arregló para sorprender a su marido con la fusta en la mano, y a la sirvienta, semidesnuda, atada y amordazada.

La señora no puso a Josephine en la calle, como sucedía a menudo en esos casos, sino que la mandó a Londres como compañía para su madre, previo juramento de que no diría ni una palabra sobre la conducta de su marido. Se debía evitar el escándalo a cualquier costo.

La nueva patrona resultó ser una viuda todavía fuerte, que había viajado por mucho mundo y pretendía seguir haciéndolo, y para eso necesitaba una ayudante. Era altanera y tiránica, pero tenía vocación pedagógica y se propuso convertir a Josephine en una señorita bien educada, porque no deseaba a una huérfana irlandesa con modales de lavandera por acompañante. Lo primero fue eliminar su acento, que le martirizaba los oídos, y obligarla a hablar como una londinense de clase alta, y el paso siguiente fue convertirla a la Iglesia anglicana.

—Los papistas son ignorantes y supersticiosos, por eso son pobres y se llenan de crías, como los conejos —determinó la señora.

Logró su propósito sin dificultad, porque para Josephine había muy poca diferencia entre ambos cultos y, en cualquier caso, ella prefería mantenerse lo más lejos posible de Dios, que tan mal la había tratado desde que nació. Aprendió a comportarse de forma impecable en público, y a mantener un estricto control de sus emociones y su postura. La señora le dio acceso a su biblioteca y dirigió sus lecturas; así le inculcó el vicio de la *Enciclopedia Británica*, y la llevó a lugares que ella nunca hubiera soñado conocer, desde Nueva York hasta El Cairo. Le dio un ataque cerebral y se murió en pocas semanas, dejándole algo de dinero a Josephine, con lo que pudo vivir unos meses. Cuando vio un aviso en el periódico ofreciendo empleo de institutriz en Sudamérica, se presentó.

—Tuve suerte, porque me tocó tu familia, José Antonio; ustedes me han tratado muy bien. En resumen, no tengo adónde ir. Voy a morirme aquí, si no les importa.

—No te vas a morir, Josephine —murmuró José Antonio, con los ojos aguados, porque en ese momento se dio cuenta de lo importante que ella había llegado a ser en su vida.

Al enterarse de que la institutriz planeaba agonizar y morir en su casa, el primer impulso de mi padre fue ponerla de viva fuerza en el siguiente transatlántico que saliera del puerto, para evitarme el trauma de la agonía y muerte de esa mujer a quien yo tanto quería, pero por primera vez José Antonio se le plantó al frente.

—Si la echa, nunca se lo voy a perdonar, papá —le anunció, y enseguida procedió a convencerlo de que su deber de cristiano era intentar salvarla por cualquier medio a su alcance, a pesar de los lúgubres pronósticos del médico—. Violeta va a sufrir si se muere miss Taylor, pero lo entenderá. Ya tiene edad para eso. Lo que no podría entender es que desaparezca de repente. Yo me hago responsable de miss Taylor, papá, usted no tiene que preocuparse de esto —dijo.

Cumplió su palabra.

Un equipo encabezado por el más célebre cirujano de su generación operó a miss Taylor en el Hospital Militar, el mejor del país en esos entonces, gracias a la intervención personal del cónsul inglés, con quien mi padre tenía relación por sus exportaciones. A diferencia de los hospitales públicos, tan pobres como sus pacientes, y las escasas clínicas privadas, a donde iban quienes podían pagar, pero la atención médica era mediocre, el Hospital Militar podía compararse con los más prestigiosos de Estados Unidos y Europa. En principio era de uso exclusivo para miembros de las Fuerzas Armadas y del Cuerpo Diplomático, pero con buenas conexiones se hacían excepciones. El edificio, moderno y bien equipado, contaba con amplios jardines para que pasearan los convalecientes, y la administración, a cargo de un coronel, garantizaba que la limpieza y atención fueran impecables.

Mi madre y mi hermano llevaron a la paciente a la primera consulta. Una enfermera de uniforme tan almidonado que crujía con cada paso los condujo a la oficina del cirujano, un hombre de unos setenta años, calvo, de facciones ascéticas y con los modales arrogantes de alguien acostumbrado a ejercer autoridad. Después de examinarla durante largo rato detrás de un tabique que dividía la habitación, le explicó a José Antonio, ignorando por completo la presencia de las dos mujeres, que probablemente el tumor fuera cáncer. Se podía intentar reducirlo con radiación, porque extirparlo con cirugía era un riesgo grande.

—Si fuera su hija, doctor, ¿lo intentaría? —intervino miss Taylor, tan serena como siempre.

Después de una pausa, que se hizo eterna, el médico asintió.

—Entonces, dígame cuándo me va a operar —lo emplazó ella.

La internaron dos días más tarde. Fiel a su lema de que lo más simple es decir la verdad, antes de partir al hospital me informó de que tenía una naranja en la barriga y había que sacársela, pero no iba a ser fácil. Le imploré que me dejara ir con ella para acompañarla durante la operación. Yo tenía siete años, pero seguía muy aferrada a ella. Por primera vez desde que la conocíamos, miss Taylor lloró. Después se despidió de cada uno de los sirvientes, abrazó a Torito y a las tías, a quienes les dio instrucciones de distribuir sus pertenencias, si fuera necesario, entre quienes quisieran un recuerdo, y le entregó a mi madre un paquete de libras esterlinas amarradas con una cinta.

—Para sus pobres, señora.

Había ahorrado su sueldo completo para volver un día a Irlanda y buscar uno por uno a sus hermanos dispersos.

A mí me regaló su mayor tesoro, la *Enciclopedia Británica*, y me aseguró que haría lo posible por volver, pero no podía prometérmelo. Yo sabía que algo terrible podía suceder en el hospital; estaba familiarizada con el poder incuestionable de la muerte. Había visto a mi abuela en el ataúd, como una máscara de cera reposando entre pliegues de satén blanco, a los perros y gatos que morían de viejos o de accidentes, y a las aves de todas clases, cabras, ovejas y cerdos que Torito sacrificaba para la olla.

La última persona que Josephine Taylor vio antes de que la llevaran en camilla al quirófano fue a José Antonio, que estuvo a su lado hasta ese momento. Ya la habían preparado con un poderoso sedante y la imagen de su amigo aparecía envuelta en neblina. No pudo entender sus palabras de aliento ni su confesión de amor, pero sintió su beso en los labios y sonrió.

La operación duró siete horas largas, que José Antonio pasó en la recepción del hospital bebiendo café de un termo y paseándose de una punta a otra, recordando los juegos de naipes, las meriendas en el jardín, los paseos en las afueras de la ciudad, las adivinanzas de la enciclopedia, las tardes de baladas en el piano y las discusiones bizantinas sobre abuelos descuartizados. Sacó la cuenta de que eran las horas más felices de su regulada existencia, en la que su camino estaba trazado desde su nacimiento. Decidió que ella era la única mujer con quien podría escapar de la tutela de su padre y de la palpable telaraña de complicidad que lo aprisionaba. Nunca había tomado decisiones propias, cumplía sin chistar con lo que se esperaba de él; era el hijo modelo y estaba harto de serlo. Josephine lo desafiaba, sacudía sus convicciones y lo hacía ver a su familia y su medio social bajo una luz despiadada. Tal como lo obligaba a bailar charlestón y enterarse de las sufragistas, lo empujaba a imaginar un futuro diferente al que le habían asignado, un futuro con aventura y riesgo.

A los veinticuatro años, mi hermano ya tenía el temperamento taciturno y cauteloso que detestaba. «Soy un viejo prematuro», mascullaba asqueado al afeitarse ante el espejo. Llevaba años secundando a su padre en negocios que no le interesaban y, además, le parecían sospechosos, y tratando de flotar en un ambiente en el que se sentía como un intruso, porque no compartía intereses ni ideales con la gente de su condición.

Esperando en aquella sala de hospital imaginó que podía empezar una vida nueva en otra parte con Josephine; podrían irse a Irlanda, y allí tendrían una casita modesta en el pueblo donde miss Taylor había nacido, ella daría clases y él trabajaría de obrero. El que Josephine fuera cinco años mayor y nunca hubiera manifestado la menor inclinación sentimental hacia él eran inconvenientes despreciables comparados con la claridad de su determinación. Imaginó la avalancha de chismes cuando anunciara su boda, y el bochorno de nuestra familia, que esperaba verlo casado con una chica de su clase, católica y de familia conocida, como la prima Florencia, pero nada de eso podría rozarlos porque irían navegando a Europa. ¿Cómo sé todo esto, Camilo? En parte se lo sonsaqué a mi hermano a lo largo de los años, y en parte puedo imaginarlo, por conocerlo tan bien.

La naranja en la barriga de miss Taylor resultó ser un tumor benigno gracias a la intervención celestial del padre Quiroga, como afirmaron las tías. El cirujano explicó que las ramificaciones del tumor alcanzaban los ovarios, que debieron ser extirpados, y la paciente nunca podría tener hijos, pero estaba soltera y ya no era tan joven, de modo que ese detalle carecía de importancia. La operación había sido un éxito, aseguró, pero como era normal en esos casos ella había perdido mucha sangre y estaba debilitada. Con descanso y cuidado se repondría en un tiempo prudencial. De cuidarla se encargaron las tías Pía y Pilar, mientras yo la acompañaba con la misma fidelidad de los dos mastines, que no se movían de su lado.

Miss Taylor se había transformado en una sombra de la joven rozagante que llegara vestida de *flapper* años antes. Estaba estragada por los meses de dolor soportados sin una queja y la brutalidad de la operación; de sus redondeces sólo quedaban los hoyuelos en las manos, y su piel había adquirido un inquietante tono amarillo. Cuando por fin pudo ponerse de pie, después de casi un mes a base de sopa de gallina con hierbas reconstituyentes, compotas de frutas de la estación con polen de abeja, gotas de opio y una bebida nauseabunda de remolacha y levadura de cerveza para la anemia, se dieron cuenta de que la ropa le colgaba y se le había caído la mitad del pelo. A José Antonio le pareció que nunca había estado tan bella. Rondaba la habitación de la enferma como un alma perdida, esperando que las tías la dejaran sola para sentarse a su lado y leerle poemas en español, que ella escuchaba a medias, atontada por las gotas, con los párpados entrecerrados. Le sugerí a mi hermano que mejor le leyera de la enciclopedia, pero él estaba en la etapa romántica de los sentimientos aún no declarados.

La convalecencia duró varios meses, que miss Taylor aprovechó para continuar mi educación desde una poltrona en la galería. La vida de la casa se concentró allí. Mi madre trasladó su máquina de coser a la galería, allí mismo Torito reparaba muebles desvencijados, la tía Pilar armaba y desarmaba el complicado artilugio que inventó para secar botellas, y la tía Pía se dedicaba a preparar polvos, tinturas, pociones, cápsulas y obleas de su vasto repertorio de remedios naturales. Había conseguido el fruto de la palma de motacú, que le mandaron desde la cuenca amazónica de Bolivia, del cual extrajo un aceite para la calvicie. Le rapó a la enferma los cuatro pelos que le quedaban, y le daba masajes dos veces al día en el cráneo con el aceite prodigioso. A las siete semanas a miss Taylor le asomó una pelusa suave, y al poco tiempo empezó a crecerle una melena frondosa y oscura. Pelo tieso de indio del Altiplano, determinó la tía Pilar, despectiva, pero reconoció que le asentaba mejor que las hilachas pajizas de su cabellera original.

Los días transcurrían lentos y en calma. El único impaciente era José Antonio, que aguardaba el momento en que pudiera llevar a miss Taylor al salón de té Versalles y plantearle sus intenciones matrimoniales. Jamás dudó de que ella lo aceptaría; su única incertidumbre era el aspecto económico, porque la idea de ganarse la vida como obrero en Irlanda iba pareciéndole cada vez menos atractiva, y además su futura esposa necesitaba la seguridad y el apoyo de una familia. Había trabajado junto a su padre desde los diecisiete años, pero no cobraba una remuneración fija; recibía dinero esporádicamente en cantidades variadas, como una generosa propina más que como honorario, nada que le permitiera ahorrar.

Su padre le había asegurado que tendría una participación muy satisfactoria en sus variados negocios, pero en realidad las ganancias no se repartían, volvían a invertirse en otras empresas. Arsenio del Valle conseguía préstamos para emprender un proyecto, que vendía apenas podía para financiar otro, y repetía lo mismo una y otra vez con la certeza de que el dinero se multiplicaba en el universo invisible de los bancos, las acciones y los bonos. José Antonio le había advertido contra ese método, que comparaba a un ratón de laboratorio corriendo en una rueda sin descanso para llegar a ninguna parte; «a este ritmo nunca se va a librar de las deudas», le decía, pero su padre sostenía que nadie se hace rico en un empleo ni invirtiendo con prudencia; el futuro es de los audaces.

4

Con el largo descanso y los brebajes terapéuticos de la tía Pía, Josephine Taylor recuperó la salud y las ganas de salir; llevaba demasiado tiempo en la galería de los cristales. Estaba muy delgada, pero de mejor color, y lucía un peinado corto que le daba un aspecto de pájaro medio desplumado. Su primer paseo fue con mi madre, mis tías y yo a la despedida de soltera de una de las sobrinas Del Valle. La invitación a una merienda en familia, impresa en una tarjeta sencilla, minimizaba el evento, como correspondía en un país donde la ostentación se consideraba del peor gusto. Hace tiempo que ya no es así, Camilo, ahora todos aparentan más de lo que son y lo que tienen. La «pequeña merienda» de la sobrina fue un escándalo de pasteles variados, garrafas de plata con chocolate caliente, helados y licores dulces en copas de cristal de Bohemia, animado por un ensamble de señoritas que tocaban instrumentos de cuerda y un mago que vomitaba pañuelos de seda y extraía palomas perplejas de los escotes de las damas.

Calculo que había unas cincuenta mujeres en esos salones, toda la parentela femenina y las amigas de la novia. Miss Taylor se sintió como ave en corral ajeno, mal vestida, desconectada y extranjera. Escapó al jardín, aprovechando la distracción de una torta de tres pisos, traída en una mesita con ruedas en medio de un coro de exclamaciones y aplausos. Allí coincidió con otra de las invitadas, que había huido como ella.

Teresa Rivas era una de las pocas mujeres que habían adoptado el pantalón ancho y el chaleco de hombre, impuestos hacía poco por una diseñadora francesa, que ella había complementado con camisa blanca almidonada y corbata. Estaba fumando una pipa con boquilla de hueso y cazoleta tallada en forma de cabeza de lobo. En la luz débil del atardecer, Josephine la confundió con un hombre, que era justamente el efecto que la otra deseaba provocar.

Se sentaron a conversar en una banca entre arbustos recortados y parches de flores, envueltas en el aroma intenso de nardos y tabaco. Teresa supo que Josephine llevaba varios años en el país y sólo conocía a la familia de sus empleadores y a unas cuantas personas de la colonia inglesa, que encontraba de vez en cuando en el servicio anglicano. Le habló del otro país, el país verdadero, el de la clase obrera y los múltiples estratos de la clase media, el de las provincias, los mineros, los campesinos y los pescadores.

Cuando Josephine me oyó llamándola en el jardín, se dio cuenta de que la fiesta había concluido hacía rato y ya era de noche. Se despidieron deprisa. Alcancé a oír cuando Teresa le dijo que la buscara y le pasó una tarjeta con su nombre y la dirección de su trabajo.

—Quiero sacarte de tu cueva, Joe, y mostrarte algo de mundo —le dijo.

A Josephine le gustó el apodo que le dio esa desconocida,

y se propuso aceptar su ofrecimiento; tal vez ella sería su primera amiga en aquella tierra donde ya había echado raíces.

De vuelta en la casa, comenté lo que todas estaban pensando: había llegado la hora de ponernos a la moda, con faldas a media pierna, telas estampadas, escotes y brazos desnudos. Las tías usaban vestidos negros hasta los tobillos, como monjas, y a mi madre tampoco le había parecido necesario modernizarse, porque se las había arreglado para evitar casi por completo la vida social; su marido se había cansado de pedirle que lo acompañara. Miss Taylor había asistido a la fiesta de la novia Del Valle con el mismo vestido color mostaza con que descendió del barco que la trajo de Inglaterra años antes, al cual le había quitado varios centímetros en las costuras. Mi madre mandó al chófer a comprar las revistas femeninas que llegaban de Buenos Aires para sacar ideas. Lo único que le interesó a miss Taylor fue el estilo adoptado por Teresa Rivas. Compró unos metros de gabardina y tweed, a pesar de que el clima no estaba para telas gruesas, y con ayuda de unos moldes se puso a coser discretamente para que la familia no se enterara de su proyecto.

—Parezco un mocoso desnutrido —murmuró al verse en el espejo cuando su tenida estuvo terminada.

Así era. Con su metro cincuenta de estatura, sus cuarenta y seis kilos de peso y su indómito pelo nuevo, muy corto y desordenado, y vistiendo pantalón, chaleco y chaqueta, lo parecía. La única que la vio con su terno masculino fui yo, en la intimidad de nuestra habitación.

—A mis padres no les va a gustar nada —le dije, pero prometí no contárselo a nadie.

Ese domingo, miss Taylor me llevó de paseo a la plaza de Armas, donde nos esperaba Teresa Rivas. Esta tomó a miss Taylor del brazo sin hacer ningún comentario sobre su atuendo, y echamos a andar hacia la heladería de los gallegos. Ellas iban absortas en la conversación, y yo paraba la oreja para captar algo de lo que decían.

—¡Mariconas! ¡Sinvergüenzas! —masculló en voz alta un caballero de sombrero y bastón que pasó por nuestro lado.

—¡Y a mucha honra, señor! —le contestó Teresa con una carcajada insolente, mientras miss Taylor enrojecía de vergüenza.

Después de los helados, Teresa nos condujo a su vivienda, que estaba lejos de ser lo que esperábamos.

Miss Taylor se había hecho la idea de que Teresa, por su actitud desafiante y su elegancia natural, provenía de la clase alta; de que tal vez era una de esas herederas que pueden burlarse de las convenciones, porque tienen respaldo de dinero y familia. Todavía no era capaz de diferenciar las clases sociales, en parte porque sólo había estado en contacto con mi familia y la servidumbre de la casa.

Ese cuento de que todos los humanos somos iguales ante la ley y ante los ojos de Dios es una patraña, Camilo. Espero que no lo creas. Ni la ley ni Dios nos tratan a todos del mismo modo. Eso es obvio en este país. Al conocer a alguien, nos basta una leve inflexión en el acento, la forma de tomar los cubiertos en la mesa o la desenvoltura para tratar a una persona de condición inferior para identificar en un segundo a cuál de los infinitos estratos sociales pertenece. Es un talento que pocos extranjeros llegan a dominar. Perdona que ponga énfasis en esto, Camilo, sé que te irrita el sistema de clases, tan excluyente y cruel, pero tengo que mencionarlo para que entiendas a Josephine Taylor.

Teresa vivía en la buhardilla de un caserón antiguo, en una calle pobretona y sucia. En el primer piso había una reparadora de calzado, y en el segundo, una industria casera de ropa, donde trabajaban varias costureras haciendo uniformes de enfermeras y batas blancas para los médicos del hospital. A la buhardilla se llegaba por un pasillo en penumbra y una escalera de madera con los peldaños gastados por el uso y la labor paciente de las termitas.

Nos encontramos en una habitación amplia, con el techo bajo y dos ventanucos sucios que apenas dejaban entrar algo de luz, con un diván a modo de cama, una colección de muebles que parecían haber sido descartados por inservibles y un ropero señorial con puertas de espejo, único resabio de un pasado mejor. Reinaba un desorden de huracán, con ropa desparramada y pilas de periódicos y papeles atados con cordeles; calculé que nadie había limpiado en meses.

—¿Cuál es tu conexión con los Del Valle? —le preguntó miss Taylor a Teresa.

—Ninguna. Fui a la fiesta acompañando a mi hermano, Roberto, el mago, ¿te acuerdas de él?

—¡Tu hermano es fantástico!

—La magia es sólo un pasatiempo, nadie se gana la vida tragando puñales y haciendo desaparecer conejos.

Teresa encendió una hornilla para hervir agua, y nos sirvió té en tazas astilladas, el mío con azúcar y el de Josephine con un chorro de aguardiente ordinario. Fumaron cigarrillos oscuros y amargos, que según Teresa limpiaban los pulmones. Esta nos contó que sus padres eran ambos maestros en una provincia del sur, de donde ella y su hermano Roberto habían salido apenas pudieron, él para ir a la universidad y ella en busca de aventura; dijo que no calzaba para nada en el ambiente de sus padres, se definía como bohemia. El padre había contraído la influenza española años antes y había sobrevivido, pero desde entonces estaba enfermo de los pulmones.

—Mis viejos se jubilaron hace poco. Los maestros ganan una miseria, Joe. El nuevo sistema de pensiones empezó tarde para ellos, y carecían de ahorros, así es que se fueron al campo, donde necesitan muy poco para vivir, y ahora imparten clases gratis. Quisiera ayudarlos, pero soy un caso perdido, apenas gano para comer. Roberto, en cambio, tendrá una buena profesión y es un hijo responsable y generoso; él será el sostén de mis padres.

Teresa le explicó a miss Taylor que su hermano debió hacer el servicio militar y por eso se atrasó en los estudios, pero en un par de años se iba a graduar de técnico agrícola. Estudiaba de día y trabajaba de mesonero en un restaurante por las noches. Ella estaba empleada en la Compañía Nacional de Teléfonos.

—Claro que allí no puedo presentarme vestida de hombre —agregó, riéndose.

Nos mostró un par de fotografías de sus padres, tomadas en una plaza de pueblo, y una de su hermano con el uniforme de conscripto, un chico imberbe que en nada se parecía al mago bigotudo y divertido que habíamos visto en la fiesta.

Muchos años más tarde, en su vejez, Josephine Taylor me contaría que esa tarde Teresa y ella sellaron una amistad que habría de transformar su vida. Su única experiencia sexual habían sido las violaciones y golpes de aquel militar británico en su adolescencia, que le dejaron marcas en el cuerpo y la memoria, y un rechazo profundo a toda forma de intimidad física. La idea del placer sexual le resultaba inconcebible, y tal vez por eso no supo interpretar las atenciones de José Antonio. Con Teresa descubrió el amor y pudo cultivar de a poco su sensualidad, cuya existencia no sospechaba. A los treinta y un años, era de una inocencia inusitada

Teresa se jactaba de experimentar todo lo que se le presentara, sin hacer caso de la moral o las reglas impuestas por otros. Se burlaba por igual de la ley y la religión. Le aclaró a Josephine que había tenido amores con hombres y mujeres, y consideraba la fidelidad una limitación absurda.

—Creo en el amor libre. No trates de amarrarme —le advirtió unas semanas más tarde, mientras la acariciaba desnuda en el diván.

Miss Taylor lo aceptó con un nudo en el pecho, sin imaginar que en la larga relación que habría de unirlas nunca tendría motivo de celos porque Teresa sería la más fiel y devota de las amantes.

A comienzos de septiembre de 1929 la Bolsa de Valores en Estados Unidos sufrió un bajón alarmante, y en octubre se precipitó en picada hacia el desastre total. Mi padre calculó que, si se derrumbaba la economía más fuerte del mundo, el resto de los países sufriría el impacto como un cataclismo, y el nuestro no sería una excepción. Era cuestión de tiempo, tal vez sólo unos pocos días, para que su edificio financiero se viniera abajo y él quedara arruinado, como tantos hombres de fortuna ya lo estaban en Norteamérica. ¿Qué iba a pasar con sus negocios, con la venta de su casa, que estaba a punto de concretarse, y con la construcción del edificio en que había invertido tanto? Para especular en la Bolsa había hipotecado sus bienes, pedido préstamos usurarios e incursionado en martingalas ilegales que lo obligaban a llevar una doble contabilidad, una oficial y otra secreta, que sólo compartía con José Antonio.

Arsenio del Valle sentía el pánico como una quemadura por dentro y un frío glacial en la piel, una angustia que le impedía estar quieto un instante y pensar con claridad; respiraba a borbotones, sudaba. Contó el número de personas que dependían de él, no sólo su familia, sino también los sirvientes y los empleados de su oficina, los obreros del aserradero y los trabajadores de las viñas del norte, donde empezaba a realizar su sueño de destilar un brandi refinado que compitiera con el pisco peruano. Quedarían todos en la calle. Ninguno de sus hijos, salvo José Antonio, lo ayudaba en sus negocios, los otros cuatro aprovechaban la prosperidad que él les brindaba, sin preguntarse cuánto costaba conseguirla. Desesperado, pensaba cómo iba a proteger a su mujer, a sus cuñadas y a mí, cómo se salvaría él mismo de la bancarrota y la humillación de haber fallado, cómo iba a enfrentar a la sociedad, a los acreedores, a mi madre.

No era el único en ese estado. Entre los miembros del Club de la Unión imperaba el mismo miedo que a él lo paralizaba e iba creciendo por momentos a medida que se contagiaban unos a otros. En los salones decorados a la inglesa, en verde y rojo oscuro, con escenas de caza de zorros que jamás se habían dado en el país, y muebles Chippendale auténticos, los señores de la clase alta, que tradicionalmente habían tenido el poder económico, aunque no siempre el político, acostumbrados a la seguridad de sus privilegios, seguían las noticias incrédulos. Hasta entonces las calamidades de cualquier índole, tan frecuentes en esta tierra de sismos, inundaciones, sequías, pobreza y eterno descontento, no los habían rozado.

Los mozos iban al trote sirviendo licores y pasando platillos de ostras frescas, patas de cangrejo, codornices en escabeche y empanadas fritas; la inquietud era tal que nadie se sentaba a las mesas. De pronto se alzaba una voz optimista con el argumento de que, mientras se mantuviera estable el precio de ciertos minerales, el país podría sortear la tormenta que se venía encima, pero esa ilusión era rápidamente aplastada por el clamor de los demás. Las cifras eran una realidad ineludible.

Tal como mi padre esperaba con un puño en el estómago, el último martes de octubre el mundo se enteró de que el mercado internacional de valores se había estrellado. Mi padre se encerró en la biblioteca con José Antonio a revisar a fondo la situación, consciente de que su propia ofuscación le impedía tomar alguna medida para evitar el desastre. Dudaba de todo, especialmente de sí mismo. Le había fallado aquello en lo cual se fundaba su posición social: su capacidad natural para hacer dinero, su visión clarividente para descubrir las mejores oportunidades, que nadie más veía, su nariz de sabueso para oler los problemas a tiempo y resolverlos, su carisma de vendedor ambulante para embaucar a otros con tanta habilidad que parecía estar haciéndoles un favor, y su liviandad envidiable para salir de los embrollos. Nada lo había preparado para enfrentar el precipicio que se abría a sus pies, y el hecho de que tantos otros estuvieran asomados al mismo abismo no era un consuelo. Pensó que su hijo, tan ecuánime y razonable, podía aconsejarlo.

—Lo siento, papá, creo que lo hemos perdido todo —le anunció José Antonio después de revisar por segunda vez los libros de contabilidad, tanto los oficiales como los fraudulentos.

Mi hermano le explicó que las acciones ya no tenían ningún valor, le debían dinero a medio mundo, y era mejor no pensar en la posibilidad de que agarraran a su padre por evasión de impuestos. No había forma de pagar las deudas, pero en la situación en que se encontraba el país nadie podría hacerlo; los acreedores tendrían que esperar. El banco se quedaría con el aserradero, las viñas del norte, los proyectos en construcción y hasta nuestra casa, porque no podían pagar las hipotecas. ¿De qué iban a vivir? Habría que reducir los gastos al mínimo.

—Es decir, tendremos que bajar de nivel… —murmuró mi padre con un hilo de voz.

Esa posibilidad jamás se le había ocurrido.

La debacle financiera del resto del mundo prácticamente paralizó a nuestro país. No lo sabíamos aún, pero seríamos la nación más afectada por la crisis, porque se derrumbaron las exportaciones que la sostenían. Las familias adineradas, que a pesar de haber perdido tanto disponían de medios para abandonar la ciudad, se iban a sus fincas, donde al menos había alimento, pero el resto de la población sintió el culatazo de la pobreza sin atenuantes.

A medida que las empresas se declaraban en bancarrota, incrementaba el número de cesantes; en muy poco tiempo volvió la época de las ollas comunes, la olla del pobre, para los miles y miles de hambrientos que hacían cola para un plato de sopa aguada. Masas de hombres vagaban buscando trabajo, y las mujeres y los niños pedían limosna. Ya nadie se detenía a socorrer a los mendigos tirados en las aceras. Por todos lados había brotes de violencia entre los desesperados. Aumentó tanto el crimen en las ciudades que nadie se sentía seguro en las calles.

El gobierno estaba en manos del general, que había mandado al exilio al presidente anterior y ejercía su autoridad con mano de hierro. Decían que en el puerto estaban fondeados sus enemigos políticos, y cualquiera que se sumergiera lo suficiente podía comprobarlo porque los esqueletos pelados por los peces permanecían atados por los tobillos a bloques de cemento. A pesar de la represión con que ejercía el control, el general iba perdiendo poder minuto a minuto, acosado por protestas populares masivas que el nuevo cuerpo de policía, formado con métodos militares prusianos, enfrentaba a tiros. La capital parecía una ciudad en guerra. Se declararon en huelga estudiantes, profesores, médicos, ingenieros, abogados y otros gremios, todos unidos en un solo clamor pidiendo la renuncia del presidente. El general, atrincherado en su oficina, no se convencía de que de la noche a la mañana se le había dado vuelta la suerte, y seguía repitiendo que la policía cumplía con su deber, que las víctimas de bala merecían su suerte porque habían quebrantado la ley, que este era un país de mal agradecidos, que bajo su gobierno hubo orden y progreso y que qué más podían esperar, la catástrofe mundial no era culpa suya.

Al segundo día, José Antonio y mis otros cuatro hermanos salieron también a participar en el alboroto, no tanto por convicción política como para desahogar la frustración y no quedarse atrás, ya que sus amigos y conocidos andaban en lo mismo. Se mezclaban por igual en las calles funcionarios de corbata y sombrero, obreros descamisados e indigentes harapientos. Nunca se había visto una multitud semejante marchando codo a codo, diferente a los desfiles de familias miserables en los peores tiempos de desempleo, que la clase media y alta observaba desde los balcones. Para José Antonio, acostumbrado a controlar sus emociones y llevar una existencia ordenada, fue una experiencia liberadora, y por unas horas le dio la sensación de que pertenecía a un colectivo. Le costaba reconocerse en el energúmeno en que se había transformado, provocando a gritos a una línea compacta de policías armados, que respondían a palos y con tiros al aire.

En eso estaba cuando vio a Josephine Taylor en una esquina, tan exaltada como el resto de la turba, y yo agarrada de su mano, aterrada. La euforia se le enfrió en un instante. Todavía andaba con la cajita del anillo de granates y brillantes en el bolsillo, el mismo que ella rechazó delicadamente cuando él le pidió de rodillas, a la antigua, que se casara con él.

—No me casaré nunca, José Antonio, pero siempre te voy a querer como a mi mejor amigo —le dijo ella, y siguió tratándolo con la misma familiaridad de antes, como si no hubiera escuchado su declaración.

Pero la relación íntima y cariñosa que habían compartido desde que se conocieron le daba esperanza a José Antonio de que ella cambiaría de opinión con el tiempo. El anillo habría de permanecer en su poder durante más de treinta años.

Había pocas mujeres entre los manifestantes, y ella, con pantalones, chaqueta y gorra de bolchevique, se confundía con los hombres. Estaba junto a otra mujer, vestida también con ropa masculina, a quien José Antonio nunca había visto. Tampoco había visto a miss Taylor así vestida, porque en su papel de institutriz era un modelo de feminidad tradicional. La tomó de un brazo, y a mí por el cuello del abrigo, y nos condujo, prácticamente a la fuerza, al portal de un edificio, lejos de la policía.

—¡Las pueden pisotear o darles un balazo! ¿Qué haces aquí, Josephine? ¡Y con Violeta! —la increpó, sin entender qué podía importarle la política local a esa señorita irlandesa.

—Lo mismo que tú, quemando energía —se rio ella, con la voz cascada de tanto gritar.

José Antonio no alcanzó a preguntarle por qué andaba así disfrazada, porque en ese momento lo interrumpió la acompañante de miss Taylor, que se presentó como «Teresa Rivas, feminista, a sus órdenes». Él no conocía ese término y creyó que la mujer había dicho «comunista» o «anarquista», pero no era el momento de aclararlo, porque de súbito se elevó un clamor de triunfo y la muchedumbre comenzó a saltar y lanzar los sombreros al aire y a trepar al techo de los vehículos enarbolando banderas y gritando al unísono «¡ha caído!», «¡ha caído!».

Así era. Cuando por fin el general entendió que había perdido por completo el control del país y que sus colegas del ejército y la policía, que él mismo había formado, no le obedecían, abandonó el palacio presidencial y escapó con su familia al extranjero en el tren del exilio, el mismo en el cual regresaría muy pronto el destituido presidente anterior. Esa noche miss Taylor repitió que mejor estaríamos con una monarquía, y mi padre estuvo de pleno acuerdo. Por unas horas continuó la celebración popular en las calles, pero aquel efímero triunfo político no mitigó en nada la pobreza y desesperación en que estaba sumido el país.

5

Mi padre resistió el primer año de la depresión mundial, acosado por bancos y acreedores privados, mientras desaparecían sus últimos recursos. Durante ese tiempo logró evitar el naufragio final con un ardid piramidal copiado de fraudes similares, que ya eran ilegales en otras partes, pero en nuestro país todavía no se conocían. Sabía que era una solución de corto aliento, y cuando se le vino abajo tocó fondo al fin. Entonces comprendió que no tenía a quién recurrir, se había hecho muchos enemigos en su carrera desatada por ganar más y más. Había estafado a varios conocidos con la pirámide, otros habían sido sus socios en proyectos que habían fracasado y nunca pudo aclararles por qué habían perdido todo y él había salido ileso. Tampoco podía esperar ayuda de sus hermanos, que al comienzo de la crisis acudieron a él en busca de préstamos, que él estaba lejos de poder proporcionarles. Les confesó su bancarrota, pero no le creyeron y se separaron enojados; no olvidaban la forma en que les birló la herencia familiar. Dejó de ir al Club de la Unión porque no pudo pagar las cuotas y era demasiado orgulloso para aceptar que se las perdonaran temporalmente, como hicieron con la mayoría de los miembros en la misma situación. Había trepado muy alto y arriesgado demasiado. Su caída fue estrepitosa.

José Antonio era el único que estaba al tanto de la verdad completa; los otros hijos, desprovistos de su mesada habitual, se repartieron en casas de los primos y amigos, tratando de mantenerse al margen del escándalo del padre. Las mujeres de la familia debieron reducir los gastos y despedir a casi toda la servidumbre, pero no se enteraron de cuán serio era el desastre hasta después del balazo. Tampoco intentaron averiguarlo; ese asunto, como tantos otros, no les correspondía; era un problema de hombres.

El entusiasmo que fuera el motor fundamental de la vida de mi padre desapareció. Soportaba la angustia del día bebiendo ginebra y combatía el insomnio con las gotas milagrosas de su mujer. Por la mañana despertaba con la cabeza envuelta en niebla y las rodillas flojas, esnifaba polvos blancos, se vestía con esfuerzo y, para evitar las preguntas de mi madre, se escabullía a la oficina, donde no había nada que hacer, sólo esperar que pasaran las horas y aumentara la desesperación. Con alcohol, cocaína y opio funcionaba a medias, pero estas sustancias le producían un reflujo de acidez que le impedía comer. Adelgazó, andaba ojeroso, amarillento y agachado; había envejecido un siglo en pocos meses, pero yo era la única que me daba cuenta de su estado. Lo seguía por la casa, silenciosa como un gato, y, violando la prohibición de entrar a la biblioteca, me sentaba a sus pies mientras él vegetaba en su sillón de cuero con la vista fija en la pared.

—¿Está enfermo, papá? ¿Por qué está triste? —le preguntaba, sin esperar respuesta.

Mi padre era un fantasma.

Dos días después de la caída del gobierno, Arsenio del Valle recibió el golpe de gracia al enterarse de que sería desalojado de la casa grande de las camelias, donde nacieron él y todos sus hijos. Contaba con una semana para evacuarla. A eso se sumó una orden de arresto por estafa y evasión de impuestos, tal como temía su hijo José Antonio desde hacía mucho tiempo.

Nadie escuchó el balazo en ese caserón de muchas habitaciones, donde imperaba el ruido de las cañerías, de las maderas secas, de los ratones ocultos en las paredes y del tráfico habitual de sus habitantes. Lo descubrimos al día siguiente por la mañana, cuando entré a la biblioteca a llevarle una taza de café a mi padre, como hacía a menudo desde que despidieron a las mucamas. Las pesadas cortinas de felpa estaban corridas y la única luz provenía de la lámpara del escritorio, una Tiffany con pantalla de vidrio pintado. Era una habitación grande de techo alto, con estanterías de libros y reproducciones al óleo de cuadros clásicos que un pintor uruguayo copiaba con tal exactitud que podría engañar a un comprador experto, como mi padre hizo en un par de ocasiones. Sólo quedaba una enorme Judit con la cabeza decapitada de Holofernes reposando en una bandeja. También habían desaparecido las alfombras persas, la piel de oso, los dos sillones barrocos, los enormes jarrones de loza pintada de China y la mayoría de las piezas de las colecciones. Esa sala, que antes fuera la más lujosa de la casa, era un espacio desnudo donde flotaban los tres o cuatro muebles que iban quedando.

Yo venía cegada por la luz matinal de la galería. Me detuve

unos segundos para acostumbrar la vista a la penumbra, y entonces vi a mi padre recostado en la silla detrás de su escritorio; pensé que estaba dormido y sería mejor dejarlo descansar, pero la quietud del aire y el tenue olor a pólvora me alertaron.

Mi padre se dio un tiro en la sien con el revólver inglés que había comprado en tiempos de la pandemia. La bala se le incrustó limpiamente en el cerebro sin causar mayor destrozo, apenas un hueco negro del tamaño de una moneda, y un sendero delgado de sangre que descendía de la herida hacia el diseño de cachemira de la India de la bata de fumar, y de allí a la alfombra, que absorbió la mancha. Durante una eternidad, permanecí inmóvil a su lado, observándolo, con la taza temblando en la mano, llamándolo en un murmullo, «papá», «papá». Todavía recuerdo con perfecta claridad la sensación de vacío y calma terrible que se apoderó de mí y habría de durar hasta mucho después del funeral. Por último, puse la taza sobre el escritorio y me fui calladamente a buscar a miss Taylor.

Esta escena está grabada en mi memoria con la precisión de una fotografía y se me ha aparecido en sueños muchas veces. A los cincuenta años estuve varios meses en terapia con un psiquiatra que me hizo analizarla hasta las náuseas, pero ni entonces ni ahora puedo sentir la emoción que corresponde ante el padre muerto de un balazo. No siento horror ni tristeza, nada. Puedo explicar lo que vi, el vacío y la calma que he descrito, pero nada más.

La casa entera despertó a la tragedia cuarenta minutos más tarde, una vez que miss Taylor y José Antonio limpiaron la sangre y le taparon la herida a mi padre con un gorro de dormir, que él se ponía en invierno. Fue un esfuerzo encomiable, que sirvió para fingir que se le había reventado el corazón por el estrés. Nadie en la familia, ni afuera, lo creyó, pero habría sido una descortesía dudar de la versión oficial, que el médico corroboró para evitarnos problemas y para que pudiéramos enterrarlo en el cementerio católico en vez del municipal, a donde iban a dar los indigentes y extranjeros de otras religiones. No era el primero ni sería el último de los opulentos señores arruinados que se quitaron la vida en esa época.

Mi madre sintió el suicidio de su esposo como un acto de cobardía: la había abandonado desvalida en medio de una catástrofe que él mismo había provocado. La indiferencia que había sentido por él en los últimos años, en que no compartían ni siquiera la habitación, se tornó en desprecio y rabia. Esa traición era mucho más grave que los pecadillos de infidelidad, que ella había comprobado y en realidad nada le importaban; era una humillación para ella y una vergüenza irremediable para la familia. No pudo fingir dolor de viuda ni vestirse de luto, aun sabiendo que los Del Valle no se lo perdonarían. El entierro se llevó a cabo deprisa y sin avisar a nadie más que a los hijos, porque había que desalojar la casa, y se puso una nota en el diario al día siguiente, cuando ya era tarde para asistir al cementerio. No hubo obituario ni coronas de flores; muy pocas personas ofrecieron condolencias. A mí me impidieron asistir al entierro, porque después de encontrar el cuerpo de mi padre en la biblioteca me dio fiebre y dicen que no hablé durante varios días. Miss Taylor se quedó conmigo. Mi padre, Arsenio del Valle, ese hombre poderoso a quien su mujer y nosotros, sus hijos, obedecíamos y mucha gente temía, se fue sin gloria, como un mendigo.

Mi familia se propuso mencionarlo lo menos posible para evitar explicaciones, y tan bien lo logró que yo nada supe de la quiebra económica y las estafas cometidas que lo condujeron al suicidio hasta cincuenta y siete años más tarde, cuando tú, Camilo, te propusiste, en la adolescencia, desenterrar los secretos familiares escarbando en el pasado. Por un tiempo, el silencio en torno a la muerte de mi padre me hizo dudar de si había visto aquel hoyo en su sien, y tanto repitieron lo del ataque al corazón que casi lo creí. Me di cuenta rápidamente de que ese era un tema prohibido, y viví el duelo con pesadillas recurrentes, pero sin aspavientos, gracias al autocontrol que me había enseñado miss Taylor. No hice preguntas porque se helaba el aire en torno a mi madre y mis tías.

José Antonio reunió a mis otros hermanos, a mi madre y al resto de las mujeres de la familia, incluida miss Taylor, y les explicó sin ambages el desastre financiero, que resultó mucho peor de lo que habían supuesto. A mí me dejaron afuera, porque pensaron que era muy joven para entenderlo y había sufrido el impacto del suicidio. Con pesar, porque las conocían desde siempre, despidieron a las únicas dos empleadas que quedaban en la casa desolada, donde hasta los mastines habían muerto y los gatos habían desaparecido. El resto de la servidumbre, el chófer y los jardineros habían partido meses antes, pero Apolonio Toro se quedó, porque nosotros éramos su única familia. Nunca había ganado un sueldo, trabajaba a cambio de techo, comida, ropa y propinas de vez en cuando.

Mis hermanos, que ya eran adultos, se alejaron para salvarse del bochorno social, y pronto consiguieron trabajo y se independizaron por completo. Si alguna vez tuvimos espíritu de familia, se perdió esa mañana en que hallamos a mi padre en la biblioteca. Tuve escasa relación con ellos cuando era niña, y más tarde en la vida tuvimos pocas ocasiones de encontrarnos. El numeroso clan Del Valle se terminó para mí a los once años, y tú no lo conociste, Camilo. El único que nunca nos abandonó a mi madre, a mis tías y a mí fue José Antonio. Asumió su papel de hermano mayor, enfrentó el escándalo y las deudas, y se echó encima la responsabilidad de cuidar a las mujeres de su familia.

José Antonio había desarrollado un plan que sólo discutió previamente con miss Taylor, porque comprendió que mi madre y mis tías, que jamás habían tenido que tomar decisiones importantes, nada podrían aportar. A ella se le ocurrió una solución práctica, que a él le costó aceptar como la más lógica, porque había vivido en un círculo cerrado, un clan en el cual los miembros se protegían unos a otros y nadie quedaba desamparado. Miss Taylor había nacido pobre y podía pensar sin las limitaciones de José Antonio. Le hizo ver que la actitud distante y fría de su familia era una condena al ostracismo. Arsenio del Valle había manchado el apellido, y nosotros, sus descendientes, pagábamos las consecuencias. Habíamos sido excluidos.

Con las pocas joyas y la colección de figuras de marfil que mi padre no alcanzó a vender o empeñar, José Antonio pudo obtener algo de dinero para llevarnos lejos. Debíamos comenzar de nuevo donde pudiéramos vivir con el mínimo, hasta que él consiguiera hacerse con una situación. El escándalo lo había alcanzado a él también, no sólo por el parentesco, sino porque había trabajado al lado de su padre desde la adolescencia y daba la apariencia de haber estado directamente involucrado en sus negociados. Nadie creyó que mi hermano trató muchas veces de advertirle a su padre de los peligros de su conducta, ni que este jamás le pidió su opinión, siguió su consejo o le dio autoridad. No lo contratarían como abogado mientras no limpiara su nombre, y en la gran depresión económica que convulsionaba al mundo conocido no encontraría empleo en otras ocupaciones. La propuesta de miss Taylor era la salida más razonable.

Mi institutriz resultó poseer un temple inusitado para enfrentar los malos tiempos. Creía firmemente que su infancia de miseria, el orfelinato de las monjas en Irlanda y la depravación de su primer patrón le habían dado la cuota de sufrimiento que le tocaba en esta vida, y nada que viniera en el futuro podía ser peor. A ella se le ocurrió, al ver a José Antonio desesperado después de enterrar al padre, que era mucho mejor irse lejos del ambiente habitual, al menos por un tiempo.

—No queremos la maldad ni la compasión de nadie —le dijo, incluyéndose entre los Del Valle con naturalidad, y agregó que podían contar con sus ahorros, el mismo fajo de libras esterlinas que mi madre le había devuelto y ella guardaba entre su ropa interior.

Sabía exactamente adónde podían ir, le dijo, lo tenía todo planeado. José Antonio volvió a pedirle por enésima vez que se casara con él, y ella le reiteró como siempre que nunca lo haría, pero no le dio la única explicación que él hubiera entendido: ya estaba casada en espíritu con Teresa Rivas.

El tren nos dejó en Nahuel, la última estación; de allí hacia el sur se viajaba en carretas, a caballo y después por mar, porque el territorio se desmiembra en islas, canales y fiordos, hasta los glaciares azules. No se veía ni un alma en el andén desolado, una plataforma de madera, medio techo de metal corrugado y un letrero desteñido por el clima con el nombre del pueblo. Habíamos viajado muchas horas en los duros asientos, con un canasto de huevos cocidos, gallina fría, pan y manzanas. Hacia el final del camino éramos los únicos pasajeros en el vagón, el resto había desembarcado en los pueblos anteriores.

Llevábamos lo que pudimos echar en varios baúles y maletas: ropa, almohadas, sábanas y frazadas, artículos de tocador y cosas de importancia sentimental. En el vagón de carga iban la máquina de coser, el reloj de péndulo de la abuela, el escritorio estilo Reina Ana de mi madre, los tomos de la *Enciclopedia Británica*, trastos de cocina, tres lámparas y unas pequeñas figuras de jade que por alguna misteriosa razón mi madre consideró indispensables para nuestra nueva vida, y que pudieron escamotear antes de que los acreedores hicieran un inventario del contenido de la casa y se apoderaran de todo. También salvaron el piano y lo trasladaron a un cuarto desocupado en la casa donde vivía Teresa Rivas. Como la única que podía tocarlo más o menos bien era miss Taylor, José Antonio se lo regaló. En otro cajón habían acomodado la botica de la tía Pía, las herramientas de la tía Pilar, frascos de conserva, jamones ahumados, quesos envejecidos, botellas de licor y otras delicadezas de la despensa que no quisieron abandonar.

—¡Basta! ¡No vamos a una isla desierta! —las atajó José Antonio al ver que pensaban viajar con gallinas vivas.

—Aquí se acaba la civilización, este es territorio de indios —nos dijo el conductor, mientras esperábamos que Torito y José Antonio descargaran los bultos en la estación de Nahuel.

Eso no contribuyó en nada a tranquilizar a mi madre y mis tías, agotadas por el viaje y asustadas por el futuro, pero nos levantó el ánimo a miss Taylor y a mí. Tal vez ese lugar perdido sería más interesante de lo esperado.

Estábamos sentados sobre las maletas, capeando la llovizna bajo la techumbre y componiendo el cuerpo con té caliente, que nos ofrecieron los empleados del ferrocarril, hombres de la zona, adustos y silenciosos, pero hospitalarios, cuando apareció un carretón tirado por dos mulas. Lo conducía un hombre cubierto con un sombrero de ala ancha y una pesada manta negra. Se presentó como Abel Rivas, estrechó la mano de José Antonio, saludó a las mujeres quitándose el sombrero, y a mí me besó en ambas mejillas. Era de mediana estatura y edad indefinida, con la piel curtida por la intemperie, pelo duro y gris, lentes redondos de marco metálico y manos grandes deformadas por la artritis.

—Mi hija Teresa me avisó de que venían en el tren —nos dijo, y agregó que nos llevaría a nuestro alojamiento—. Después voy a venir por el equipaje, no puedo cargar tanto a las mulas. No se preocupen, aquí nadie les va a robar nada.

El lento trayecto en el carretón, por un camino de lodo, empapados de lluvia, se hizo eterno y nos permitió medir la lejanía en que nos encontrábamos. José Antonio iba en el pescante con Abel Rivas; Pilar sostenía a mi madre, que iba doblada con otra crisis de tos, cada vez más frecuentes y prolongadas; la tía Pía rezaba silenciosamente, y yo, sentada en un tablón entre miss Taylor y Torito, escudriñaba la vegetación a la espera de que aparecieran los indios anunciados por el conductor, que imaginaba como los feroces apaches de la única película que había visto, una confusa historia muda del Oeste americano.

Nahuel se componía de una calle corta con varias casas de madera bastante destartaladas a ambos lados, un pequeño almacén cerrado a esa hora, una única construcción de ladrillos, que según Abel era de múltiples usos: correo, capilla cuando llegaba un cura por esos lados y lugar de reunión de los habitantes para decidir asuntos de la comunidad y para las celebraciones. Levas de perros greñudos, echados bajo los aleros de las casas para capear la lluvia, les ladraban sin entusiasmo a las mulas.

Las mulas dejaron atrás el pueblo y siguieron otro medio kilómetro, luego entraron por un sendero bordeado de árboles desnudados por el invierno y se detuvieron frente a una casa similar a las otras del pueblo, pero más amplia. Una mujer salió a recibirnos, protegida por un gran paraguas negro. Nos ayudó a bajar de la carreta, dándonos la bienvenida con abrazos, como si nos conociera desde siempre. Era Lucinda, la esposa de Abel y madre de Teresa Rivas, diminuta, eternamente en movimiento, mandona y efusiva en su cariño, que no discriminaba entre familia y desconocidos, entre gente y animales. Calculo que entonces tenía casi sesenta años, que se le notaban sólo en las canas y las arrugas, porque era ágil y rápida como una muchacha, a diferencia de su marido, parsimonioso y a ratos taciturno.

Así comenzó la segunda etapa de mi vida, que la familia llamó El Destierro, con mayúscula, y para mí fue una época de descubrimientos. Pasé los nueve años siguientes en esa provincia semidespoblada, al sur del país, que hoy es una destinación turística, un paisaje de inmensos bosques fríos, volcanes nevados, lagos color esmeralda y ríos caudalosos, donde cualquiera con un cordel y un anzuelo podía llenar en una hora un canasto de truchas, salmones y bagres. Los cielos ofrecían un espectáculo siempre nuevo, una sinfonía de colores, nubes veloces arrastradas por el viento, bandadas de gansos salvajes y, de vez en cuando, la pincelada de un cóndor o un águila en su vuelo majestuoso. La noche caía de súbito como un manto negro bordado de millones de luces, que aprendí a conocer por sus nombres clásicos e indígenas.

Lucinda y Abel Rivas eran los únicos maestros en muchos kilómetros a la redonda. Teresa le había contado a miss Taylor que sus padres estaban jubilados desde hacía unos años y habían dejado el pueblo donde enseñaron siempre para trasladarse a donde los necesitaban más. Volvieron a la granja de la familia de Abel, que estaba en manos de Bruno, su hermano menor.

Santa Clara era una propiedad pequeña, que daba para abastecer a la familia y hacer trueque o vender algunos productos de la tierra, tales como miel, quesos y cecinas, en los pueblos aledaños. No era ni sombra de las grandes fincas ejemplares de los inmigrantes alemanes y franceses. Además de la casa principal, en la granja había un par de viviendas básicas, una pieza para ahumar, cobertizos para la tina metálica del baño semanal, el horno del pan y herramientas, una cochinera y el establo de las vacas, los caballos y las dos mulas.

Bruno Rivas era mucho menor que su hermano Abel; tenía unos cincuenta años, hombre de la tierra, trabajador, fuerte de cuerpo y corazón, como decían de él. Había perdido a la esposa y su bebé en un primer parto, que terminó mal, y no se le conoció otro amor. Se volvió serio y callado, pero siguió siendo amable, siempre dispuesto a ayudar, a prestar sus herramientas o sus mulas, a regalar los huevos o la leche que le sobraban.

Facunda, una joven indígena, expresiva de rostro, ancha de espaldas y fuerte como un estibador, trabajaba en su casa desde hacía varios años. Tenía un marido en alguna parte y un par de hijos que criaba la abuela, a quienes veía poco. Era un genio para hornear pan, tartas y empanadas, pasaba la vida cantando y adoraba al señor Bruno, como le decía, a quien regañaba y mimaba como una madre, aunque hubiera podido ser su hija en edad.

Lucinda y Abel ocupaban una de las casitas a pocos metros de la casa original. A Bruno le hizo bien la compañía y la ayuda de su hermano y su cuñada; siempre había mucho que hacer, y por muy temprano que empezaran, el día se hacía corto.

En primavera y verano, las estaciones de más trabajo, Bruno contrataba a un par de peones para que lo ayudaran porque Lucinda y Abel aprovechaban el buen clima para ir a enseñar. Se desplazaban a caballo y mula por una vasta región con cajas de cuadernos y lápices, que compraban de su bolsillo, porque el gobierno tenía abandonadas las remotas zonas rurales. La educación básica de cuatro años era obligatoria, pero resultaba difícil impartirla en todo el territorio; faltaban caminos, recursos y maestros dispuestos a instalarse por esos lados.

Al llegar a un caserío, los Rivas se anunciaban con un cencerro de vaca para llamar a los niños. Se quedaban unos días dando clases, desde el amanecer hasta que se acababa la luz, y cultivando amistad con los vecinos, que los recibían como a ángeles enviados del cielo. No podían pagarles, pero los obligaban a recibir algo: charqui, unas pieles de conejo, sandalias o tejidos caseros, lo que tuvieran. Dormían donde les dieran albergue, y después seguían hasta el próximo destino. Antes de partir les dejaban tareas a los alumnos para varias semanas, con la advertencia de que al volver por allí los iban a examinar, así un día podrían terminar la escuela primaria con un certificado. Soñaban con tener su propio local para enseñar y darles una comida caliente al día a los niños, porque en algunos casos sería la única que recibirían, pero era un proyecto impracticable. Los alumnos no podían desplazarse varios kilómetros a pie para llegar a la escuela; la escuela debía ir hasta ellos.

—Mi hermano Bruno está arreglando para ustedes la otra casa que tenemos aquí. No se ha ocupado por años, pero va a quedar de lo más bien —nos dijo Abel.

Sentados en torno a la estufa, el alma de la vivienda, bebimos mate, la hierba verde y amarga típica del sur, con pan caliente, nata y dulce de membrillo que nos trajo Facunda. Al atardecer llegó Bruno, y después los vecinos, a saludar. Dejaban en la entrada las mantas empapadas y las botas con lodo, saludaban tímidamente y ponían sobre la mesa sus ofrendas: un frasco de mermelada, manteca de cerdo, un queso de cabra envuelto en un paño. Nos examinaban con curiosidad; quién sabe qué pensarían de los visitantes de la capital, con sus manos blancas y sus abrigos delgados, inútiles para hacerle frente a un buen chapuzón, y su manera de hablar diferente. El único que parecía humano era Torito, con sus manazas curtidas por el trabajo, su corpachón encogido para no dar con la cabeza contra la viga del techo y su eterna sonrisa de persona buena.

Al caer la noche, los vecinos se fueron retirando.

—Nos vemos mañana. Facunda les va a traer pan fresco para el desayuno —nos anunció Lucinda, poniéndose el poncho.

Y entonces nos enteramos de que los Rivas iban a dormir en otra parte para dejarnos su vivienda.

—Es por unos días, no más. La casa de ustedes va a estar lista pronto. Estamos reparando el techo y hay que instalar la estufa —nos explicó Abel.

Los primeros días se fueron en visitar a los vecinos de los predios cercanos y de Nahuel para presentarnos y devolver las atenciones. Lo correcto era llevar un obsequio a cambio del que habíamos recibido; en este país no se llega de visita con las manos vacías, y en las provincias esa regla se aplica rigurosamente. Los frascos de mis tías hallaron su destino, aunque no podían competir con las conservas del campo. José Antonio y Torito se unieron a los hombres que reparaban la casa que nos habían dado, y una semana más tarde estábamos instalados en ella con algunos muebles usados que nos consiguió Bruno.

En esas modestas habitaciones de tablas, que gemían con el viento, el escritorio de madera de cerezo y el reloj de péndulo parecían robados, y las lámparas Tiffany resultaron inútiles porque no había electricidad. No me acuerdo de qué pasó con las figuras de jade, creo que se quedaron guardadas en algodones para siempre. Tal como nos advirtieron, era imposible sobrevivir sin la gran estufa de hierro negro, que servía para cocinar, calentar el ambiente, secar el lavado y reunir a la gente. Invierno y verano se encendía con leña desde el amanecer hasta la noche. Mis tías, que apenas sabían hacer una taza de té, aprendieron a usarla, pero mi madre ni siquiera lo intentó; languidecía en un sillón o en la cama, agotada por la tos y el frío.

Torito y yo fuimos los únicos que nos acomodamos a esas circunstancias desde el comienzo, los otros fingían estar acampando temporalmente, porque les costaba aceptar que las privaciones y el aislamiento, que ninguno quiso llamar «pobreza», era nuestra nueva realidad. Durante las primeras semanas padecimos la humedad como una peste persistente. En las tormentas soplaba un viento furioso con ruido de latigazos contra los techos de metal. La llovizna de cada día era paciente, infinita. Si no caía lluvia, nos envolvía la neblina, pero nunca estábamos del todo secos, porque en los pocos momentos en que el sol se abría paso entre las nubes apenas calentaba. Eso agravó la bronquitis crónica de mi madre.

—Es la tuberculosis que me vuelve, este clima me va a matar, no voy a llegar a la primavera —suspiraba envuelta en mantas y alimentada con sopas.

Según mis tías, el aire de campo me mejoró el carácter y me suavizó la rebeldía. En Santa Clara estaba siempre ocupada, el día se me iba volando, tenía mil tareas por delante y todas me gustaban. Me prendé del tío Bruno, como lo llamé desde el principio, y puedo asegurar que el amor fue mutuo. Para él yo era como la reencarnación de su hija que murió al nacer, y para mí él fue el sustituto del padre que perdí. Conmigo se transformaba en el hombre alegre y juguetón que fue de joven y que alguna gente recordaba. «No se encariñe tanto con la mocosa, señor Bruno, porque un día de estos se van a volver a la ciudad y a usted me lo van a dejar con el corazón en pedazos», rezongaba Facunda. Junto a él aprendí a pescar y cazar conejos con trampas, ordeñar las vacas, ensillar los caballos, ahumar quesos, cecinas, jamones, pescado y carnes en una choza de barro de forma circular, donde humeaba siempre un rescoldo de brasas para secar alimentos. Facunda me aceptó porque Bruno se lo pidió. Hasta entonces no había tolerado a nadie en su reino de la cocina, pero acabó por enseñarme a amasar pan, a encontrar los huevos, que las gallinas ponían en cualquier parte, y a cocinar los estofados del invierno y la célebre tarta de manzana que los alemanes habían impuesto en la región.

La primavera llegó por fin, iluminando el paisaje y el ánimo de los desterrados, como nos gustaba llamarnos siempre que ninguno de los Rivas anduviera cerca, porque hubiera sonado como una ofensa a la hospitalidad que nos brindaban. El paisaje se llenó de flores silvestres, de fruta en los árboles y de pájaros ruidosos; el sol permitió quitarnos los ponchos y las botas, se secaron los barriales en los senderos, y pudimos cosechar las primeras verduras de la temporada y la miel de las abejas. A José Antonio y Josephine Taylor les llegó la hora de irse, tal como habían pensado desde el principio. Su plan era dejar al resto de la familia establecida con los Rivas y despedirse, porque ninguno de los dos podía subsistir en el campo y necesitaban trabajar.

Ella decidió volver a la capital, donde podía dar clases de inglés, para eso siempre había interesados, como dijo, pero se abstuvo de admitir que la razón verdadera era su deseo de estar con Teresa. Cada momento lejos de ella era vida perdida. Por su parte, José Antonio debía ganar lo suficiente para mantener a las mujeres de su familia; no podían depender por tiempo indefinido de la caridad de los Rivas. Aunque recibíamos vivienda y comida gratis, siempre había algunos gastos, desde zapatos para mí hasta las medicinas de mamá.

Mi hermano había trabajado en las labores del campo con Bruno durante el invierno, ayudándolo en lo que pudo, pero no estaba hecho para empujar un arado ni partir leña. Le tentaba regresar a la capital con Josephine, porque tal vez con perseverancia podría ganar su amor, y pensaba hacerlo en un futuro, cuando desapareciera la mala sombra de Arsenio del Valle.

—No tienes que pagar por los pecados de tu padre, José Antonio. En tu lugar, yo iría directamente al Club de la Unión, pediría un whisky doble y enfrentaría a los chismosos cara a cara —le sugirió miss Taylor, pero ella desconocía las reglas de nuestro ambiente.

Había que esperar, sólo el tiempo podía borrar el bochorno del pasado.

Entretanto, en los meses de lluvia mi hermano había ido formulando un plan. Si le resultaba, iba a instalarse en Sacramento, la capital de la provincia, separado de nosotros sólo por dos horas en tren y un corto trecho en mula.

El radiotelegrafista de Nahuel asumió la tarea de ubicar a Marko Kusanovic, que había desaparecido después de que el banco cerró el aserradero. Mi padre lo había dado en garantía para uno de sus préstamos, y como no pudo pagarlo el banco lo confiscó, despidió a los trabajadores y acabó con la producción de madera, mientras encontraba a quien vendérselo, pero de eso hacía más de un año y la maquinaria se estaba oxidando. Según averiguó José Antonio, la mayor parte de la colonia croata se había establecido en la provincia más austral del país. Muchos de los emigrantes provenían de los mismos lugares de Europa Central, se conocían, se casaban entre ellos y cualquier recién llegado caía de inmediato en los brazos abiertos de sus compatriotas. José Antonio supuso que allí Marko podría tener familia o amigos.

El radiotelegrafista se puso en contacto con el Club Austro-Húngaro, donde se registraban los miembros de la colonia croata, y nueve días más tarde José Antonio pudo hablar por radio con Kusanovic. Se conocían apenas, pero bastó esa primera conversación, interrumpida por los zumbidos y carraspeos de una comunicación mediocre, para establecer las bases de lo que sería una larga amistad.

—Véngase a Sacramento, Marko, aquí está el futuro —le dijo mi hermano, y el croata no se hizo de rogar.

6

En esos días, Lucinda y Abel se preparaban para otra gira por los caseríos de la zona. Habían establecido que yo tenía mucha más educación que la que ellos podían impartir, y que ya era hora de que pusiera mis conocimientos al servicio del prójimo. Me enseñaron a montar a caballo, venciendo el terror que esas bestias grandes de narices humeantes me provocaban, y me reclutaron como ayudante en la escuelita itinerante. «Volveremos a fines del verano», anunciaron.

Torito quiso sumarse a la expedición para protegerme, no fuera a ser que me raptaran los indios, como dijo. Le explicaron que, si de indígenas se trataba, todos por esos lados eran mestizos, excepto los inmigrantes extranjeros, que llegaban con permiso del gobierno para colonizar el sur. A los indígenas puros los habían ido expulsando mediante el sistema expedito de comprarles la tierra a un precio ridículo o emborrachándolos y haciéndoles firmar documentos que ellos no podían leer. Si eso fallaba, recurrían a la fuerza. Desde la Independencia, el gobierno se había propuesto conquistar, integrar, someter a los «bárbaros» y convertirlos en individuos civilizados, y en lo posible católicos, mediante ocupación y represión militar. El asesinato de indígenas se había practicado desde el siglo XVI, primero por los conquistadores españoles y después por cualquiera que pudiera hacerlo con impunidad. El pueblo originario tenía buenas razones para odiar a los forasteros en general y al gobierno de la República en particular, pero no andaban raptando niñas, no había que temerles, le dijeron los Rivas a Torito.

—Además, tienes que quedarte para ayudar a Bruno y cuidar a las mujeres. Violeta va segura con nosotros.

Pasé el verano de mis trece años impartiendo clases en los villorrios y las hijuelas de la ruta de los Rivas. Los primeros días iba sufriendo, porque me dolían las asentaderas y echaba de menos a mi madre, a miss Taylor y a las tías, pero tan pronto me acostumbré al caballo le tomé el gusto a la aventura. Con los Rivas era inútil quejarse, no me ofrecían consuelo ni simpatía, y así fue como se me quitaron los últimos resabios de las pataletas y los desmayos de la infancia. Puedo decir con orgullo que tengo una salud ejemplar, y buen ánimo, pocas cosas me amedrentan.

La escuelita ambulante se movilizaba sin apuro, al paso de la mula que cargaba el material escolar, mantas para dormir y el escaso equipaje personal. El itinerario nos permitía llegar casi siempre a un lugar habitado antes del anochecer, pero en varias ocasiones dormimos al aire libre. Yo invocaba al padre Juan Quiroga para que nos librara de alimañas y bestias de presa, aunque me habían asegurado que las culebras eran inofensivas y que el único felino peligroso era el puma, que no se acercaba si había fuego.

Abel padecía el mal de los pulmones, tosía todo el tiempo y a veces se quedaba sin aire, como un moribundo. Su vocación didáctica era una segunda naturaleza; aprovechaba las noches a la intemperie para mostrarme las constelaciones, tal como de día me enseñaba los nombres de la flora y la fauna. Lucinda conocía un sinfín de historias del folclore y la mitología, que yo no me cansaba de escuchar. «Cuénteme de nuevo eso de las dos serpientes que crearon el mundo», le decía.

Buena parte del trayecto era por senderos angostos, y en otras el invierno había borrado las huellas y nada indicaba la dirección a tomar, pero los Rivas no se perdían, podían internarse en los bosques sin vacilar y cruzar los ríos sin correr peligro. Sólo una vez mi caballo resbaló en las piedras y me tiró al agua, pero allí estuvo Abel listo para agarrarme de la ropa y arrastrarme hasta la otra orilla. Ese mismo día me dio mi primera clase de natación.

Los alumnos estaban dispersos en una vasta extensión, que con el tiempo llegué a conocer tan bien como los Rivas, tal como aprendí a identificar a cada niño por su nombre. Los vería crecer año tras año, y entrar en la vida adulta sin pasar por las incertidumbres de la adolescencia, porque las exigencias cotidianas no dejaban espacio para la imaginación. Estaban atascados en una pobreza más digna que la de ciudad, pero miseria invencible de todos modos. Las muchachas se convertían en madres antes de que el cuerpo les alcanzara a madurar, y los varones trabajaban la tierra como sus padres y abuelos, a menos que pudieran hacer el servicio militar, que les permitía escapar durante un par de años.

Perdí rápidamente la inocencia en que me mantuvieron

durante la infancia. Los Rivas no me ocultaban el drama del alcoholismo, las mujeres y los niños golpeados, las riñas a cuchillo, las violaciones o el incesto. La realidad difería mucho de la idea bucólica de la existencia rural que nos habíamos hecho al llegar. Me di cuenta de que también en Nahuel, esa aldea de vecinos hospitalarios, bastaba rascar la superficie para descubrir la fealdad y el vicio, pero los Rivas me repetían que no se trataba de maldad inherente a la condición humana, sino de ignorancia y miseria. «Es más fácil ser altruista y generoso con la panza llena que con hambre», decían. Nunca he creído eso, porque he visto que tanto la maldad como la bondad se dan en todas partes.

En algunos villorrios lográbamos reunir a una docena de chiquillos de varias edades, pero a menudo nos deteníamos en viviendas aisladas, donde sólo había tres o cuatro mocosos descalzos; entonces intentábamos alfabetizar también a los adultos, que por lo general no habían recibido ninguna educación, pero el esfuerzo daba poco resultado, porque si habían vivido hasta entonces sin saber las letras, es que no las necesitaban. Lo mismo sostenía Torito cuando pretendíamos convencerlo de las ventajas de la escritura.

Los indígenas, pobres y discriminados por el resto de la población, vivían por aquí y por allá en pequeños predios, con sus chozas, unos pocos animales domésticos y huertos de papas, maíz y algunos vegetales. Me pareció una existencia miserable, hasta que los Rivas me hicieron ver que era una manera diferente de vivir; tenían su lengua, su religión, su propia economía, no deseaban las cosas materiales que nosotros valorábamos. Ellos eran la gente originaria de esa tierra; los forasteros, con pocas excepciones, eran usurpadores, ladrones, hombres sin palabra de honor. En Nahuel y otros pueblos estaban más o menos integrados con el resto de la población, tenían casas de madera, hablaban español y trabajaban en lo que pudieran conseguir, pero la mayoría vivía en comunidades rurales compuestas por varias familias, que los Rivas visitaban cada año. Allí éramos bien recibidos, a pesar de la desconfianza atávica hacia quienes venían de afuera, porque el oficio de maestro era considerado noble. Los Rivas, sin embargo, no iban a dar clases, sino a recibirlas.

El cacique, un viejo de aspecto compacto y cuadrado, con facciones de piedra, nos acogía en la vivienda comunitaria, una estructura básica de palos, con techo y paredes de paja, sin ventanas. Se presentaba con sus adornos y collares ceremoniales, rodeado de algunos mocetones de expresión áspera y amenazante, niños y perros que iban y venían. Lucinda y yo nos quedábamos afuera con el resto de las mujeres hasta que nos permitieran entrar, mientras Abel ofrecía sus respetos: tabaco y alcohol.

Al cabo de un par de horas bebiendo en silencio, porque no compartían la lengua, el cacique daba la señal de invitar a las mujeres. Entonces Lucinda, que sabía algo del idioma indígena, ayudada por uno de los jóvenes que habían aprendido español en la conscripción, servía de intérprete. Hablaban de caballos, de cosechas, de los soldados que estaban acampados en las cercanías, del gobierno, que antes se llevaba como rehenes a los hijos de los caciques y ahora pretendía que los niños olvidaran su idioma, sus costumbres, sus ancestros y su orgullo.

La visita oficial duraba varias horas, no había prisa para nada, el tiempo se medía en lluvias, cosechas y desgracias. Yo resistía el aburrimiento sin quejarme, mareada por el humo del fuego que ardía en aquel recinto sin ventilación, y atemorizada porque me sentía examinada de forma insolente por los hombres. Por fin, cuando me caía de fatiga, la visita se daba por terminada.

Al anochecer, Lucinda me llevaba a la choza de la curandera, Yaima, a donde ella iba a aprender de plantas, cortezas y hierbas medicinales, que la mujer compartía siempre con la salvedad de que servían de poco sin la magia correspondiente. Para ilustrarlo, recitaba encantamientos y golpeaba rítmicamente un tambor de cuero con dibujos que representaban las estaciones, los puntos cardinales, el cielo, la tierra y debajo de la tierra. «Pero el tambor pertenece a la gente», aclaraba, es decir, a su pueblo solamente; otros no podían tocarlo porque no eran gente. Lucinda anotaba la lección en un cuaderno, con los nombres indígenas de cada planta y un dibujo esquemático para identificarla en la naturaleza. Después compartía sus notas con la tía Pía, que estaba expandiendo su repertorio de remedios caseros con nuevos componentes. En vez del tambor mágico, ella aplicaba sus manos, que sanaban con energía. Entretanto yo me quedaba dormida en el suelo de tierra apisonada, acurrucada con un par de perros llenos de pulgas.

Yaima aparentaba cincuenta años, pero, según ella, tenía uso de razón cuando se fueron los españoles con la cola entre las piernas y nació la República. «Nada bueno había antes, y después ha sido peor», concluía. De ser cierto, tendría como ciento diez años, calculaba Lucinda, pero nada se ganaba con contradecirla, cada cual es libre de narrar su vida como mejor le plazca. Yaima usaba la vestimenta habitual de su pueblo, que antes se hacía enteramente en telar artesanal, pero la influencia de la ciudad la había cambiado. Encima de un vestido largo y ancho de tela floreada, llevaba un manto negro sujeto con un prendedor grande, además de pañuelo en la cabeza, peto y adornos de plata en la frente.

Cuando cumplí catorce años, el jefe le pidió a Abel Rivas mi mano en casamiento, para él o para uno de sus hijos, como forma de sellar la amistad, dijo, y le ofreció su mejor caballo como precio por la novia. Abel, traducido a duras penas por Lucinda, rechazó delicadamente la oferta con el argumento de que yo tenía muy mal carácter y, además, era una de sus propias esposas. El cacique sugirió cambiarme por otra mujer. Desde entonces dejé de acompañarlos en esa parte de la gira para evitar un matrimonio prematuro.

En la escuelita peripatética comprobé lo que siempre había sostenido miss Taylor: enseñando se aprende. En los ratos libres debía preparar las clases bajo la dirección de Lucinda y Abel, y así descifré al fin el misterio de las matemáticas y pude memorizar los textos de historia y geografía nacional. Con miss Taylor había tenido seis años de educación y podía recitar los reyes y reinas del Imperio británico en orden cronológico, pero sabía muy poco de mi propio país.

En una de las frecuentes visitas de José Antonio se discutió la posibilidad de enviarme interna al Royal British College, fundado por una pareja de misioneros ingleses, a tres horas en tren. El pomposo nombre le quedaba algo grande al establecimiento, que se componía sólo de una casa con habitaciones para doce niños y el par de misioneros como únicos maestros, pero tenía reputación de ser el mejor de la provincia. Estuve a punto de sufrir una de mis antiguas pataletas. Les anuncié que, si me mandaban allí, me iba a escapar y no volverían a verme nunca más.

—Aquí aprendo más que en cualquier colegio —les aseguré con tal firmeza que me creyeron. El tiempo me dio la razón.

Mi vida se dividía en dos estaciones, una de lluvia y otra de sol. El invierno era largo, oscuro y mojado, los días eran cortos y las noches heladas, pero no me aburría. Aparte de ordeñar, cocinar con Facunda, cuidar las aves, los cerdos y los chivos, lavar y planchar, tenía mucha vida social. Las tías Pía y Pilar se habían convertido en el alma de Nahuel y los alrededores. Organizaban reuniones para jugar a los naipes, tejer, bordar, coser en la máquina a pedal, escuchar música con la Victrola a manivela y rezar novenas para pedir por animales enfermos, personas melancólicas, cosechas y buen tiempo. La intención nunca confesada de las novenas era quitarles feligreses a los pastores evangélicos, que poco a poco ganaban terreno en el país.

Mis tías servían con generosidad un licor de cereza o de ciruela que ellas mismas preparaban y que tenía la virtud de alegrar el ánimo, y estaban siempre dispuestas a escuchar las quejas y confesiones de las mujeres, que llegaban en los ratos de descanso o escapando del tedio. Se conocía en kilómetros a la redonda el don de sanar con las manos de la tía Pía, que debía ser muy discreta para no enemistarse con Yaima. Las dos sanadoras eran más solicitadas que los doctores.

Las horas de luz se me iban ayudando al tío Bruno con los animales o en los potreros, siempre que no lloviera demasiado, y en las tardes me dedicaba a tejer a telar y a palillo, estudiar, leer, preparar remedios con la tía Pía, darles clases a los niños del lugar y aprender la clave morse con el radiotelegrafista. En las pocas ocasiones en que había un accidente o un parto podía asistir a la única enfermera de la zona, que contaba con medio siglo de experiencia, pero su prestigio no podía compararse al de Yaima o al de la tía Pía, a quienes la gente acudía en casos graves.

Miss Taylor y Teresa Rivas llegaban para quedarse un par de semanas en pleno invierno, y entonces su desenfadada presencia irrumpía entre nosotros espantando el mal tiempo. Eran las únicas locas que tomaban vacaciones en el peor clima del mundo, decían. Traían las novedades de la capital, revistas y libros, material escolar para los Rivas, telas para coser, herramientas para la tía Pilar, pequeños encargos que les hacían los vecinos y ellas nunca cobraban, y nuevos discos para la Victrola. Las dos mujeres enseñaban los bailes de moda, que provocaban coros de carcajadas y servían para animar a las almas entumecidas por la lluvia. Hasta el tío Bruno participaba en el baile y el canto, cautivado por su sobrina y la irlandesa. La tía Pilar se había transformado en el campo; había pulido sus conocimientos de mecánica, reemplazado las faldas por pantalones y botas, y competía conmigo por la atención del tío Bruno, de quien estaba enamorada, según miss Taylor. Eran casi de la misma edad y los unía una lista larga de intereses comunes, de modo que la idea no era descabellada.

A esas dos espléndidas mujeres, miss Taylor y Teresa Rivas, se les ocurrió que debíamos celebrar a Torito, que nunca había tenido una fiesta de cumpleaños y ni siquiera sabía en qué año había nacido porque mis padres lo inscribieron en el registro civil ya en la pubertad; en el certificado aparecía con doce o trece años menos de los que le correspondían. Decidieron que, ya que su apellido era Toro y era muy cabezota y muy leal, su signo zodiacal debía ser tauro, y por lo tanto había nacido entre abril y mayo, pero su nacimiento lo íbamos a celebrar cuando estuviéramos todos juntos.

El tío Bruno compró medio cordero en el mercado, para no matar a la única oveja de la granja, que era la mascota de Torito, y Facunda hizo una torta de bizcocho con dulce de leche. Con ayuda del tío Bruno le preparé su regalo: una pequeña cruz que tallé en madera, con su nombre grabado por un lado y el mío por el otro, que colgaba de una tira de cuero de cerdo. Si hubiera sido de oro puro, Torito no la habría apreciado más. Se la colgó al cuello y no volvió a quitársela. Te cuento esto, Camilo, porque esa cruz jugó un papel fundamental años después.

Si le avisaban con anticipación, José Antonio trataba de coincidir con miss Taylor y Teresa, y aprovechaba para pedirle la mano de nuevo a la irlandesa, para no perder la costumbre. Trabajaba con Marko Kusanovic a una distancia relativamente corta a vuelo de pájaro, pero al principio, antes de tener su oficina en la ciudad, debía bajar de la montaña por senderos traicioneros para llegar al tren. El tío Bruno y yo lo recogíamos en la estación y lo poníamos al día sobre la familia, lejos de los oídos de mi madre y las tías. Estábamos cada vez más preocupados por mi madre, que no salía de la cama durante la abrumadora humedad del invierno, arropada hasta las orejas, con cataplasmas calientes de linaza en el pecho, absorta en un torrente continuo de oraciones.

Al tercer año decidieron que ella no resistiría otro invierno, había que mandarla al sanatorio de las montañas, donde había estado varias veces antes. José Antonio ya ganaba lo suficiente para hacerlo. Desde entonces, Lucinda y la tía Pilar acompañaban a la enferma en el tren y luego en el bus que la conducía al sanatorio, donde pasaba cuatro meses reponiéndose de los pulmones y de la melancolía. La iban a buscar en la primavera, y regresaba con ánimo suficiente para vivir un poco más. Por esas ausencias prolongadas, y porque la vi casi siempre incapacitada para una existencia normal, los recuerdos que tengo de mi madre son menos precisos que los de otras personas con quienes crecí, como mis tías, Torito, miss Taylor y los Rivas. Su condición de enferma eterna es la causa de mi buena salud; para no seguir sus pasos, he vivido ignorando orgullosamente los malestares que me han tocado. Así aprendí que, en general, se curan solos si los trato con indiferencia y le doy tiempo a la naturaleza.

En primavera y verano no había descanso en la granja de los Rivas. Durante la mayor parte de la estación estival yo andaba de gira con la escuelita de Abel y Lucinda, pero también pasaba tiempo en Santa Clara ayudando a los otros. Cosechaban verduras, legumbres y frutas, cocían las conservas en frascos herméticos, hacían dulces, mermeladas y quesos con leche de vaca, cabra y oveja, ahumaban la carne y el pescado. Era también el tiempo en que nacían las crías de los animales domésticos, una fiesta efímera para mí, porque los alimentaba con biberón y les ponía nombre, pero apenas me había encariñado con ellos los vendían o sacrificaban y tenía que olvidarlos.

Cuando llegaba el día de matar un cerdo, el tío Bruno y Torito se encargaban de hacerlo en uno de los cobertizos, pero, por lejos que me escondiera, podía escuchar el desgarrador bramido del animal. Después, Facunda y la tía Pilar, ensangrentadas hasta los codos, preparaban longanizas, chorizos, jamones y salames, que yo devoraba sin cargo de conciencia. Varias veces a lo largo de mi vida me he propuesto volverme vegetariana, Camilo, pero me flaquea la voluntad.

Así pasaron los años de mi adolescencia, el tiempo de El Destierro, que recuerdo como el más diáfano de mi vida. Fueron años sosegados y abundantes, dedicada a los menesteres rudimentarios del campo y a la devoción de enseñar junto a los Rivas. Leía mucho, porque miss Taylor se encargaba de mandarme libros de la capital, y los comentábamos en nuestra correspondencia o cuando ella llegaba a la granja de vacaciones.

También con Lucinda y Abel compartíamos ideas y lecturas que me iban abriendo nuevos horizontes. Tuve claro desde chica que mi madre y mis tías pertenecían a una época pasada, no les interesaba el mundo exterior ni nada que sacudiera sus creencias, pero aprendí a respetarlas.

Nuestra casa era pequeña, y la convivencia, muy estrecha; estaba siempre acompañada, pero al cumplir dieciséis años recibí de regalo una cabaña a pocos metros de la casa principal, que Torito, la tía Pilar y el tío Bruno construyeron en un abrir y cerrar de ojos, y la bauticé La Pajarera, porque eso parecía con su forma hexagonal y su tragaluz en el techo. Allí tenía espacio para la soledad necesaria, y privacidad para estudiar, leer, preparar clases y soñar lejos del parloteo incesante de la familia. Seguí durmiendo en la casa con mi madre y mis tías, en una colchoneta que tendía cada noche cerca de la estufa y recogía por la mañana; lo último que hubiera deseado era enfrentar sola los terrores de la oscuridad en La Pajarera.

Con el tío Bruno celebraba el milagro de la vida en cada pollito que salía del cascarón y en cada tomate que llegaba del huerto a la mesa; con él aprendí a observar y escuchar con atención, a ubicarme en el bosque, a nadar en ríos y lagos helados, a encender fuego sin fósforos, a abandonarme al placer de hundir la cara en una sandía jugosa y a aceptar la pena inevitable de despedirme de la gente y los animales, porque no hay vida sin muerte, como él sostenía.

Como carecía de un grupo de chicos de mi edad, pues mis amistades eran los adultos y niños que me rodeaban, no tenía con quién compararme, y no sufrí el desquicio tremendo de la adolescencia; simplemente transité de una estación a otra sin darme cuenta. Del mismo modo me salté las quimeras románticas tan normales a esa edad, porque no había muchachos que las inspiraran. Aparte de aquel cacique que intentó cambiarme por un caballo, nadie me consideraba mujer, yo era sólo una chiquilla, la sobrina postiza de Bruno Rivas.

De la niña insoportable que fui, poco quedaba. Miss Taylor, que me conoció cuando echaba espumarajos de rabia y sacudía las paredes con mis berridos, decía que el campo y la convivencia con los Rivas habían logrado más que toda la educación que ella pudo impartirme; tenía más valor didáctico ordeñar vacas que memorizar una lista de reyes muertos, aseguraba. El trabajo físico y el contacto con la naturaleza me dieron lo que no hubiera obtenido en ningún colegio, tal como profeticé cuando quisieron mandarme interna a donde los misioneros ingleses.

Al ver las únicas dos fotos que existen de aquella época, compruebo que a los dieciocho años yo era bonita; sería falsa modestia negarlo, pero no lo sabía, porque en mi familia y entre la gente de esa región eso no servía de mucho. Nadie me lo dijo, y el único espejo de la casa apenas me servía para peinarme. Tenía los ojos negros, un error de la naturaleza, porque soy muy pálida y esas pupilas de aceituna no me correspondían, y una mata indómita de cabello oscuro y brillante, que recogía en una trenza a la espalda, y lavaba con la espuma jabonosa de una corteza de árbol nativo. Mis manos, de dedos largos y muñecas finas, estaban muy maltratadas por las labores agrícolas y el lavado con lejía, eran manos de lavandera, como decía miss Taylor, con conocimiento de causa por su experiencia en el orfelinato de Irlanda. Me vestía con la ropa que cosían mis tías, pensando en la utilidad práctica y no en la moda; para el diario, un overol o mameluco de tela basta, y zuecos de madera y cuero de cochino; para salir, un sencillo vestido de percal con cuello de encaje y botones de madreperla.

Hasta aquí te he contado poco de Apolonio Toro, el inolvidable Torito, que merece un homenaje porque me acompañó durante muchos años en vida y siguió acompañándome después de morir. Supongo que nació con algunas diferencias genéticas, porque no se parecía a nadie. De partida, era un gigante en nuestro país, donde antes la gente era chaparrita; ahora no, ahora las generaciones jóvenes superan en altura a sus abuelos por una cabeza. Por ser tan grandote, se movía con lentitud de paquidermo, y eso acentuaba su aspecto de bruto amenazante, lo que contradecía su verdadera naturaleza dócil. Habría podido estrangular a un puma con las manos peladas, pero si se burlaban de él, como sucedía a veces, no se defendía, como si tuviera plena consciencia de su fuerza y rehusara usarla contra otros. Tenía la frente estrecha, los ojos pequeños y hundidos, la mandíbula protuberante y la boca siempre entreabierta.

Una vez, en el mercado, unos muchachos lo rodearon a prudente distancia, acosándolo a los gritos de «¡retardado!», «¡idiota!», y tirándole piedras. Torito aguantó sin alterarse ni tratar de protegerse, con un corte en la ceja y la cara manchada de sangre. Se había formado un pequeño corrillo de curiosos cuando llegó el tío Bruno, atraído por el bochinche, y enfrentó a los agresores, furioso. «¡El gorila nos atacó!», «¡hay que encerrarlo!», chillaban, pero retrocedieron y por último se fueron lanzando insultos.

Lo veo sentado en un banco, las sillas le quedaban chicas, lejos de la estufa, porque era acalorado, tallando con su cuchillo algún animalito de madera para los niños, que llegaban a la casa atraídos por las galletas de Facunda. Los mismos niños, que al principio le tenían terror, pronto lo seguían a todas partes. Las mujeres dormíamos en la casa, pero él necesitaba mucho aire, y si no llovía se echaba con una manta bajo el cobertizo. Decíamos que dormía con un ojo abierto, siempre vigilante. Mil veces terminé acurrucada en sus brazos cuando despertaba con una pesadilla. Torito me oía gritar y acudía antes que nadie y me mecía como a un bebé, canturreando «duérmase mi niña, duérmase no más, el Cuco ya se fue y no volverá».

En el campo, Torito encontró su lugar en este mundo. Creo que entendía el idioma de los animales y las plantas; podía calmar a un caballo chúcaro hablándole bajito, y animar los sembrados tocando su armónica. Adivinaba los cambios de clima mucho antes de que aparecieran los signos que el tío Bruno conocía. El hombrón torpe y pesado que era en la ciudad se transformó en la naturaleza en un ser delicado, con antenas para captar su entorno y las emociones de la gente.

Cada tanto, desaparecía. Sabíamos que iba a partir porque cambiaba las suelas de sus botas, empacaba un hacha, su cuchillo y su navaja, la caña de pescar, material para sus trampas y las provisiones que le daba Facunda, que lo trataba con el mismo afecto gruñón y autoritario que empleaba con el tío Bruno. Envolvía todo en la manta y se atravesaba el rollo en diagonal en la espalda, atado al pecho con correas. Se despedía sin muchas palabras y se iba caminando. Se negaba a cabalgar; decía que era muy pesado para el lomo de un caballo o de una mula. Se perdía durante semanas y regresaba flaco, barbudo, negro de sol y feliz. Le preguntábamos dónde había andado, y su respuesta era siempre la misma: conociendo. Esa palabra abarcaba los bosques impenetrables de la selva fría, los volcanes y las cumbres de la cordillera, los precipicios y pasos escarpados de la frontera natural, los ríos torrentosos, las cascadas blancas de espuma, las lagunas escondidas en los resquicios de las rocas, y también incluía a los baquianos, que conocían el terreno palmo a palmo, pastores y cazadores, y los indígenas, que lo respetaban y apodaron Fuchan por su gran tamaño. Entre esa gente, Torito no era el idiota del pueblo, sino el gigante sabio.

Un sábado, a fines del otoño, uno de los trabajadores de una hacienda cercana, que me había visto en un rodeo, llegó a donde los Rivas con la disculpa de comprar unos cerdos; no imaginé que venía atraído por mí. Recuerdo que era un tipo mal afeitado, con voz mandona y porte arrogante, que nos habló desde su montura. Los cochinillos estaban muy chicos, no convenía venderlos todavía, y el tío Bruno le dijo que regresara al cabo de dos meses, pero como el otro se quedó conversando un rato, lo invitó a entrar en la casa a refrescarse. Les serví chicha de manzana e hice ademán de retirarme, pero el hombre me detuvo con un chasquido de la lengua, como a un perro.

—¿Adónde vas, linda? —dijo.

El tío Bruno se puso de pie, más sorprendido que enojado, porque no estábamos habituados a esa insolencia, y me mandó a ver a mi madre, mientras se las arreglaba para deshacerse del desconocido.

Esa tarde me tocaba el baño semanal. En el cobertizo, Facunda y Torito encendían fuego y calentaban agua en un caldero enorme, que vaciaban en la batea de madera. Torito bajaba la cortina de lona, que servía de puerta, y se retiraba, mientras Facunda me ayudaba a lavarme el pelo y refregarme entera hasta dejarme colorada y reluciente. Era un ritual largo y sensual, el agua caliente y el aire frío de la tarde, la espuma de la corteza de árbol en el pelo, la esponja dura en la piel, la fragancia limpia de las hojas de menta y albahaca, que Facunda remojaba en la bañera. Después yo me secaba con trapos, no teníamos toallas, y Facunda me desenredaba el pelo. El mismo proceso hacía yo con ella, con Lucinda y con mis tías. A mi madre la lavábamos por partes, para que no se enfriara. Los hombres se lavaban con baldes de agua fría, o en el río.

Ya estaba oscureciendo cuando me despedí de Facunda y me fui a nuestra casa, en camisón de dormir y con un chaleco grueso, a compartir con mis tías el tazón de caldo y el pan con queso que constituía nuestra cena habitual. De pronto volví a escuchar el chasquido que horas antes había emitido aquel hombre, y antes de que alcanzara a reaccionar se me apareció al frente.

—¿Adónde vas, linda? —repitió en tono descarado.

A varios pasos de distancia se podía oler que había bebido. No sé qué idea se había hecho de mí; tal vez pensó que yo era una sirvienta de los Rivas, alguien insignificante de quien podía aprovecharse. Traté de apurarme hacia mi casa, pero me cortó el paso y se me fue encima, me agarró por el cuello con una mano, y con la otra me tapó la boca.

—Si gritas, te mato, tengo un cuchillo —masculló, mordiendo las palabras, y me dio un rodillazo en el vientre que me dobló en dos.

Me llevó a la rastra a mi Pajarera, empujó la puerta de una patada y me encontré en la choza totalmente a oscuras. La Pajarera estaba cerca de la casa, y si hubiera gritado alguien me habría oído, pero el miedo me impedía pensar. Me tiró al suelo, sin soltarme, y sentí el golpe de la nuca contra las tablas del piso. Su mano libre trataba de subirme el camisón y arrancarme las bragas, mientras yo pataleaba débilmente, aplastada por su peso. Su mano callosa me tapaba la boca y parte de la nariz; no podía respirar, me estaba ahogando. Rasguñé su brazo tratando de soltarme, tragar aire era mucho más urgente que defenderme.

No recuerdo lo que pasó después, tal vez perdí el conocimiento o simplemente el trauma borró para siempre la memoria de ese hecho grosero. Es posible que Torito, al ver que me demoraba en llegar a la casa, hubiera salido a buscarme, y algo debió de escuchar, porque fue a La Pajarera y alcanzó a coger al hombre con sus manazas y quitármelo de encima antes de que me violara. Esto me lo contaron después las tías, y agregaron que Torito se lo había llevado en vilo hasta la salida de Santa Clara y lo había tirado como un saco de papas en medio del camino con una patada formidable de despedida.

Los policías llegaron dos días más tarde a interrogar a la gente de los alrededores. Unos pescadores habían encontrado entre los cañaverales del río, a dos kilómetros de distancia, el cadáver de un hombre llamado Pascual Freire, administrador del fundo vecino, el de los Moreau. Fue fácil identificarlo porque era conocido en la zona; tenía mala fama de ebrio y pendenciero, y había tenido más de un encuentro con la ley. La explicación razonable era que Freire estaba borracho y se ahogó, pero presentaba laceraciones en el cuello. Los policías nada sacaron en limpio; en realidad conducían su pesquisa sin ningún entusiasmo, y al poco rato se fueron.

¿Quién acusó a Torito? Nunca lo sabré, así como tampoco sabré si fue responsable de la muerte de ese hombre. Lo arrestaron ese fin de semana y lo encerraron en Nahuel, esperando la orden de trasladarlo a Sacramento. Llamamos a José Antonio de inmediato, y este tomó el primer tren del día siguiente. Entretanto, los tres Rivas fueron a dar testimonio de que Apolonio Toro era una persona pacífica, que jamás había dado muestras de violencia, como podía atestiguar mucha gente, especialmente los niños. Lo único que consiguieron fue que no lo llevaran a Sacramento ese mismo día, y así mi hermano alcanzó a llegar.

José Antonio ejercía poco como abogado, pero los humildes policías del lugar, que escasamente podían leer, no lo sabían. Se presentó en el recinto, que era apenas una casucha con una jaula para los presos, de sombrero y corbata, con un maletín negro vacío, pero impresionante, y el tono indignado de un rey ofendido. Los apabulló con su jerga legal y, una vez que los hubo amedrentado, les pasó unos cuantos billetes para compensarlos por sus molestias. Soltaron al detenido con la advertencia de que lo tendrían en observación. Torito regresó a la casa en el camioncito del tío Bruno, y hubo que ayudarlo a bajar porque lo habían molido a bastonazos.

Nadie en mi familia o la de los Rivas le hizo preguntas. Facunda se esmeró en consolarlo con lo mejor de su pastelería, mientras la tía Pía colaboraba con Yaima, su rival, para curarlo. Torito orinaba con sangre, porque le habían dañado los riñones, y tenía tantas costillas rotas que apenas podía aspirar aire. No me moví de su lado, devorada por la culpa, ya que él me había salvado a riesgo de su libertad, y tal vez de su vida, pero cuando quise darle las gracias repitió lo mismo que les había dicho a los policías cuando lo interrogaron sobre Pascual Freire:

—A ese muerto, yo no lo conocía.

Según José Antonio, eso podía interpretarse de varias maneras.

SEGUNDA PARTE

La pasión

(1940-1960)

7

En el verano siguiente, cuando todavía el fantasma de Pascual Freire se aparecía en nuestras conversaciones, siempre que Torito no estuviera presente, porque debíamos evitarle el recuerdo de esa pesadilla, conocí a Fabian Schmidt-Engler, el hijo menor de una numerosa familia de inmigrantes alemanes, que llegaron sin nada y en un par de décadas de trabajo duro con visión de futuro, con tierra y préstamos del gobierno, se habían convertido en ciudadanos prósperos. El padre de Fabian era dueño de la mejor lechería de la zona, y su madre y sus hermanas manejaban un hotel encantador a orillas del lago, a cuatro kilómetros de Nahuel, favorito de los turistas que acudían, desde el otro lado del mundo, a pescar.

A los veintitrés años, Fabian había terminado sus estudios de veterinaria y andaba ofreciendo sus servicios para hacer la práctica requerida para sacar el diploma. Llegó a donde los Rivas a caballo, con un par de bolsos de cuero colgando de la montura, camisa y pantalón de explorador con treinta bolsillos, peinado a la gomina y el mismo aire de extranjero desorientado que habría de tener siempre. Había nacido en este país, pero era tan desabrido y formal, tan empecinado y puntual, que parecía recién llegado de muy lejos.

Yo estaba saliendo de la casa, vestida de domingo, porque iba a ir en el camión del tío Bruno a la estación de Nahuel. Ese día llegaba mi hermano de Sacramento, donde ya tenía una oficina con Marko Kusanovic. Era el primer verano que yo no iba de gira a dar clases con Abel y Lucinda, porque me estaba preparando para trasladarme a la ciudad en el otoño. Al ver a ese joven vestido de geógrafo, lo confundí con uno de los forasteros que habían aparecido días antes por allí con la novedad de andar observando pájaros. Nadie les creyó, porque la idea de pasar horas inmóvil mirando el aire con binoculares para vislumbrar un jote de cabeza colorada y anotarlo en una libreta era del todo incomprensible. Tal vez andaban reconociendo el terreno para montar algún negocio de esos que sólo se les ocurren a los gringos, dijeron los vecinos.

—Por aquí no hay pájaros raros —lo saludé.

—¿Tienen… vacas? —tartamudeó el recién llegado.

—Dos, la Clotilde y la Leonor, pero no se venden.

—Soy veterinario. Fabian Schmidt-Engler… —dijo, desmontando para caer encima de una bosta fresca y embadurnarse las botas.

—Aquí no hay nadie enfermo.

—Pero podría haber —sugirió él, con las orejas ardiendo.

—El tío Bruno y la tía Pía curan a los animales, y si la cosa es muy grave llamamos a la Yaima.

—Bueno, si me necesitan me puedes ubicar en el hotel Bavaria.

—¡Ah! Eres de esos Schmidt, los del hotel.

—Sí. Allí hay teléfono.

—Aquí no, pero hay uno en Nahuel.

—Gratis… digo, atiendo gratis…

—¿Por qué?

—Estoy haciendo la práctica.

—Dudo que el tío Bruno te deje practicar con la Clotilde o la Leonor.

Eso no detuvo a Fabian; regresó al día siguiente, a la hora del té, con un *kuchen* de durazno horneado en el hotel. Había pasado la noche atormentado por el insomnio del enamoramiento súbito, según supe más tarde, y venciendo su atávica cautela sustrajo el *kuchen* de la cocina y cabalgó cuarenta minutos con la esperanza de volver a verme. Lo recibió el pequeño clan Del Valle completo, más el tío Bruno y Torito; ninguno le quitaba los ojos de encima al veterinario intruso, temiendo que su intención fuera seducirme. Facunda sirvió el té de mal humor.

—Aquí no hay que traer comida, caballero, tenemos de sobra —masculló al ver el *kuchen*.

Fabian poseía la disciplina y tenacidad que habían hecho la fortuna de su familia. Se propuso conquistarme, y no hubo forma de disuadirlo. Ni la abierta desconfianza inicial del tío Bruno ni los gruñidos de Facunda lograron amedrentarlo, y tampoco retrocedió ante mi impavidez. No me di cuenta de su desvarío sentimental hasta mucho después, lo trataba como si fuera un pariente lejano y poco interesante. Nos visitó cada día durante dos meses del verano, con humildad de suplicante, resistiendo heroicamente incontables tazas de té, alabando las tartas y queques de Facunda —no volvió a cometer el error de aparecer con un *kuchen*— y entreteniendo a mi madre y a mis tías con eternos juegos de naipes, mientras yo me escabullía a mi Pajarera a leer en paz. Era tan neutro y aburrido que inspiraba confianza instantánea.

Apenas se sintió cómodo, Fabian superó esa manera vacilante de hablar, que me irritaba, pero no era un tipo parlanchín, y a diferencia de todos los otros hombres que he conocido en mi vida prefería no dar su opinión si no era experto en el tema. Esa prudencia, que podía interpretarse como ignorancia, no le impidió tener un éxito inusitado en su encomiable profesión de curar animales, como contaré más adelante, si es que me acuerdo. El tío Bruno, que tan groseramente había despedido a otros jóvenes, terminó por acostumbrarse a verlo ir y venir. Un día le permitió estar presente en el nacimiento del ternero de la Clotilde, y entonces supimos que el joven había sido plenamente aceptado.

Su compañía aliviaba el tedio de mi familia, que por estar aislada tenía pocos temas de conversación. Hablábamos siempre de lo mismo: el campo, los vecinos, la comida, las enfermedades y los remedios. Sólo cuando llegaban miss Taylor y Teresa se animaba la tertulia. Las noticias de la radio nos parecía que provenían de otro planeta; nada tenían que ver con nosotros. Fabian contribuía con muy poco a la plática, pero su indulgencia para escuchar lograba inspirar a los demás, y así me enteré de algunos aspectos de nuestro pasado que desconocía. Mis tías le contaron, por ejemplo, acerca del terremoto del año en que nació José Antonio, la pandemia de cuando yo nací, y otras catástrofes que sucedieron cuando nacieron cada uno de mis otros cuatro hermanos. No creo que fueran señales del destino, como pensaban mis tías, sino que en este país siempre hay calamidades, y no cuesta nada relacionarlas con cualquier suceso de la vida, desde el nacimiento hasta la muerte. También supe que la abuela Nívea, la madre de mi padre, había muerto decapitada en un escalofriante accidente de automóvil, y que su cabeza se había perdido en un potrero; que existía una tía capaz de hablar con las ánimas, y que hubo un perro que creció y creció hasta alcanzar el tamaño de un dromedario.

Es decir, mi familia por el lado paterno resultó más original de lo esperado; lamenté haber perdido el contacto con ellos. Esos son tus ancestros, Camilo, te conviene averiguar más sobre ellos; algunas características suelen ser hereditarias. Por supuesto, nunca mencionaban a mi padre, ni las razones por las cuales nos habíamos alejado de esos parientes y nos habíamos desterrado en Santa Clara. El joven se abstuvo de preguntar.

Fabian fue incapaz de disimular el alboroto de sus sentimientos; todos se dieron cuenta, menos yo. Al ver lo que le ocurría al menor de la familia, sus hermanas hicieron las averiguaciones del caso sobre los Rivas, gente modesta, pero muy bien considerada en la zona, y los Del Valle, de apellido aristocrático en la capital, pero seguramente de una rama empobrecida, de otro modo no se explicaba que viviéramos como allegados en el predio de los Rivas. Si se enteraron del escándalo de Arsenio del Valle, no lo relacionaron conmigo. Supongo que discutieron la situación en el seno del clan y concluyeron que no quedaba más remedio que darle una mirada a la muchacha elegida por Fabian. Poco antes de mi partida a Sacramento, mi madre, mis tías y yo recibimos una invitación a almorzar al hotel Bavaria. Bruno nos llevó en el camioncito, que había reemplazado a la antigua carreta de las mulas.

Nos recibió el escuadrón femenino de los Schmidt-Engler en formación: la madre, las hermanas y cuñadas, más un tropel de niños de varias edades, tan rubios y pulcros como Fabian, arios puros. El hotel era entonces, y sigue siendo hasta ahora, una construcción sencilla de madera de secoya, de estilo escandinavo, con enormes ventanales, en un promontorio elevado junto al lago, con la vista espectacular del volcán nevado, que a esa hora brillaba como un faro en el cielo despejado. Los jardines en terrazas, que descendían hasta la delgada franja de playa a orillas del agua, eran una orgía de flores, cruzados por senderos angostos donde paseaban algunos huéspedes.

Habían puesto una mesa larga en una de las terrazas, lejos del barullo del comedor, con mantel blanco y rosas en frascos de vidrio, entre las fuentes de ensaladas y carnes frías. Después mis tías comentaron que no habían gozado de tal refinamiento desde la época de la casa grande de las camelias, antes de que empezara el aciago camino hacia la ruina de mi padre.

Creo que les causé una impresión favorable a esas mujeres, con mi trenza, mi vestido pueril y mis modales de señorita, a pesar de no ser aria y de mi mal disimulada pobreza. Si me casaba con Fabian, no aportaría nada en el plano económico, además de destacar como una mancha entre ellos. Sin duda lo pensaron, pero se lo callaron, porque eran demasiado educadas para sugerir tales objeciones en voz alta. Tarde o temprano, la mezcla con gente del país de adopción sería inevitable, aunque era una lástima que le tocara justamente a su familia. Esto no es un prejuicio de mi parte, Camilo, porque en esos tiempos algunos colonos extranjeros todavía vivían en círculos cerrados. Había media docena de estupendas chicas alemanas casaderas de buena posición, que hubieran calzado mejor con Fabian. Además, él era demasiado joven para casarse, todavía le faltaba su diploma y ganarse la vida, ya que rehusaba trabajar para su padre.

Al comprobar que yo no había sido rechazada de plano por los suyos, Fabian decidió actuar antes de que cambiaran de opinión y yo me fuera a Sacramento. Me acorraló al día siguiente en un descuido de las tías, y me anunció, trémulo, que necesitaba hablarme en privado. Lo conduje a La Pajarera, el refugio donde rara vez alguien más que yo ponía los pies. En la puerta colgaba un aviso pintado en un trozo de madera que prohibía la entrada «a personas de ambos sexos». La luz de la tarde iluminaba el interior, que todavía olía a madera de pino. El mobiliario consistía en un tablón con patas de hierro a modo de mesa, estanterías con libros, un baúl de viaje y un diván destartalado, que le señalé, mientras yo me instalaba en la única silla.

—Sabes… lo que voy… voy… voy… a decirte, ¿verdad? —tartamudeó penosamente Fabian, estrujando uno de los tres pañuelos que siempre llevaba en sus numerosos bolsillos.

—No, pues ¿cómo voy a saberlo?

—Por favor, cásate conmigo —me soltó de un tirón, casi a gritos.

—¿Casarme? Apenas tengo veinte años, Fabian. ¿Cómo me voy a casar?

—No tiene que ser... ahora mismo, po... po... podemos esperar... Me voy a graduar pronto.

Mis tías y el tío Bruno se habían burlado más de una vez de las visitas diarias del veterinario, eso debió darme la pauta de que estaba interesado en mí; no había nadie más en quien ese joven hubiera podido fijar su atención en Santa Clara, pero su declaración me sorprendió. Le había tomado cariño, a pesar de que su presencia constante me fastidiaba. Si alguna tarde no llegaba a la hora de siempre, empezaba a mirar el reloj de péndulo con cierta inquietud.

Lo primero que sentí cuando me habló de casamiento fue aprensión ante la posibilidad de formar parte de la colonia alemana, donde me sentiría como un pato desplumado, entre cisnes. Casarme con Fabian era un tremendo disparate, pero al verlo allí, frente a mí, azorado, chapaleando en el torrente de su primer amor, no tuve corazón para rechazarlo de plano.

—Perdóname, pero ahora no puedo darte una respuesta, tengo que pensarlo. Esperemos un tiempo y entretanto nos vamos conociendo mejor, ¿te parece?

Fabian aspiró una bocanada de aire, llevaba más de un minuto sin respirar, y se secó la frente con el pañuelo, tan aliviado que se le aguaron los ojos. Temiendo que se echara a llorar, me acerqué un par de pasos y me empiné para besarlo en la mejilla, pero él me atrajo con firmeza y me besó de lleno en la boca. Me eché atrás, asustada por la reacción desesperada de ese hombre, aparentemente tan medido y prudente, pero él no me soltó y siguió besándome hasta que me relajé en sus brazos y lo besé a mi vez, explorando esa intimidad recién inventada.

Es difícil describir las emociones contradictorias que me sacudieron en ese momento, Camilo, porque con los años la urgencia del deseo se pierde y ese tipo de recuerdo se vuelve absurdo, como una crisis psicótica ocurrida a otra persona. Supongo que sentí el despertar de la sexualidad, placer, excitación, curiosidad, mezclado con el temor de comprometerme demasiado y no poder retroceder, pero ya no estoy segura de nada relacionado con el sexo. Se me ha olvidado cómo era.

A nadie le comenté lo ocurrido, pero todos, hasta Torito con su inocencia, lo adivinaron, porque la calidad del aire cambiaba cuando Fabian y yo estábamos juntos. Con cualquier pretexto desaparecíamos en La Pajarera, impulsados por un vendaval de anticipación que era imposible ocultar. Las caricias fueron escalando, como era de esperar, pero él tenía ideas fijas sobre lo que estaba permitido antes del matrimonio y nada lo hizo flaquear, ni su amor ardiente ni mi fácil complacencia. A pesar del peligro de quedar embarazada y de la rígida formación que había recibido, me rebelaba ante la santurronería de Fabian, y si él lo hubiera permitido habríamos hecho el amor desnudos, en vez de esas escaramuzas agotadoras enredados en la ropa. Te aclaro, Camilo, que en ese tiempo se suponía que las niñas de mi medio social no se acostaban con los novios ni con nadie antes de casarse. Estoy segura de que muchas lo hacían, pero ni bajo tortura lo hubieran admitido. Todavía no se había inventado la píldora anticonceptiva.

Esos días en que pudimos vernos antes de que me fuera, descubriéndonos mutuamente en la cabaña, escondidos en el establo o en el maizal del potrero, selló la determinación de Fabian de amarme para siempre, como habría de reiterarme mil veces en sus cartas. En mí despertó la convicción serena de que algún día me casaría con él, porque lo natural para cualquier mujer era convertirse en esposa y madre.

—Fabian es un buen tipo, decente, trabajador, transparente, muy apegado a su familia, como debe ser, y la profesión de veterinario es muy respetable —decía la tía Pilar.

—Ese joven es una de esas personas leales que nacen para vivir un solo gran amor —agregaba la tía Pía, romántica invencible.

—Es un plomazo, tías. Es tan predecible que se puede saber cómo va a ser dentro de diez, veinte o cincuenta años —alegaba yo.

—Mejor un marido pesado que uno casquivano.

¿Qué sabían del amor y el matrimonio ese par de solteronas? Me gustaba el juego sexual con Fabian, aunque me dejaba ansiosa y enrabiada, pero sentía poca atracción física o sentimental por ese hombre alto, flaco, rígido de postura, solemne de modales y puritano de costumbres. Seguramente sería un excelente marido, pero yo no sentía ninguna urgencia en casarme. Quería saborear algo de libertad antes de optar por una vida apacible a su lado, criando niños en la seguridad inmutable de su clan. Imaginaba ese futuro como una llanura sosegada en la que nada inusitado podía suceder, nada de encrucijadas, encuentros o aventuras, un camino recto hasta la muerte.

8

Marko Kusanovic había emigrado de Croacia a finales del siglo XIX, a los catorce años, solo y sin dinero, con el nombre de un pariente que había partido diez años antes a Sudamérica escrito en un trozo de papel. Nunca había visto un mapa y no sospechaba la distancia que iba a recorrer, no estaba seguro de la dirección a tomar y no hablaba ni una palabra de español. Pagó su pasaje trabajando en un barco de carga cuyo capitán, otro croata, se compadeció de él y lo puso de ayudante del cocinero. Al llegar no pudo ubicar a la persona anotada en el papel, porque se había equivocado de país y su pariente estaba en Pernambuco. Era fuerte para su edad y se ganó la vida como estibador en el puerto, minero y otros oficios, hasta terminar de capataz en el aserradero de Arsenio del Valle. Tenía don de mando y le gustaba la vida ruda en la cordillera. Allí trabajó durante once años, hasta que lo cerraron; entonces se dispuso a comenzar de nuevo en cualquier otro empleo al aire libre, porque no era hombre de ciudad. La llamada de José Antonio fue providencial.

Al asociarse con Kusanovic, mi hermano cerró el acuerdo con un apretón de manos, y eso les habría bastado a ambos, pero por razones legales debieron inscribir la sociedad en una notaría de Sacramento. Al firmar los documentos, José Antonio cambió su apellido a Delvalle, un gesto simbólico para cortar con el pasado, y práctico, para diferenciarse de su padre.

Las casas prefabricadas de madera ya existían en otras partes, José Antonio lo había leído en una revista, pero a nadie se le había ocurrido hacerlas en nuestro país, donde cada tanto viene un terremoto, descalabra los cimientos de la civilización y después hay que reconstruir deprisa. Marko sabía de madera y José Antonio podía conseguir préstamos, correr con los aspectos legales y la administración. Había aprendido mucho en los negocios de su padre, y también había aprendido con su derrumbe final.

—A nosotros nos van a conocer por la honestidad —le dijo a Marko.

Lo primero fue idear un plano básico con paneles de medidas fijas, unos lisos y otros con puertas o ventanas. Para ampliar la construcción bastaba con multiplicar los módulos; así se podía hacer desde una vivienda mínima hasta un hospital. Con los planos bajo el brazo, José Antonio se presentó en el Banco Regional de Sacramento y consiguió el préstamo necesario para rescatar el aserradero que había sido de su padre. Al despedirse, el gerente pidió ser aceptado como socio capitalista. Eso le abrió a mi hermano las puertas del mundillo financiero de la provincia, donde nadie cuestionó el apellido Delvalle, y así comenzó la empresa Casas Rústicas, que todavía existe, aunque ya no pertenece a mi familia.

El primer año, José Antonio acampó con Marko en los bosques cordilleranos, mientras resucitaban el aserradero muerto y organizaban el transporte de tablas a la modesta fábrica de paneles, que instalaron en las afueras de Sacramento. Al año siguiente dividieron el trabajo, Marko se hizo cargo de la producción y José Antonio abrió una oficina para vender las casas. Los primeros pedidos fueron de hacendados de la provincia, que necesitaban viviendas mínimas para trabajadores temporales, y después fueron unidades para familias de bajos ingresos. Nunca se había visto tanta eficiencia por esos lados. Llegaban un par de obreros a hacer los cimientos e instalar las cañerías, y apenas se secaba el cemento aparecía un camión con los módulos, que se levantaban en menos de dos días, y al tercero se ponía el techo y se celebraba con un asado bien regado con vino para los trabajadores, gentileza de Casas Rústicas, que resultó ser buena publicidad.

La primera vivienda que levantaron de muestra era funcional, pero parecía una perrera. Era tan básica que rayaba en lo patético, en eso estuvimos de acuerdo Marko, José Antonio y yo. Ellos sugirieron disimularla con plantas, pero se habría necesitado un bosque para taparla por completo. En un chispazo de inspiración, se me ocurrió ponerle en el techo una capa de coirón, la paja que usaban los indígenas en sus chozas, para justificar el nombre de «casa rústica» y ocultar el corrugado, que le daba un aspecto muy ordinario. Fue un éxito. José Antonio salió retratado en la prensa de la provincia junto a su casa modelo, con el comentario de que además de ser cómoda y barata resultaba encantadora con su peluquín de paja. Pronto el negocio dio para ampliar la fábrica de módulos y contratar a un arquitecto.

Ese año convencí a mi hermano de que me empleara, ya que me debía el favor de los techos de paja. Me estaba ahogando en el ambiente minúsculo de Santa Clara, donde había vivido tantos años; necesitaba ver algo de mundo antes de atarme para siempre a la imperturbable realidad que iba a compartir con Fabian. Los Rivas pretendían que estudiara para maestra, ya que tenía talento para enseñar, además de experiencia, pero no me gustan los niños; lo único bueno de los niños es que crecen.

Mi madre y mis tías estuvieron de acuerdo en que me haría bien pasar un año o dos en Sacramento; sólo Torito puso objeciones, porque no podía imaginar la vida sin mí, y también Fabian, por la misma razón. La familia Schmidt-Engler, en cambio, debió de celebrar esa separación temporal que, con un poco de suerte, podía ser definitiva. Seguramente pensaban que en la ciudad podría aparecer algún joven apropiado para una chica como yo, y entretanto ellos podrían movilizar a algunas candidatas más apropiadas para Fabian en la colonia alemana.

Los preparativos para el viaje comenzaron con anticipación, porque yo necesitaba un ajuar; no podía andar en Sacramento con mameluco de brin, zuecos de madera y poncho indígena. Miss Taylor nos mandó de la capital varios moldes para hacer vestidos y material para sombreros; la máquina de coser no tuvo descanso durante semanas. Hasta la tía Pilar, que habitualmente prefería herrar caballos y arar la tierra con el tío Bruno, se sumó al esfuerzo colectivo. Improvisaron un colgadero con una barra de hierro, donde se fueron acumulando mis atuendos de ciudad, vestidos copiados de las revistas de miss Taylor, chaquetas, un abrigo con cuello y puños de piel de conejo, enaguas de seda y camisas de dormir. Aparte de las telas que había traído José Antonio, contábamos con los vestidos elegantes de mi madre, que no se habían usado en diez años y fueron descosidos para hacer otros a la moda.

—Tendrás que cuidar esta ropa, Violeta, porque será la misma de tu ajuar de novia —me advirtió la tía Pilar con las tijeras en la mano, porque también había llegado la hora de cortarme la trenza.

Todos, hasta mi madre, que rara vez dejaba la cama o el sillón de mimbre, fueron a la estación a despedirme. Viajé con tres pesadas maletas y una caja de sombreros, las mismas que se usaron años antes cuando escapamos a El Destierro, y un canasto enorme con el pícnic que me preparó Facunda y que alcanzó para compartir con otros pasajeros. En el último instante, para que no pudiera rechazarlo, Fabian me pasó por la ventanilla del tren un sobre con dinero y una carta de amor escrita en términos tan apasionados que me pregunté quién se la había dictado, porque me costaba imaginar que él pudiera expresarse con tanta elocuencia. Se ponía completamente tartamudo al hablar de sus sentimientos, pero con papel y pluma en la mano perdía sus inhibiciones.

En los últimos días se me contagió el nerviosismo general; era la primera vez que viajaba sola, y Fabian propuso acompañarme hasta la estación de Sacramento, donde me esperaría José Antonio, pero a instancias de Lucinda, que había interrumpido la gira estival para llegar con Abel a despedirme, me negué.

—No eres una mocosa. Defiende tu independencia, no dejes que nadie decida por ti. Para eso tienes que ser capaz de valerte sola. ¿Me has entendido? —me dijo.

Nunca he olvidado esa admonición.

Llevaba un año en Sacramento, trabajando como asistente de mi hermano José Antonio, cuando el tío Bruno nos llamó porque mi madre estaba muy mal. No era la primera vez que recibíamos una de esas llamadas alarmantes. La salud de mi madre había comenzado a decaer veinte años antes, y tantas veces imaginó sin mucho fundamento que agonizaba, que terminamos por prestarles poca atención a sus enfermedades. En esa ocasión, sin embargo, la situación era seria. El tío Bruno nos pidió que acudiéramos deprisa y ubicáramos a mis hermanos, para que alcanzaran a despedirse de ella.

Así fue como nos reunimos los seis hermanos Del Valle por primera vez desde el funeral de nuestro padre. Habían pasado diez años y apenas reconocí a cuatro de ellos, convertidos en padres de varios hijos, profesionales encumbrados en la sociedad, señorones conservadores y de buen pasar económico. Creo que ellos también sintieron que yo era una desconocida. Me recordaban como la chiquilla de trenzas que vieron por última vez en la ventanilla de un tren, y se hallaron frente a una mujer de veintiún años. El cariño se cultiva, Camilo, hay que regarlo como a una planta, pero nosotros dejamos que se secara.

Encontramos a mi madre inconsciente, reducida de tamaño, sólo huesos y piel. Pensé que habíamos llegado tarde, que había muerto sin que yo alcanzara a decirle que la quería, y sentí esos calambres en el estómago que suelen atormentarme en los peores momentos de angustia. Mi madre tenía la piel de un color azulado, con los labios y los dedos morados por la asfixia que había combatido durante años y que finalmente la derrotaba. Trataba de inhalar con dolorosa dificultad a bocanadas esporádicas; de pronto pasaba un par de minutos sin respirar, y cuando creíamos que se había ido tragaba aire desesperadamente. Habían puesto su cama en la salita, después de quitar la mesa y el sofá, para que pudieran atenderla.

Al saber lo que ocurría, Fabian llegó un par de horas más tarde y nos trajo a un médico, el esposo de una de sus hermanas. Era imposible trasladar a la enferma; había un par de consultorios sanitarios en la zona, pero el hospital más cercano estaba en Sacramento. El médico diagnosticó enfisema pulmonar en grado muy avanzado; no había nada que hacer, dijo, a la paciente le quedaban muy pocos días de vida. La posibilidad de ver sufrir a mi madre de esa manera durante días era terrible, en eso estuvimos todos de acuerdo. Como último recurso, al comprobar que sus manos mágicas no lograban calmar el martirio de su hermana, la tía Pía hizo llamar a Yaima.

Abel y Lucinda la fueron a buscar a su comunidad. La mujer provenía de una estirpe de curanderas que le habían transmitido el don de curar, de los sueños premonitorios y de las revelaciones sobrenaturales, que ella desarrolló con la práctica y con su buena conducta. «Algunas usan su poder para hacer mal. Otras cobran por sanar, eso mata el don», decía. Ella era el vínculo entre los espíritus y la tierra, sabía de plantas y ritos, podía extirpar la energía negativa y restaurar la salud, cuando se requería. Hizo salir a mis hermanos de la casa y, rodeada sólo de mis tías, Lucinda, Facunda y yo, comenzó su trabajo, que consistía en ayudar a María Gracia a transitar al Otro Lado, tal como se ayuda al niño que va a nacer en el tránsito a Este Lado, según nos explicó.

Hacía tres años que teníamos electricidad en la propiedad de los Rivas; la cogíamos sin permiso de los cables de alta tensión, pero Yaima ordenó desenchufar las luces y la radio, encendió velas, que puso en un círculo alrededor de la cama, y llenó el ámbito con humo de salvia, para limpiar la energía.

—La tierra es la Mama, ella nos da vida, a ella le rogamos —dijo.

Con una venda negra en los ojos examinó a la enferma, palpándola a tientas meticulosamente.

—Con las manos ella ve lo invisible —me dijo Facunda.

Después Yaima se quitó la venda, buscó unos polvos en su bolso, los mezcló con un poco de agua y le dio de beber a mi madre con una cucharita. Dudo que la moribunda pudiera tragar, pero algo del brebaje le quedó en la boca. Yaima cogió el tambor, el mismo que yo había visto en su choza la primera vez que fui a su comunidad, y comenzó a golpearlo rítmicamente mientras canturreaba en su lengua. Más tarde Facunda nos explicó que llamaba al Padre Celestial, a la Madre Tierra y a los espíritus ancestrales de la moribunda para que acudieran a buscarla.

El ritual del tambor duró horas, con una sola interrupción para volver a encender la rama de salvia, limpiar la energía con el humo y darle otra dosis del brebaje a la paciente. Al principio, las tías Pía y Pilar rezaban sus oraciones cristianas;

Lucinda observaba, tratando de recordar los detalles para su libreta de anotaciones; Facunda coreaba el recitativo de Yaima en su lengua, y yo, encogida de dolor de estómago, acariciaba a mi madre, pero al poco rato el encierro, el humo, el tambor y la presencia de la muerte nos produjeron un aturdimiento insuperable. Ya ninguna se movía. Cada golpe del tambor reverberaba en mi cuerpo, hasta que dejé de defenderme del dolor y los calambres y sucumbí a ese extraño sopor.

Caí en trance, no hay otra explicación para esa fuga del tiempo y del espacio. Es imposible describir la experiencia de esfumarse en el vacío negro del universo, desprendida del cuerpo, los sentimientos y la memoria, sin el cordón umbilical que nos une a la vida. Nada quedaba, ni presente ni pasado, y al mismo tiempo yo era parte de todo lo que existe. No puedo decir que fuera un viaje espiritual, porque también desapareció esa intuición que nos permite creer en el alma. Supongo que fue como morir, y que volveré a sentir eso cuando me llegue la hora final. Regresé a la consciencia cuando cesó el sonido hipnótico del tambor.

Terminada la ceremonia, Yaima, tan extenuada como las otras mujeres, aceptó el mate que le llevó Facunda, y después se desplomó en un rincón para reposar. El humo empezó a disiparse y comprobé que mi madre estaba sumida en un sueño profundo, libre del suplicio de la asfixia. Durante el resto de la noche su respiración fue imperceptible y sin esfuerzo; en un par de ocasiones le acerqué un espejo a la boca para averiguar si seguía viva. A las cuatro de la madrugada Yaima golpeó tres veces el tambor y anunció que María Gracia se había ido a ver al Padre. Yo estaba echada en la cama junto a mi madre, aferrada a su mano, pero su tránsito fue tan suave que no me di cuenta de que había fallecido.

Los seis hermanos Del Valle llevamos el ataúd de mi madre en el tren a la capital, para enterrarla junto a su marido en la tumba familiar. No pude llorar su muerte durante meses. Pensaba en ella a menudo con un puño en el pecho, examinando los años que estuvo en mi vida y reprochándole su melancolía, que no me hubiera querido lo suficiente y que hubiera hecho tan poco por acercarnos. Estaba enojada por la oportunidad que perdimos como madre e hija.

Una tarde en que me quedé sola en la oficina, ocupada con unos pedidos, sentí que el ambiente se helaba súbitamente, y al levantar la vista para comprobar si la ventana estaba abierta vi a mi madre de pie junto a la puerta, con su abrigo de viaje y la cartera en la mano, como si estuviera esperando al tren en la estación. No me moví y dejé de respirar para no asustarla.

—Mamá, mamá, no te vayas —le pedí sin voz, pero un instante después desapareció.

Me eché a llorar sin control, y ese torrente de lágrimas me fue lavando por dentro hasta que nada quedó del rencor y la culpa y los malos recuerdos. Desde entonces, el espíritu de mi madre me ronda con paso liviano.

9

El duelo por la muerte de mi madre, que según la costumbre de aquel tiempo duraba un año, y la Segunda Guerra Mundial atrasaron mi casamiento con Fabian. Su profesión era poco apreciada, porque la agricultura estaba estancada en el siglo anterior y eso incluía a los animales. En algunos fundos de inmigrantes europeos estaban copiando los métodos eficientes de Estados Unidos, pero los pequeños agricultores como los Rivas araban con mulas o con bueyes prestados. El ganado era como la Clotilde y la Leonor, vacas pacientes y de buena disposición, pero sin aires de grandeza. Humildes.

En esa provincia, los veterinarios trabajaban como vendedores ambulantes; iban de puerta en puerta vacunando y atendiendo animales enfermos o accidentados; nadie se hacía rico con eso, pero ninguno de los dos ambicionábamos serlo. Fabian amaba a los animales; no ejercía por dinero, sino por vocación, y yo había llevado una existencia simple y no imaginaba otra diferente. Nos bastaba tener cierta comodidad, lo que no era mucho pedir, porque contábamos con el apoyo del clan Schmidt-Engler, ya resignado a la inevitabilidad de mi papel como novia de uno de ellos. Su padre le regaló a Fabian varias hectáreas, tal como había hecho con sus otros hijos, y José

Antonio nos ofreció instalar allí una de nuestras casas rústicas, que yo misma diseñé pensando en los hijos que vendrían.

Las noticias de la Segunda Guerra Mundial en Europa eran alarmantes, pero lejanas. A pesar de la presión de los americanos para que les declaráramos la guerra a los países del Eje, el nuestro se mantenía neutral por razones económicas y de seguridad; éramos muy vulnerables por mar, no podíamos defendernos en caso de un ataque de los temibles submarinos alemanes. También se tenía en consideración las numerosas colonias alemanas e italianas, incluso existía un partido nazi que metía mucho ruido, cuyos miembros marchaban por las calles enarbolando banderas y llevando la cruz gamada en el brazo. Japoneses no había por allí, que yo recuerde.

Los Schmidt-Engler, como todos los alemanes de la región, simpatizaban con el Eje, pero evitaban enemistarse con el resto de la gente, que apoyaba a los Aliados. Fabian callaba; el conflicto no era de su incumbencia. Yo no entendía los pormenores ni las razones de esa guerra, y me daba lo mismo quién la ganara, a pesar de que mi hermano y los Rivas habían tratado de adoctrinarme contra Hitler y el fascismo. Todavía no se conocían las peores atrocidades de los campos de exterminio y del genocidio sistematizado, eso lo supimos en detalle al final de la guerra, cuando se publicaron las fotografías y se hicieron películas de aquel horror.

José Antonio y los Rivas seguían los movimientos de las tropas, que marcaban con alfileres en un mapa de Europa, y era obvio que los alemanes se estaban tragando el continente a mordiscos. En 1941 Japón bombardeó a la escuadra americana en Pearl Harbor y el presidente Roosevelt declaró la guerra al Eje. La intervención de Estados Unidos fue la única esperanza de detener el avance de los alemanes.

Mientras en Europa los hombres se masacraban mutuamente, reduciendo ciudades antiguas a escombro y brasas con un saldo de millones de viudas, huérfanos y refugiados, Fabian estaba dedicado a la inseminación artificial. De animales, claro, no de personas. No fue idea suya, se practicaba desde hacía años con ovejas y cerdos, pero a él se le ocurrió hacerlo con ganado bovino. No voy a entrar en detalles prosaicos, basta decir que el procedimiento me parecía entonces y me sigue pareciendo una tremenda falta de respeto hacia las vacas. Y no quiero pensar cómo obtenían lo indispensable de los toros. Antes de que Fabian tuviera éxito con sus experimentos, la reproducción sucedía de acuerdo con las reglas de la naturaleza, una combinación de instinto y suerte. El toro montaba a su novia y por lo general el resultado era un ternero. Los mejores toros se alquilaban; había que trasladarlos, darles un potrero y vigilarlos, porque no tienen muy buen carácter. Eso explica que a menudo las vacas pusieran objeciones.

Fabian estudió la forma de preservar el semen de animales de buena raza durante varios días, eso le permitía inseminar con un solo toro a cientos de vacas repartidas en kilómetros de distancia, siempre que se diera prisa. Ahora el semen se guarda años y viaja a través del mundo, así una vaca joven de Paraguay puede tener descendencia de un toro de Texas que ya está muerto, pero entonces eso habría sido ciencia ficción.

Con ayuda de su padre, el único que entendió de inmediato las ventajas del concepto, porque tenía un ejército de vacas en su lechería, Fabian montó un laboratorio en un galpón, donde desarrolló la técnica, los implementos necesarios y la mejor forma de usarlos. En los meses y años siguientes viviría obsesionado con ese asunto, que a mí me parecía pornográfico, soñando con sus múltiples posibilidades: caballos de carrera, perros y gatos con pedigrí, bestias exóticas del zoológico y otras en vías de extinción. Admito que me burlé durante mucho tiempo, mientras él seguía dedicado a lo suyo sin molestarse por mi sarcasmo. Lo único que me pidió fue que no lo pusiera en ridículo con mis comentarios delante de otras personas.

Dejé de reírme cuando comprobé los beneficios de su proyecto para mi suegro y otros agricultores. Por un buen tiempo, fue el veterinario más conocido del país; lo entrevistaba la prensa, daba conferencias, escribía manuales, viajaba para entrenar a trabajadores del campo, y mejoró el ganado bovino de varios países latinoamericanos. Su mayor problema, como me explicó muchas veces, era encontrar la forma de preservar el semen durante largo tiempo, pero eso no sucedió hasta la década de los sesenta, me parece. El prestigio de Fabian no se traducía en dinero; sin la ayuda de su padre no habría podido continuar sus investigaciones.

A pesar de las exigencias de su trabajo, que le dejaban poco tiempo disponible para otras cosas, Fabian seguía pidiéndome con tenacidad germana que nos casáramos. ¿Qué estábamos esperando? Yo tenía veintidós años y ya había pasado dos en Sacramento probando mis alas, decía. Eso de probar las alas era un chiste: vivía y trabajaba con mi hermano, que me vigilaba como un carcelero, y Sacramento era una ciudad somnolienta de gente mojigata, intolerante y chismosa. La granja de los Rivas presentaba más desafíos intelectuales que la capital de la provincia.

Mi antigua institutriz y Teresa Rivas fueron amantes en un tiempo en que la homosexualidad era privilegio de los aristócratas y los artistas, los primeros porque lo practicaban con discreción, como uno de mis parientes lejanos cuyo nombre no vale la pena mencionar, y los segundos porque se abanicaban con las normas sociales y los preceptos religiosos. Los casos conocidos eran muy pocos: algún periodista, escritores, una poetisa de fama mundial, un par de actores, pero había muchos otros en secreto.

Al principio, miss Taylor y Teresa Rivas vivían, pobres como ratones, en la buhardilla de Teresa, pero al poco tiempo miss Taylor consiguió empleo como profesora de inglés en un colegio de niñas, donde habría de enseñar durante veinte años sin que nadie cuestionara su vida privada. A los ojos del mundo era una solterona, asexuada como las amebas. Ganaba poco, pero también daba clases privadas y eso les permitió alquilar una casita modesta en un vecindario de clase media, donde finalmente instalaron el piano de cola. En cuanto pudo hacerlo, José Antonio les pasaba una mensualidad porque el sueldo de miss Taylor apenas les alcanzaba para los gastos básicos.

Teresa Rivas dejó su empleo en la Compañía Nacional de Teléfonos para consagrarse por completo a la lucha feminista. Colaboraba en organizaciones dedicadas a los derechos de la mujer: al voto; a la custodia de los hijos, que antes era exclusiva del padre; a disponer de ingresos propios y de protección en el trabajo; a la defensa contra la violencia, en fin, a favor de muchos cambios fundamentales en las leyes, que hoy damos por sentados. También proponían el derecho al aborto y al divorcio, que la Iglesia católica condena en los términos más incendiarios. En esa época todavía existía el infierno. Teresa decía que si los hombres parieran y tuvieran que aguantar a un marido, el aborto y el divorcio serían sacramentos. Creía que los hombres no tienen derecho a opinar, menos a legislar, sobre el cuerpo femenino, porque no conocen la fatiga de gestar, el dolor de parir y la esclavitud eterna de la maternidad.

Eran ideas tan radicales que Teresa iba a dar a la cárcel con cierta regularidad por publicar sus ideas, crear disturbios callejeros, incitar a la huelga, irrumpir en el Congreso y, en una ocasión, asaltar al presidente de la República en un acto público. En los periódicos salió que una feminista desquiciada le había tirado un tomate maduro al presidente durante la inauguración de una planta de leche en polvo. Teresa alegaba que ese era un negocio de los americanos para reemplazar el milagro de la leche materna por una basura envasada. Estuvo presa cuatro meses, hasta que José Antonio logró sacarla en libertad.

Las visitas de estas dos mujeres a Santa Clara en el invierno constituían nuestra fiesta anual. Nos traían las novedades de la capital y las ideas progresistas del mundo, que nos producían una mezcla de espanto y admiración. Supongo que en algún momento José Antonio aceptó el hecho de que miss Taylor nunca iba a casarse con él, pero dudo que supiera la razón. Ninguno de nosotros sospechaba que entre ellas hubiera algo más que una extraordinaria amistad. Confieso que a mí nunca se me ocurrió.

La lucha sostenida de Teresa Rivas y otras mujeres como ella por cambiar las costumbres y las leyes fue dando frutos paulatinamente. Progresamos a paso de tortuga, pero en mi larga vida he comprobado cuánto hemos avanzado. Creo que ella y miss Taylor estarían orgullosas de lo que obtuvieron, y seguirían peleando por lo que falta por hacer. Nadie nos da nada, decía Teresa, hay que cogerlo a la fuerza, y si te descuidas te lo quitan.

Yo no hablaba de estos temas con mi madre ni mis tías, tampoco con Fabian, y menos con su familia. A escondidas de mi novio leía los libros y revistas que me daba Teresa y los comentaba solamente con Lucinda y Abel, que eran casi tan radicales como su hija. Sentía una rebeldía sorda, una rabia contenida al pensar que iba a casarme, tener hijos, convertirme en ama de casa y hacer una vida banal a la sombra de mi marido.

—No te cases si no estás convencida de que puedes pasar el resto de tu vida con Fabian —me dijo miss Taylor.

—Me ha esperado mucho tiempo. Si no me caso ahora, tengo que romper este noviazgo eterno.

—Eso es preferible a casarte con dudas, Violeta.

—Voy a cumplir veinticinco años. Tengo edad sobrada para casarme y tener hijos. Fabian es un hombre estupendo y me quiere mucho, será muy buen marido.

—¿Y tú? ¿Crees que serás una buena esposa? Piénsalo, Violeta. No me parece que estés enamorada. Siempre has sido rebelde, escucha la voz de tu intuición.

Las dudas de miss Taylor eran similares a las mías, pero

estaba comprometida con Fabian, a los ojos de todos éramos una pareja, no había una razón válida para dejar plantado a ese buen hombre. Tenía la idea de que sin él estaba condenada a quedarme soltera. Yo carecía de talento o vocación especial que me señalara un camino diferente al que se esperaba de una mujer. Esa rebeldía que mencionaba miss Taylor, en vez de darme energía para tomar el destino en mis manos, me aplastaba. Quería ser como ella y Teresa, pero el precio era demasiado alto. No me atrevía a cambiar seguridad por libertad.

Fabian y yo nos casamos en 1945, después de casi cinco años de noviazgo, supuestamente platónico, como se usaba, pero para entonces hacía tiempo que yo ya no era virgen; dejé de serlo sin proponérmelo, en alguna de las maromas con Fabian. Lo descubrí esa noche al comprobar que tenía la ropa interior manchada de sangre y no estaba menstruando, pero me callé, no se lo dije a Fabian. No me preguntes por qué, Camilo. Nuestras escaramuzas continuaron como siempre: nos excitábamos hasta la demencia, a medio vestir, culpables, incómodos, temerosos y apurados, para que él acabara avergonzado y yo quedara frustrada. Nos veíamos mucho menos desde que me había instalado en Sacramento. Cuando él llegaba, se iba a un hotel, donde podríamos habernos encontrado si él lo hubiera permitido. En la cama de un buen hotel habríamos hecho el amor con premeditación y condones, que estaban al alcance de cualquier hombre. A las mujeres no se los vendían. Habríamos tenido que ser muy discretos, porque si José Antonio lo hubiera sospechado me habría matado, como me amenazó más de una vez. Mi deber era cuidar su honor y el de la familia, decía, pero cuando le pregunté qué relación había entre su honor y mi virginidad, se indignó.

—¡Insolente! ¡Esas son ideas que te mete Teresa en la cabeza!

En algunos aspectos, mi hermano era un troglodita, pero no creo que intentara llevar a cabo su amenaza. En el fondo siempre fue un buen tipo.

Déjame hacer un paréntesis, Camilo, para comentarte sobre anticonceptivos, aunque no creo que el tema te incumba. Mi madre no pudo evitar tener seis hijos y varios embarazos malogrados, hasta que empleó el método recomendado por la primera mujer médico del país, que andaba divulgando información, con riesgo de ser excomulgada por la Iglesia y arrestada por las autoridades. Siguiendo las instrucciones del panfleto de la doctora, que mi madre estudió a espaldas de su marido, se daba una ducha vaginal de glicerina antes del acto, y otra con una solución de agua tibia y peróxido después, mediante unos adminículos que mantenía ocultos en una caja de sombrero. Sabía que Arsenio del Valle, que se había casado para prolongar el prestigio de su apellido engendrando el mayor número posible de descendientes, hubiera sufrido una apoplejía si hubiese llegado a descubrir el contenido de la sombrerera. Le había oído pontificar a menudo sobre el sagrado deber de una mujer de traer hijos sanos al mundo, tal y como había hecho su madre. Cuando anuncié que por fin iba a casarme, mi tía Pía me entregó los componentes para la ducha, envueltos en papel de periódico, para disimular, y me explicó su uso en susurros, medio muerta de vergüenza.

Al fin se me acabaron las excusas para nuevas postergaciones, y anunciamos que nos casaríamos en octubre, sin sospechar que la guerra mundial iba a terminar un mes antes. Lo usual era que la familia de la novia ofreciera la fiesta de bodas, pero con gran delicadeza, para no ofendernos, los Schmidt-Engler insistieron en que fuera en el hotel Bavaria. Gozaban de un nivel social y económico superior al nuestro.

Mis tías desempolvaron la máquina de coser a pedal para completar mi ajuar, ayudadas por Lucinda, que ya no hacía las giras a caballo para enseñar porque a los setenta y tantos años no le daba el cuerpo para tanto bamboleo, como decía. Hicieron sábanas con las iniciales bordadas de los novios, y manteles de varios tamaños, pero no quise que me ajustaran el vestido con que se casó mi madre, que había sobrevivido en una caja con naftalina desde fines del siglo anterior. Deseaba un vestido propio, nada de encajes color mantequilla. Miss Taylor compró en la capital un traje de novia a la moda, y me lo mandó en el tren. Era de satén blanco, sin adornos, cortado al sesgo para resaltar la figura, con una toca en la cabeza que me daba un aire de enfermera.

Nos casamos en una iglesia encantadora, construida por los primeros inmigrantes alemanes en la región. Entré del brazo de José Antonio, el único de mis hermanos que estuvo presente, mientras mis tías lloraban de emoción, acompañadas por los Rivas, Torito, Facunda, miss Taylor, Teresa y los habitantes de la pequeña aldea de Nahuel en masa. A un lado de la nave estaban la familia y los amigos del novio, altos, luminosos y bien vestidos, y al otro estaban los míos, bastante más humildes de aspecto.

También llegó de sorpresa Marko Kusanovic, que debía de tener cerca de sesenta años; estaba convertido en un recluso y lo veíamos muy rara vez. Tenía un apartamento espartano en Sacramento, para supervisar la fábrica, pero apenas podía se iba a recorrer las vastas plantaciones de pinos que habíamos sembrado para obtener madera sin masacrar los bosques nativos, o al aserradero de las montañas, donde era feliz. La administración, la contabilidad y las ganancias de la empresa le importaban un bledo; si mi hermano no hubiera hecho voto de honestidad, habría podido esquilmarlo fácilmente.

Marko lucía una frondosa barba de profeta y se vestía de cazador, aunque era incapaz de matar una liebre. Me trajo de regalo una escultura tallada en piedra por él mismo, y así nos enteramos de ese talento, que había guardado bien. Supimos que tenía un hijo de cuatro o cinco años, aparecido tarde en su vida. La madre era una joven indígena, graduada de la escuela secundaria, que trabajaba en una fábrica de textiles y estaba criando al niño hasta que tuviera edad de ir a un buen colegio. Marko lo había reconocido; el chico se llamaba Anton Kusanovic y, según su padre, era muy inteligente.

—Le voy a dar la mejor educación; él y su madre tienen una buena vida —nos dijo, emocionado.

El fin de la guerra, con la derrota de Alemania y la muerte de Hitler, pesaba en el aire como una nube negra entre los colonos alemanes. Nadie lo mencionó en mi boda. La simpatía por el Eje o los Aliados definía a la gente y provocaba discusiones desagradables, que habíamos evitado durante seis años, y no se trataba de arruinar la fiesta nupcial con ese tema. Los habitantes de Nahuel habían demostrado escaso interés por el conflicto en Europa porque estaba muy lejos y no les afectaba, pero había sido importante para los Rivas, mi hermano, miss Taylor y Teresa. Habíamos celebrado la paz ese 2 de septiembre con un cordero asado, porrones de chicha y la magnífica pastelería de Facunda, sin incluir a Fabian.

Por fin pudimos hacer el amor desnudos en una cama de hotel, como tantas veces imaginé. Mi marido resultó ser considerado y tierno.

Al día siguiente del casamiento, tomamos el tren a la capital, donde yo no había estado desde el funeral de mi madre, cuando no tuve ocasión de ver nada más que el cementerio y de hacer un par de visitas a mis hermanos, pero para Fabian no presentaba ninguna novedad, porque iba a menudo por su trabajo. La ciudad había cambiado mucho; me hubiera gustado quedarme unos días para recorrerla, volver a ver el barrio de mi infancia e ir al teatro, pero la luna de miel sería en Río de Janeiro, a donde Fabian iba a dar unos cursos. Se habían reanudado los vuelos comerciales, que estuvieron muy limitados en los años de la guerra. La experiencia de volar por primera vez se tradujo en muchas horas aprisionada en mi tenida de viaje: faja, medias, tacones altos, traje de falda y chaqueta ajustadas, sombrero, guantes y estola de piel, mareada, asustada y vomitando, con breves descansos más o menos cada cuatro horas cuando el avión hacía escala para cargar combustible.

Apenas puedo recordar mi luna de miel, porque me enfermé con un bicho intestinal y pasé casi todo el tiempo observando desde la ventana la espléndida playa Copacabana y sorbiendo té en vez de las famosas *caipirinhas*. Cuando no estaba trabajando, Fabian me cuidó tiernamente. Me prometió que volveríamos a Brasil en el futuro para una verdadera luna de miel.

Fiel a su palabra, mi hermano construyó nuestra morada en una semana, y la coronó con una techumbre doble del mejor coirón de la zona. En los años que trabajé para él, José Antonio había prosperado más de lo que nunca soñó, y puedo atribuirme una parte del mérito, porque a mí se me ocurrían ideas que en justicia debieron ser del arquitecto. De las más rentables fue construir una comunidad de Casas Rústicas a orillas del lago, y ponerlas en venta a precio usurero en la capital, como casas de veraneo.

—Esto es una estupidez, Violeta, estamos muy lejos de la capital, nadie va a viajar tantas horas en tren o en automóvil para venir a bañarse a un lago helado —alegó José Antonio, pero me hizo caso.

Dio tan espléndido resultado que después le sobraban interesados en invertir en proyectos similares. Yo me encargaba de buscar los lugares apropiados y gestionar la compra del terreno y los permisos para construir.

—Me vas a dar una buena comisión por cada una de estas casas que vendamos —le exigí a mi hermano.

—Pero, ¿cómo, Violeta? ¿Acaso no somos familia? —me respondió.

—Por lo mismo.

En ese tiempo yo era muy frugal; tenía pocos gastos, porque vivía con José Antonio, y en Sacramento no había tentaciones. Ahorré dinero, conseguí un préstamo en el mismo Banco Regional donde teníamos las cuentas de Casas Rústicas, compré un terreno y financié ocho de nuestras casas, con una piscina común y rodeadas de jardines, para justificar el precio. Las vendí muy bien, pagué el préstamo y repetí la operación. Alcancé a construir cuatro comunidades antes de casarme y, tal como le expliqué a Fabian, pensaba seguir invirtiendo en ese negocio y otros que se me podrían presentar en el futuro. Eso era inusitado. Las mujeres de mi ambiente social no trabajaban, y mucho menos lo hacían en provincia, donde vivíamos con varias décadas de atraso.

Le aseguré a Fabian que mi trabajo no interferiría con mi papel de buena esposa, ama de casa y futura madre, y él tuvo que aceptar a regañadientes. Además del bochorno social, significaba que su mujer iba a tener un pie en el campo y otro en la ciudad. Soy obstinada, y si se me pone algo en la cabeza no lo suelto más. Así, mientras él estudiaba, hacía experimentos, escribía y enseñaba con la compulsión de un sabio loco, yo me hacía cargo de los gastos domésticos, ahorraba y le daba al tío Bruno una pensión mensual por mis tías, que él rehusaba cada vez, pero yo se la depositaba en una cuenta para emergencias, que siempre había: se murió la Clotilde y tuvo que reemplazarla, se cayó el cerco con la tormenta, hubo mala cosecha, se secó el pozo, se le alborotó la vesícula a Facunda y hubo que financiar su operación.

El que yo trabajara, ganara dinero y mantuviera la casa era ofensivo para mi marido. Me sentía culpable y trataba de minimizar el esfuerzo, jamás hacía una referencia a mi trabajo en público, y si alguien tocaba el tema decía que era un pasatiempo temporal para entretenerme y que, por supuesto, lo dejaría cuando tuviera niños. En el fondo, sin embargo, ya no me consideraba impotente e inútil, porque me di cuenta de que tengo habilidad para hacer dinero. La heredé de mi padre, con la diferencia de que soy prudente mientras que él era descocado. Yo pienso y calculo, él hacía trampas y tentaba a la suerte.

¿Por qué muere el amor? Me lo he preguntado muchas veces. Fabian no me dio ninguna razón para dejar de quererlo, por el contrario, era un marido ideal, no me molestaba ni pedía nada. Era entonces, y siguió siendo hasta su muerte, un hombre fino. Vivíamos bien con lo que yo ganaba y la ayuda que él recibía de su familia, teníamos una casa acogedora, que salió fotografiada en una revista de arquitectura como ejemplo de construcción prefabricada; los Schmidt-Engler me aceptaron tan bien como a las otras nueras, y me integré en la colonia alemana, aunque nunca pude aprender ni una palabra de su idioma. Mi marido se había convertido en el experto más reconocido en el país por su trabajo, y a mí me resultaba cada negocio que me pasaba por la mente. En resumen, teníamos una vida que a los ojos de los demás era casi perfecta.

Quería a Fabian, pero sé que nunca estuve enamorada de él, tal como me hizo ver miss Taylor en más de una ocasión. En nuestros cinco años de noviazgo llegué a conocerlo al revés y al derecho, me casé sabiendo cómo era y que no cambiaría, pero él me conocía poco y cambié mucho. Me aburría su carácter amable y predecible, su obsesión con sementales y vacas preñadas, su indiferencia ante aquello que no le concernía en lo personal, su rigidez, sus principios inamovibles y anticuados, su arrogancia de ario puro, fortalecida por años de propaganda nazi, que también nos llegaba aquí, en el otro extremo del mundo. Aunque no puedo reprocharle esa superioridad porque todos creíamos que los inmigrantes de Europa eran mejores que nosotros.

Este es un país muy racista; ya ves, Camilo, cómo hemos tratado a los indígenas. Un pariente mío, que era diputado a mediados del siglo XIX, proponía someter a los indígenas a la fuerza o eliminarlos, como hicieron en Estados Unidos, porque eran brutos indomables, enemigos de la civilización; vivían sumergidos en vicios, ociosidad, embriaguez, mentira y traición, y todo ese conjunto de abominaciones que constituyen la vida salvaje, según sus palabras exactas. Ese juicio estaba tan difundido que el gobierno invitaba a gente de Europa, especialmente alemanes, suizos y franceses, a que vinieran a colonizar el sur para mejorar la raza. Si no tuvimos inmigración africana o asiática fue porque los cónsules tenían instrucciones de impedirlo; judíos y árabes tampoco eran bienvenidos, pero llegaban de todos modos. Supongo que los colonos extranjeros, que despreciaban a los indígenas, tampoco tenían una opinión favorable de los mestizos.

—Tú no eres mestiza, Violeta, todos nuestros antepasados son españoles o portugueses, no hay una gota de sangre de indio en nuestra familia —me dijo la tía Pilar cuando hablamos del tema.

Mientras yo mantenía las mismas dudas que tuve antes de

casarnos, Fabian nunca cuestionó nuestra relación y no percibió que me estaba alejando porque eso le resultaba inconcebible; habíamos hecho voto ante Dios y la sociedad de amarnos y respetarnos hasta la muerte. Eso es mucho tiempo. Si yo hubiera sospechado cuán larga puede ser la vida, habría modificado esa cláusula del contrato matrimonial. Una vez le insinué mi frustración a mi marido, con la cortesía habitual entre nosotros, y no se inquietó para nada. Debí haber sido más categórica para que prestara atención. Me respondió que al principio las parejas suelen tener dificultades, que es normal, pero que con el tiempo aprenden a convivir, ocupan su lugar en la sociedad y forman su familia. Así había sido siempre, era un mandato biológico. Cuando tuviéramos hijos me sentiría satisfecha, «la maternidad es el destino de la mujer», dijo.

Ese fue el mayor problema que tuvimos: los hijos que no llegaban. Supongo que para un experto en reproducción como Fabian, la infertilidad de su mujer debió de ser una afrenta personal, pero jamás lo expresó así delante de mí. Sólo me preguntaba esperanzado de vez en cuando si teníamos alguna novedad, y en una ocasión me comentó de pasada que la inseminación artificial en seres humanos era conocida desde la época de los sumerios, y que, de hecho, la reina Juana de Portugal tuvo una hija con ese método en 1462. Le contesté que no me confundiera con una de sus vacas. La reina Juana no volvió a ser mencionada.

Me asustaba la posibilidad de tener hijos, sabía que sería el fin de mi relativa libertad, pero no los evité, excepto por las mandas al padre Quiroga, que en realidad no entran en la categoría de anticonceptivos. Cada mes, al comprobar que menstruaba, daba un suspiro de alivio y le pagaba su cuota al santo en una iglesia de Sacramento, donde había un espantoso cuadro al óleo del cura con una pala en la mano, rodeado de huérfanos.

Mi marido deseaba una mujer tan incondicional en el amor como lo era él, alguien que se sumara a su proyecto de vida, lo secundara y le profesara la admiración que creía merecer, pero le tocó la mala suerte de enamorarse de mí. Yo no podía darle nada de eso, pero juro que lo intenté tenazmente, porque esa era la misión que me correspondía. Supuse que de tanto fingir terminaría por ser la esposa perfecta que se esperaba de mí, sin aspiraciones propias, existiendo a través del marido y los hijos. La única persona conocida que desafiaba ese mandato social y divino era Teresa Rivas, que profesaba sin disimulo su horror al matrimonio porque lo consideraba fatal para las mujeres.

Tan bien conseguía engañar con mi actitud de esposa complaciente que mis cuñadas, cuatro valquirias alegres y trabajadoras, se burlaban cariñosamente de mi forma de mimar y servir a mi marido como una geisha. Así era en apariencia, sobre todo cuando ellas andaban cerca. Procuraba que Fabian se sintiera cómodo y halagado, como recomendaban las revistas femeninas, porque me resultaba fácil y así él no indagaba en mis sentimientos; estaba convencido de que si él era feliz yo también lo era. Pero el disfraz de geisha ocultaba a una mujer enojada.

El viaje de la vida se hace de largos trechos tediosos, paso a paso, día a día, sin que suceda nada impactante, pero la memoria se hace con los acontecimientos inesperados que marcan el trayecto. Esos son los que vale la pena narrar. En una existencia tan larga como la mía, hay algunas personas y muchos eventos inolvidables, y tengo la buena suerte de que no me ha fallado la mente; a diferencia de mi pobre cuerpo maltrecho, mi cerebro se mantiene intacto. Recordar es mi vicio, Camilo, pero me voy a saltar los tres años y tanto que estuve casada con Fabian, porque fueron de tranquilidad conventual, sin nada trágico o espléndido que contarte. Para él fueron años muy satisfactorios, por eso no pudo entender qué diablos sucedió, por qué un día me fui.

10

Julián Bravo había sido piloto en la Real Fuerza Aérea de Gran Bretaña durante la guerra, uno de los pocos latinoamericanos que participaron de esa manera en el conflicto. Fue condecorado por actos de valentía y su habilidad suicida para batirse a duelo en el aire con los aviones alemanes. Según la leyenda, que él no repetía, pero seguramente echó a rodar, con su Spitfire derribó más de ochenta aviones enemigos. Un día cayó del cielo a mi vida, precedido por esa fama de guerrero, pero incluso sin aquel pasado romántico la impresión que me hubiera causado habría sido igualmente poderosa. Era el héroe de las novelas.

Acuatizó en el lago en un avión anfibio, trayendo como pasajeros a dos miembros de la realeza de Dinamarca y a sus acompañantes, que andaban en visita oficial en el país y pretendían pescar en nuestros ríos. Fueron a dar al hotel Bavaria, el mejor de la región, donde los recibieron sin aspavientos, como si se tratara de huéspedes habituales. Esa estudiada sencillez fue idea de mi suegra y resultó ser un acierto, porque los nobles daneses prolongaron su visita y se quedaron una semana con nosotros. Allí, en el hotel Bavaria, ante la mirada astuta de mi suegra y las risillas sofocadas de mis cuñadas, conocí a Julián.

Estaba sentado en la baranda de la terraza, con un pie en el suelo, un cigarrillo en una mano y un vaso de whisky en la otra, y vestía pantalones color caqui y una camisa blanca de mangas cortas, que ponía en evidencia su tórax y brazos de atleta. Irradiaba algo sexual y peligroso, como la fuerza contenida de un animal grande, que percibí claramente a varios metros de distancia. No puedo definirla de otra manera. Esa irresistible energía viril de Julián, que lo caracterizaba en su juventud, permaneció inmutable hasta su muerte, cuarenta y tantos años más tarde.

Incapaz de moverme, acepté con una mezcla de terror y urgente anticipación que en ese instante mi vida daba un vuelco irrevocable. Él debió de sentir la intensidad de mi presentimiento, porque se volvió en mi dirección con una media sonrisa de curiosidad. Demoró largos segundos en poner el otro pie en el suelo, dejar el vaso sobre la baranda y avanzar con esa manera suya de caminar pavoneándose, como los vaqueros de las películas del Oeste. Más tarde me aseguró que había sentido lo mismo que yo: la certeza de que habíamos vivido hasta entonces buscándonos, y por fin nos encontrábamos.

Se detuvo a dos pasos de mí, recorriéndome de la cabeza a los pies con mirada de subastador. Me sentí desnuda en mi discreto vestido blanco de verano.

—Nos conocemos, ¿verdad? —preguntó.

Asentí, muda.

—Ven conmigo —agregó, aplastando el cigarrillo con el pie y cogiéndome de la mano.

Bajamos casi corriendo hasta la playa por el sendero que culebreaba entre las terrazas del jardín; lo seguí hipnotizada, sin soltar su mano y sin pensar que podía ser vista por mi marido y la mitad de su familia. No me resistí cuando se dejó caer de rodillas en la arena, me atrajo a su lado y me besó con una intensidad nueva y aterradora.

—Es inevitable que nos amemos —me aseguró, y yo asentí de nuevo.

Así comenzó la pasión que habría de acabar con mi matrimonio y determinar mi futuro. Julián Bravo me dio cita en su habitación, y media hora más tarde estábamos desnudos a plena luz del día, explorándonos con desesperación perversa en el hotel de mi suegra, a pocos metros de mi marido, que estaba bebiendo cerveza con los daneses y explicándoles mediante un intérprete su técnica fascinante de inseminación artificial. Y en el segundo piso, entre cuatro paredes de madera olorosas al bosque nativo, bajo la luz apenas tamizada por una rústica cortina de arpillera cruda, sobre una cama de plumas con sábanas de lino, como todas las del hotel, aprendí a los veintiocho años las sorprendentes posibilidades del placer y la diferencia fundamental entre un marido poco inspirado y un amante de novela.

Hasta esa tarde con Julián Bravo, la ignorancia de mi propio cuerpo era tan monumental que sólo se explica por el tiempo y el lugar en que me tocó nacer. Me crie con una madre remilgada que tuvo seis hijos traídos del cielo por el Niño Jesús, como me aseguraba en susurros, y dos tías solteronas que jamás mencionaban «los países bajos», es decir, la zona entre la cintura y las rodillas. La tía Pía murió virgen y la otra, bueno, quién sabe, porque en la vejez se pudo haber acostado con Bruno Rivas, pero nunca me lo confesó. En cuanto a Josephine Taylor, se limitó a mostrarme ilustraciones del cuerpo humano en un libro, porque a pesar de sus ideas revolucionarias era tan mojigata como mis tías. Con ella aprendí a quitarme y ponerme la ropa con contorsiones de circo para evitar la vulgaridad de la desnudez. No tuve amigas de mi edad, no fui a la escuela; mi escaso conocimiento provenía de los animales apareándose en la granja. Al casarme, seguí desvistiéndome como había aprendido de miss Taylor, y con Fabian hacíamos el amor a oscuras y en silencio; yo no imaginaba otras opciones, y creo que para él esos encuentros entre nosotros eran menos interesantes que la reproducción entre bovinos.

Julián me arrebató el vestido de dos zarpazos, con naturalidad de puma, sin darme oportunidad de protestar. Apagó con un beso mi primera exclamación de susto, y de allí en adelante abandoné cualquier asomo de resistencia, queriendo deshacerme y desaparecer en sus manos, y queriendo quedarme allí mismo con la puerta cerrada para siempre y no ver a nadie nunca más, sólo a él. Me observó por todos lados, midiendo y sopesando y comentando con halagadora admiración la forma de mis pechos y caderas, el brillo de mi pelo, la suavidad de mi piel, mi olor a jabón y otros aspectos en los que yo jamás me había fijado y que, francamente, no eran excepcionales.

Se dio cuenta de que esa enumeración me abochornaba y me llevó casi en vilo hasta el espejo grande del armario, donde vi a una desconocida desnuda, temblorosa y desmelenada, la imagen misma de la depravación que hubiera espantado a mis tías y que tuvo la virtud de relajarme, porque a esas alturas ya no cabían remilgos y nada me importaba. Entonces me condujo de vuelta a la cama y se dio todo el tiempo del mundo para acariciarme entera con un atrevimiento lento y delicioso, sin esperar nada a cambio, murmurando una retahíla de insensateces, mimos y cochinadas. El contraste entre mi torpeza y la sabiduría de él debió de ser cómico, pero eso no le enfrió el entusiasmo, sólo aumentó su esfuerzo por darme placer.

Espero que no te escandalices por esta leve referencia al sexo, Camilo. Es necesaria para que entiendas por qué me sometí al dominio de Julián Bravo durante muchos años. He tenido algunos amantes en mi vida, pero no voy a jactarme, no fueron muchos. La experiencia perfecta es hacer el amor amando, pero ese no fue el caso con Julián esa tarde. Nada hubo de amor, sólo deseo simple y puro, deseo brutal, descarnado, sin ambages ni remordimientos, deseo sin consideración por nada ni por nadie; éramos el único hombre y la única mujer en el universo, abandonados al placer absoluto. La revelación del orgasmo fue tan drástica como la revelación de la mujer que llevaba escondida dentro, la desconocida del espejo, la impúdica, la infiel desafiante y feliz.

Pasamos la tarde juntos, y supongo que en esas horas Fabian debió de preguntar si alguien me había visto. Oí la campana anunciando que el comedor estaba abierto para cenar y comprendí que debía sacudirme la modorra que me impedía abrir los ojos o moverme, estaba extenuada. Julián me dejó acurrucada en la cama, se vistió rápidamente y salió. No sé cómo se las arregló para conseguir que en la cocina le dieran pan, queso, salmón ahumado, uva y una botella de vino, ni cómo hizo para subir con esa merienda a su pieza sin levantar sospecha. Comimos sentados en el suelo, desnudos; bebí vino de su boca y él comió uvas de la mía.

Pude observarlo, como él había hecho antes conmigo, y apreciarlo. Sin duda era el hombre más atractivo que he visto de cerca en toda mi vida: musculoso, flexible, bronceado de la cabeza a los pies por los deportes y el aire libre, como si se asoleara sin ropa, y tenía una risa irresistible que le achicaba los ojos como dos rayas, pelo oscuro, iris claros, que según la luz eran verdes o azulados, y algunas arrugas profundas como esculpidas a cincel en el rostro. No lo supe ese día, pero descubrí muy pronto que tenía una acariciadora voz de tenor, y en alguna época de apuro económico se había ganado el sustento cantando en cabarets en Inglaterra y Estados Unidos.

Esa noche no regresé a mi casa. Desperté al amanecer, arropada en los brazos de Julián en un nido de sábanas arrugadas, húmeda de transpiración y sexo, aturdida, sin recordar claramente dónde estaba. Me tomó más de un minuto comprender que ya nada volvería a ser como antes. Tendría que enfrentar a Fabian y explicarle lo ocurrido.

—Calma, Violeta. Esto tiene arreglo. Dile a tu marido que no te sentías bien y dormiste en el hotel —me sugirió Julián al ver mi agitación, pero era una coartada absurda.

—Estamos en el hotel de mi suegra. Si hubiera dormido sola, ella lo sabría, porque habría ocupado una habitación.

—¿Qué piensas decirle a Fabian?

—La verdad. Comprenderás que no puedo volver con él.

—Mira, muchos maridos hacen la vista gorda para evitar problemas. Cualquier cosa que le digas la va a creer —replicó, alarmado.

—¿Es esa tu experiencia? —le pregunté, con la vaga sensación de pisar terreno resbaladizo.

—No soy cínico, Violeta, soy práctico. Nadie nos ha visto, podemos evitar problemas. No pretendo desbaratar tu vida…

—Ya está desbaratada. ¿Qué hacemos ahora?

Nos vestimos deprisa y él salió antes que yo. Me pasé el peine de Julián por el pelo y salí sin lavarme, de puntillas, por los pasillos, rogando para que nadie me viera. Esperé oculta en el jardín, y momentos después Julián me recogió en uno de los automóviles que había a disposición de los daneses y me llevó a la estación a tomar el tren a Sacramento. A las diez de la mañana ya estaba en la oficina de Casas Rústicas con mi hermano.

—¿Qué haces aquí, Violeta? Pensé que estarías en el hotel Bavaria con los daneses.

—Dejé a Fabian.

—¿Dónde?

—Lo abandoné, José Antonio. No voy a volver con él, se fue al diablo el matrimonio.

—¡Por Dios! ¿Qué pasó?

Mi hermano me escuchó con el horror y la incredulidad pintados en su cara de patriarca sustituto, responsable del honor de la familia, pero tal y como yo había calculado, en vez de juzgarme o tratar de convencerme de que ese error podía repararse, preguntó simplemente, secándose la frente con el puño de la camisa, cómo me podía ayudar. Después cogió el teléfono y le dejó recado a Fabian en el fundo de los Schmidt-Engler y en el hotel Bavaria.

Al mediodía mi marido se comunicó con la oficina, tranquilizado al saber que estaba con mi hermano en la ciudad. En fin, todo estaba aclarado; pidió que avisara de mi llegada y él me esperaría en la estación.

—Me temo que tendrás que venir aquí, Fabian. Violeta tiene algo serio que comunicarte —le anunció José Antonio.

Mi marido llegó a Sacramento horas más tarde, y nos enfrentamos en la oficina, con mi hermano montando guardia en la pieza de al lado por si mi marido me daba una paliza. A José Antonio le habría parecido plenamente justificada.

—Pasé una noche de perros buscándote por todas partes, Violeta. Fui hasta Nahuel a preguntarles a tus tías. ¿Por qué te fuiste sin avisarme?

—Perdí la cabeza y salí escapando.

—Nunca te voy a entender, Violeta. Bueno, no importa, volvamos a casa.

—Quiero que nos separemos.

—¿Qué dices?

—Que no voy a volver contigo. Estoy enamorada de Julián Bravo.

—¿El piloto? ¡Pero si lo conociste ayer! ¡Estás loca!

El impacto de la noticia lo obligó a sentarse. La posibilidad de que su mujer lo dejara era tan remota como que desapareciera por combustión espontánea.

—¡Nadie se separa, Violeta! Los problemas de pareja son normales y se resuelven de puertas adentro, sin escándalo.

—Vamos a anular el matrimonio, Fabian.

—Has perdido el juicio por completo. No puedes tirar por la borda el matrimonio por una calentura.

—Quiero la nulidad —insistí, tan nerviosa que la voz me temblaba.

—No digas tonterías, Violeta. Estás confundida. Soy tu marido y mi deber es protegerte. Me haré cargo de la situación. Quédate tranquila, voy a arreglar este entuerto, nadie tiene por qué saber lo que ha sucedido. Hablaré con ese desgraciado.

—Esto no tiene nada que ver con Julián, es entre tú y yo. Vamos a tener que anular el matrimonio, Fabian —repetí por tercera vez.

—¡Jamás consentiré esa patraña! ¡Estamos casados ante la ley, Dios, la sociedad y, sobre todo, ante nuestras familias! —dijo, tartamudeando.

—Piénsalo, Fabian, la nulidad te dejaría también a ti en libertad —intervino mi hermano, que se presentó al escuchar que la situación iba escalando de tono.

—¡No necesito libertad! ¡Necesito a mi mujer! —gritó mi marido, y de súbito se le agotó la ira y se desmoronó en una silla con la cara entre las manos, sollozando.

Como sabes, Camilo, en este país no hubo divorcio hasta el siglo XXI, cuando yo tenía ochenta y cuatro años y ya no me servía de nada. Antes, la única salida legal del matrimonio era anularlo con triquiñuelas de leguleyo, probando la incompetencia del oficial del registro civil, generalmente por un malentendido en el domicilio de los contrayentes. Era fácil, siempre que ambas partes consintieran, bastaba contar con dos testigos dispuestos a cometer perjurio y un juez complaciente.

Fabian se negó siquiera a contemplar esa idea, que le parecía perversa en su origen y escandalosa en su ejecución. Estaba seguro, dijo, de que podría reconquistarme, que le diera una oportunidad, que me había amado desde que me vio, que nunca había querido a otra mujer, que sin mí la vida no tenía sentido, que estaba dedicado por entero a su trabajo y me había descuidado, y así siguió descargando el alma hasta que se le acabaron la voz y las lágrimas.

José Antonio sugirió que nos diéramos tiempo para pensar, y entretanto yo podía quedarme con él en Sacramento, eso acallaría las preguntas de la familia.

Por último, Fabian accedió a que nos diéramos una tregua hasta que se enfriaran los ánimos. Coincidió con que tenía un viaje a Argentina, donde iba a inseminar novecientas vacas en un rancho de la Patagonia mezclando razas Holstein, Jersey y Montbéliarde, como explicó sin que viniera a cuento en aquellos momentos. Estaría ausente varias semanas y yo tendría oportunidad de recapacitar. Al despedirse me besó en la frente y le pidió a mi hermano que me cuidara hasta su regreso, para que no hiciera más locuras.

Mi hermano llamó a Julián al fundo de mis suegros, donde lo habían invitado a la doma de caballos. Resultó que era campeón de salto, otro de sus talentos que yo ignoraba, y tanto sabía de caballos que nunca había perdido dinero apostando a las carreras.

—Mejor se viene de inmediato a Sacramento, joven. Tenemos que hablar —le ordenó mi hermano en un tono amenazante que no admitía postergación.

Era imposible intimidar a Julián Bravo. Se había jugado la

vida durante varios años en la guerra, amaba los deportes extremos, se lanzaba en paracaídas en el corazón del Amazonas, hacía surf en las olas más altas del mundo en Portugal, escalaba sin cuerdas los picos inaccesibles de los Andes. Bailaba con la muerte. Su temeridad implacable lo conduciría naturalmente a los negocios ilícitos, pero eso fue más tarde, cuando lo reclutó la mafia. No acudió a la convocatoria de mi hermano por temor, sino porque la noche que pasamos juntos lo dejó conmovido y se quedó pensando en mí.

Llegó a Sacramento en el primer tren del día siguiente, y permaneció conmigo el resto de la semana, hasta que debió volver al hotel Bavaria y a su anfibio en el lago para transportar a los daneses de regreso a la civilización.

11

Julián y yo pasamos esos días en una orgía clandestina, sin otra ocupación que hacer el amor y beber vino blanco. No le di explicaciones a mi hermano, pero entendió que nada podría disuadirme y que lo mejor era esperar a que la pasión se agotara y yo volviera a mis cabales. Me hundí en el pantano delicioso del deseo satisfecho y de inmediato renovado, porque nada podía saciar esa sed primordial por aquel hombre. Imaginaba abandonarme para siempre en sus brazos y renunciar al mundo que existía fuera de esa habitación, un mundo helado, un mundo sin él.

Permanecí en su pieza del hotel, desnuda o cubierta por una de sus camisas, porque sólo tenía lo que llevaba puesto cuando salí del hotel Bavaria, esperándolo, anticipando, contando los minutos y las horas que pasé sola. Fueron muchas, porque Julián no soportaba el encierro y se iba a montar a caballo al Club Hípico o a las fincas de sus amigos. Yo todo lo olvidaba al sentir sus pasos al otro lado de la puerta y verlo de pie en el umbral, viril, sonriente, húmedo de transpiración por el ejercicio, dominante y contento. Los ratos que estuvimos juntos y las noches que dormí apretada a su cuerpo bastaron para espantar mis dudas y alimentar una ilusión de adolescente. Me entregué a la zozobra de amarlo con un sometimiento absoluto que ahora, a la luz de los años, me resulta incomprensible. Perdí la razón y el sosiego; nada me importaba, sólo estar con él.

Después, cuando tuvo que irse, compré la ropa indispensable para sobrevivir y un lápiz de labios rojo para darme ánimo, y me instalé en el apartamento de José Antonio sin intención de volver a mi vida anterior, como le anuncié a Fabian cuando regresó de Argentina y apareció con un ramo de flores a buscarme. Repitió que ni muerto me daría la nulidad, y preguntó cómo me las iba a arreglar sola, porque por lo visto el maldito piloto se había esfumado.

Julián no había desaparecido, como suponía Fabian. Llegaba a verme cuando su trabajo lo permitía, y cada encuentro agregaba un eslabón a la cadena en la que yo misma me había apresado con muy poco esfuerzo de su parte. Después de la guerra trabajó un tiempo como piloto comercial, hasta que pudo comprar su avión anfibio y se dedicó a transportar pasajeros y mercadería en lugares donde no existían pistas de aterrizaje. Era una pintoresca máquina amarilla con la cual recorría América del Sur en contratos privados. Para entonces, el sur de este país era conocido como el paraíso de la pesca y observación de aves, de modo que llegaba a menudo con sus clientes. Yo lo recibía contando las horas y los minutos que estaríamos juntos, y lo despedía marcando su ausencia en un calendario.

Creo que mi ciega inocencia lo confundió, no pudo desprenderse de mí como tal vez planeaba, y se encontró preso en la tela de araña de un amor que no cabía en su existencia aventurera. Me aferré a él con la ansiedad de un huérfano, y me negué a contemplar la montaña de obstáculos que había por delante, pero no fue eso lo que derrotó su resistencia, sino Juan Martín.

En una de nuestras conversaciones íntimas, José Antonio me preguntó si pensaba ser la amante de Julián Bravo hasta el fin de mis días. No, por supuesto que ese no era mi plan. Pensaba ser su esposa apenas pudiera vencer la testarudez de mi marido legítimo, sin imaginar que el despecho iba a durarle a Fabian varios años. Tan segura estaba de que muy pronto podría casarme con Julián, que no puse la debida atención cuando retozábamos en la cama con la pasión desesperada que él lograba provocarme. Nos cuidábamos, pero a medias; a veces usábamos un preservativo y a veces se nos olvidaba o estábamos apurados. Yo tenía la idea sin mucho fundamento de que era estéril y por eso no había tenido hijos en mi matrimonio. La consecuencia lógica de tantos descuidos me tomó de sorpresa.

Julián se enteró de que estaba embarazada en una de sus visitas, y lo primero que preguntó fue si acaso el responsable era Fabian.

—Cómo va a serlo, si no lo he visto en cinco meses —le contesté, ofendida.

Rojo de cólera, se paseaba a largos trancos acusándome de haberlo hecho adrede, y diciéndome que si con eso pensaba atraparlo estaba muy equivocada, que jamás iba a sacrificar su libertad, y dale y dale, hasta que se fijó en que yo estaba encogida en un sillón, llorando aterrada.

Pareció despertar de un trance; el estallido se desinfló en pocos segundos y cayó de rodillas a mi lado, murmurando disculpas, que lo perdonara, había reaccionado por sorpresa, que claro que no era sólo mi culpa, que él también era responsable y que teníamos que decidir cómo íbamos a resolver el problema.

—No es un problema, Julián, es nuestro bebé —le contesté.

Eso tuvo la virtud de acallarlo; no lo había considerado hasta ese instante.

Un rato después, cuando ambos nos habíamos calmado, Julián se sirvió un whisky y me confesó que en sus treinta y tantos años de aventuras amorosas en cuatro continentes nunca se había encontrado ante la disyuntiva de convertirse en padre.

—De modo que tú también creías ser estéril —le dije, y los dos nos echamos a reír, súbitamente aliviados y alegres, dándole desde ya la bienvenida al ser que navegaba a la deriva en mi barriga.

Creí que al enterarse de la noticia Fabian recapacitaría. ¿Para qué iba a permanecer casado con la mujer preñada por otro? Y le di cita en una pastelería de Sacramento para llegar a un acuerdo. Estaba nerviosa, preparándome para una pelea, pero me desarmó de entrada al tomarme de ambas manos y besarme en la frente. Estaba contento de verme, dijo, me había echado mucho de menos. Mientras nos servían el té hablamos de trivialidades, nos pusimos al día sobre la familia, y le conté de la tía Pía, que sufría de dolores de estómago y estaba débil. En vista de que los rituales y remedios de Yaima resultaron inútiles, la tía Pilar la iba a traer al hospital de Sacramento para que la examinaran. Siguió un silencio incómodo, que aproveché para informarle de mi estado, de sopetón, con media cara oculta por la taza.

Se puso de pie, sorprendido, con una sonrisa esperanzada bailándole en los ojos, pero antes de que alcanzara a preguntar le aseguré que él no era el padre.

—Vas tener un niño ilegítimo… —murmuró, dejándose caer en la silla.

—Depende de ti, Fabian.

—No cuentes con la nulidad matrimonial. Sabes lo que pienso sobre eso.

—Esto no es cosa de principios, sino de maldad. Quieres hacerme daño. Está bien, no volveré a pedírtelo. Pero tienes que darme la mitad de nuestros bienes, aunque en realidad me corresponde el total, porque te mantuve desde que nos casamos y lo que hay en la cuenta común de ahorro lo gané yo y me pertenece.

—¿De dónde sacaste que al abandonar el hogar tienes derecho a algo?

—Lo voy a reclamar, Fabian, aunque sea en un juicio.

—Pregúntale a tu hermano a ver cómo te iría con eso. ¿No es abogado? Las cuentas del banco están a mi nombre, como la casa y el resto de lo que tenemos. No es mi intención hacerte daño, como dices, sino protegerte, Violeta.

—¿De qué?

—De ti misma. Estás desquiciada. Soy tu marido y te quiero con toda mi alma. Te voy a querer siempre. Puedo perdonarte todo, Violeta. No es tarde para que nos reconciliemos…

—¡Estoy embarazada!

—No importa, estoy dispuesto a criar a tu hijo como si fuera mío. Déjame ayudarte, te lo ruego…

No volví a ver a Fabian hasta año y medio más tarde. José Antonio me confirmó que nada podría conseguir del dinero al cual yo creía tener derecho; cualquier cifra que obtuviera dependía de la buena voluntad de mi marido. Pasé los meses siguientes entre el apartamento de mi hermano y la oficina, sin ver a nadie más que a unos cuantos clientes de Casas Rústicas. Por teléfono avisé a mis tías, a los Rivas, a Josephine y Teresa. Todos me felicitaron, menos mis tías, que ya habían sufrido bastante cuando supieron que había dejado a Fabian y esa noticia les cayó como un garrotazo. El único consuelo de ellas era que estábamos lejos de la familia y la chismografía de la capital.

—Niña, por Dios, nunca hubo bastardos entre nosotros —me dijo la tía Pía entre sollozos.

—Hay docenas, tía, pero como son de los hombres de la familia nadie lleva la cuenta —le expliqué.

Cuando empezó a notarse mi panza, me mantuve medio escondida para evitar a la familia de Fabian y los amigos comunes.

Mi hijo nació en el hospital de Sacramento el mismo día en que internaron a la tía Pía para hacerle una serie de exámenes; gracias a eso estuve acompañada por esas dos viejas queridas, y por José Antonio, que se hizo pasar por mi marido. Miss Taylor y Teresa no acudieron porque las mujeres acababan de obtener el derecho a votar en elecciones presidenciales y parlamentarias. Teresa había luchado por eso durante años, y la victoria la pilló en la cárcel, a donde había ido a dar de nuevo por provocar disturbios e incitar a la huelga. La soltaron esa misma semana y pudo celebrar el voto femenino bailando en la calle.

Julián andaba en Uruguay y se enteró una semana más tarde, cuando el bebé ya estaba bautizado e inscrito en el registro civil con el nombre de Juan Martín Bravo del Valle. Le puse Juan en honor al padre Quiroga, para que lo protegiera en la vida, y Martín porque ese nombre siempre me ha gustado.

Ese niño transformó a Julián; no sospechaba que había alcanzado la edad de desear la trascendencia. Su hijo representaba la continuidad, la oportunidad de vivir de nuevo a través de él, de darle las oportunidades que no tuvo, de crear una versión más completa de sí mismo. Julián iba a criar a Juan Martín para que fuera una extensión de él: audaz, corajudo, aventurero, amante de la vida y de espíritu libre, pero con un corazón sereno. Había perseguido la felicidad desde chico, pero se le escabullía en el último instante, cuando creía tenerla al alcance de los dedos. Así le sucedía también con sus proyectos, siempre había otro más interesante un poco más allá. Nada le bastaba, ni sus medallas de héroe de guerra o de campeón de equitación, ni su máquina de volar, ni el éxito en todo lo que emprendía, ni su voz de tenor o su talento para ser el centro de atención dondequiera que se hallara. Esa búsqueda constante de algo mejor se aplicaba también a sus afectos y amores. No tenía familia, se desprendía de los amigos apenas dejaban de servirle para sus fines, seducía a las mujeres con afán de coleccionista, y las abandonaba porque otra más atractiva se le cruzaba por delante. Por eso deseaba un corazón sereno para Juan Martín. Su hijo no sufriría de esa perenne ansiedad, iba a ser un hombre contento, él se encargaría de eso.

Nos instalamos en una casa pequeña en el barrio antiguo de Sacramento, con árboles centenarios y rosas silvestres que crecían por obra de magia en las aceras, incluso en invierno, a pesar de la lluvia y la neblina. Julián empezó a seleccionar a sus clientes por ubicación geográfica, para que sus ausencias fueran breves y poder disponer de tiempo con su hijo.

Cuando empezamos a convivir como una familia normal, Julián me reclutó para que lo ayudara a manejar racionalmente su pequeña empresa de transporte aéreo. Como admitía muerto de risa, no sabía sumar dos más dos. Llevábamos dos registros, uno oficial y otro que sólo nosotros conocíamos. En el primero, que revisaba el departamento de impuestos y, a veces, la policía, se anotaban los detalles de cada vuelo, fecha, lugares, distancia, pasajeros o mercadería; en el segundo llevábamos la identidad de cada persona, dónde había sido recogida y desembarcada, y la fecha. Eran judíos sobrevivientes del Holocausto, rechazados en casi todos los países latinoamericanos, que entraban por rutas sin vigilancia y se establecían con ayuda de grupos simpatizantes o mediante sobornos. Después de la guerra el país había recibido cientos de inmigrantes alemanes, acogidos por el partido nazi nacional, que debió cambiar su nombre con la derrota de Alemania, pero no su ideología. De vez en cuando, sin embargo, se trataba de un criminal acusado de atrocidades, que huía de la justicia en Europa, y Julián se encargaba, por el precio adecuado, de introducirlo en el país en su avión. Judíos o nazis, a Julián le daba igual, mientras pagaran lo que él estipulaba.

La tía Pilar regresó a Santa Clara, donde la esperaba el trabajo del verano, pero la tía Pía se quedó con nosotros para recibir tratamiento contra el cáncer en el hospital. Apenas tuvo a Juan Martín en brazos por primera vez, olvidó su condición de ilegítimo y se entregó al placer de mimarlo como abuela. Ese sería su consuelo en los once meses que le quedaban en este mundo. Se echaba en la cama o en el sofá con el niño encima, cantándole bajito para dormirlo, y así calmaba el dolor mejor que con las píldoras de los doctores, decía.

Me habían asegurado que, mientras amamantara a Juan Martín, estaba protegida de otro embarazo, pero resultó ser otra de las patrañas tan difundidas entonces. Esta vez, Julián, dulcificado por la influencia de su hijo, reaccionó sin escándalo, pero me hizo saber sin lugar a interpretaciones que sería la última. No pensaba llenarse de chiquillos, ya con uno estaba atrapado en responsabilidades y había perdido su libertad, me dijo.

En verdad, Julián seguía tan libre como antes; jamás me opuse a sus viajes, y en cuanto a verse atrapado, creo que exageraba, porque contribuía muy poco a las necesidades de la familia. Iba y venía con la disposición amable de un pariente cercano. Invertía sin vacilar en la última versión de una cámara fotográfica o una joya para mí, pero no pagaba las cuentas de luz y agua. Me hice cargo de los gastos, tal como había hecho durante mi matrimonio, sin que me pesara, porque ganaba suficiente, pero con Fabian había aprendido una lección que habría de recordar siempre: no basta con ganar dinero, hay que saber manejarlo. Eso, que ahora me parece indiscutible, en mi juventud era una novedad. Se suponía que las mujeres éramos mantenidas, primero por el padre y después por el marido, y en caso de que tuviéramos bienes propios, ya fuera por haberlos heredado o adquirido, necesitábamos a un hombre que los administrara. No era femenino hablar de dinero ni ganarlo, y mucho menos invertirlo. A Julián nunca le informé de cuánto disponía ni cómo lo gastaba, tenía mis propios ahorros y hacía negocios sin consultarlo ni darle participación. El hecho de que no estuviéramos casados me daba una independencia que hubiera sido imposible de otra manera. Una mujer casada no podía abrir una cuenta en el banco sin consentimiento y firma de su marido, que en mi caso era Fabian, y para obviar ese obstáculo mis cuentas estaban a nombre de José Antonio.

12

La tía Pía murió en mi casa, en calma y casi sin dolor, gracias a una planta milagrosa que nos dio Yaima, la curandera indígena. Torito la cultivaba en la granja, porque servía para aliviar muchos males y, siguiendo las instrucciones de Yaima, utilizaban las semillas y las hojas como es debido. Con eso Facunda horneaba galletas, que me mandaban en el tren, y hacia el final, cuando la enferma ya no digería, Torito preparaba una tintura, que yo le ponía bajo la lengua con un cuentagotas. En sus últimos días, la tía Pía dormía casi todo el tiempo, y en sus escasos momentos de consciencia pedía que le trajéramos a Juan Martín. No reconocía a nadie, sólo al niño.

—Vas a tener una hermanita —le susurró antes de morir.

Así supe que iba a tener una niña, y comencé a pensar en un nombre adecuado.

La enterramos en el diminuto cementerio de Nahuel, como ella deseaba, y no en el mausoleo de su familia en la capital, donde estaría entre muertos que ya no recordaba. El pueblo entero acudió esa mañana a despedirla, tal como acudió a mi boda, y una delegación indígena encabezada por Yaima le rindió tributo con tambores y flautas. Era un día esplendoroso, el aire olía a la flor del aromo, el cielo estaba libre de nubes y un velo de vapor flotaba sobre la tierra húmeda, calentada por el sol.

Allí, en torno a la fosa que recibió el ataúd de mi tía, volví a ver a Fabian, que llegó con traje de ciudad y corbata negra, más rubio y solemne que antes, como si en el año y tanto que estuvimos sin vernos hubiera envejecido.

—Quise mucho a tu tía, siempre me trató con cariño —me dijo, pasándome uno de sus pañuelos, porque el mío estaba empapado.

La tía Pilar, los Rivas y hasta Torito y Facunda lo abrazaron con tanto sentimiento que lo sentí como un reproche: Fabian era de la familia y yo lo había traicionado. Después lo invitaron a almorzar a Santa Clara, donde Facunda había dejado preparada una de sus especialidades, pastel de papas con carne y queso.

—Veo que ese hombre no te ha acompañado —comentó Fabian en un momento en que nos alejamos un poco.

Respondí que Julián andaba volando con unos pasajeros en el archipiélago, una disculpa a medias, porque la verdad completa era que Julián no era visto con buenos ojos por mi familia. La tía Pilar había plantado la idea de que era un mariposón mujeriego y jugador, que me había seducido con malas artes, destrozado mi vida, mi matrimonio y mi reputación, me había preñado y me tenía prácticamente abandonada.

Visto desde afuera, eso era cierto, pero nada es tan simple como parece, nadie sabe lo que sucede en la intimidad de una pareja ni por qué alguien soporta aquello que para otros es inexcusable. Julián era un hombre deslumbrante, no he conocido a nadie que pueda compararse con él, nadie con su capacidad de captar a los demás, como un poderoso imán. Los hombres lo seguían y lo imitaban, o trataban de desafiarlo, las mujeres revoloteaban a su alrededor como polillas en torno a una lámpara. Era vivaz, inteligente, gran narrador y contador de chistes. Exageraba y mentía, pero eso también era parte de su encanto y nadie se lo reprochaba. Se le ocurrían irresistibles trucos de seducción, como darme una serenata desde la calle con su voz operática para disculparse después de una pelea. Lo he admirado siempre, a pesar de sus tremendos defectos.

Estaba orgullosa de que Julián me hubiera escogido, era prueba de que yo también era especial. Desde el nacimiento de Juan Martín decidimos presentarnos como marido y mujer y hacer vida social de pareja, aunque éramos plenamente conscientes de que a nuestras espaldas hervían los chismes. Tal como José Antonio me había advertido, yo era rechazada en ciertos círculos; las esposas de sus amigos no me recibían, y perdimos un par de clientes que se negaron a tratar conmigo en la oficina; tampoco me arriesgaba a ir a ninguno de los clubes de la ciudad, porque podían impedirme la entrada. Por supuesto, nadie de la colonia alemana, y mucho menos del clan Schmidt-Engler, me toleraba. Las pocas veces que me crucé con alguno de ellos, me miraban de arriba abajo con una mueca de desprecio, y podría jurar que más de uno me llamó «puta» entre dientes.

Julián, en cambio, iba a todos lados; él estaba libre de culpa, la infiel, la concubina, la mujer descarriada que se atrevía a pavonearse preñada por su amante era yo. Si mis tías, que tanto me querían y me habían criado, consideraban que mi conducta era contraria a la moral, podía imaginar cómo me juzgaban los demás. «No te preocupes, tarde o temprano Fabian va a querer casarse y tener su propia familia, entonces vendrá a ofrecerte la nulidad en bandeja de plata», me decía Julián.

Su simpatía irresistible nos fue abriendo puertas. Empezaba a contar una de sus aventuras o a cantar las canciones románticas de su amplio repertorio y rápidamente se formaba un círculo a su alrededor. La atracción irresistible que ejercía sobre las mujeres me halagaba, porque yo era la elegida. Fui feliz con Julián durante los dos primeros años, hasta quedar embarazada de nuevo.

En la época en que esperaba a mi hija creía aún estar viviendo un amor excepcional, aunque ya había signos inconfundibles de que Julián estaba desencantado conmigo, e inquieto con su propia vida. Su disgusto ante los estragos del embarazo en mi cuerpo era palpable, pero yo suponía que esa era una desgracia temporal. Dormía en el sofá de la sala, evitaba tocarme, me recordaba a menudo que no quería otro niño, me culpaba por haberlo atrapado de nuevo, sin aceptar que él había participado en la gestación tanto como yo.

Creo que sólo Juan Martín lo retenía en la casa. El niño no había cumplido dos años y su padre ya lo estaba entrenando para que se hiciera hombre, como decía, y eso incluía perseguirlo con el chorro de la manguera, encerrarlo en un lugar oscuro, hacerlo girar en el aire hasta que vomitara o ponerle una gota de salsa picante en los labios. «Los hombres no lloran», era su lema. Los juguetes de Juan Martín eran armas de plástico. Torito le regaló un conejo, que duró hasta que su padre volvió de uno de sus viajes y lo hizo desaparecer.

—Los hombres no juegan con conejos. Si quiere una mascota, le compraremos un perro.

Me negué, porque no me daban el tiempo ni el ánimo para cuidar a un perro.

Supongo que mientras yo engordaba, él estaba enredado con otra mujer, o con varias. Parecía aburrido e impaciente, perdía fácilmente la cabeza, provocaba riñas con otros hombres por el gusto de golpear y ser golpeado, apostaba a los caballos, a las carreras de automóvil, al billar, a la ruleta y a cuanto juego de azar hubiese a su alcance. Pero de pronto se transformaba en el compañero más tierno y solícito, me colmaba de atenciones y regalos, jugaba con Juan Martín como un padre normal, salíamos los tres de pícnic, nos bañábamos en el lago. Entonces mi resentimiento retrocedía y yo volvía a ser la enamorada incondicional.

Aprendí por la fuerza a no intervenir en los exabruptos de Julián, excepto cuando debía defender al niño. Si intentaba advertirle que estaba bebiendo demasiado o apostando más de lo que podía, recibía una retahíla de insultos, y después, en privado, un puñetazo. Nunca me pegó en la cara, se cuidaba de no dejar huellas. Nos enfrentábamos como gladiadores, porque mi furia era superior al miedo que lograba inspirarme con sus puños, pero siempre yo terminaba en el suelo, y él pidiéndome perdón y diciéndome que no sabía qué le había pasado, que yo lo provocaba y lo hacía perder el juicio.

Después de cada batalla, en que juraba dejarlo para siempre, terminábamos abrazados. Esas ardientes reconciliaciones duraban un tiempo, hasta que él estallaba de nuevo por cualquier motivo trivial, como si acumulara ira a presión y en algún momento debiese darle salida; pero podíamos ser felices entre cada odioso episodio, que no siempre implicaba golpes; en general, el abuso era de palabra. Julián poseía la rara habilidad de adivinar los puntos más vulnerables de su contrincante. Me atacaba donde más dolía.

Nadie supo de esa guerra solapada, ni siquiera José Antonio, a quien veía a diario en la oficina. Me daba vergüenza soportar la violencia de Julián, y más vergüenza todavía perdonarlo. Estaba esclavizada por la pasión sexual y la creencia de que sin él estaba perdida. ¿Cómo iba a sacar adelante a los niños?, ¿cómo iba a enfrentarme a la sociedad y a la familia con un segundo fracaso?, ¿cómo iba a sobrevivir al epíteto de la amante rechazada? Había roto mi matrimonio y desafiado al mundo para estar con Julián, no podía aceptar que la leyenda que yo misma había inventado fuera un error.

Diez días antes de la fecha en que debía dar a luz, supimos que la criatura estaba atravesada. Lamenté una vez más que la tía Pía ya no estuviera con nosotros, porque la había visto en un par de ocasiones usar sus manos mágicas para dar vuelta a un niño en el vientre materno, tal como a veces hacía con un ternero para colocarlo en posición de nacer. Según ella, podía ver al niño claramente con los ojos del alma, y podía moverlo con masaje, energía amorosa y oraciones a la Virgen María, madre universal. Me fui a la granja, y el tío Bruno me llevó a consultar a Yaima, pero para ese problema la curandera tenía menos poder que la tía Pía, y después de una ceremonia de recitativo y tambor, de sobarme la barriga y darme un té de hierbas, nada cambió. El médico decidió que haría una cesárea para evitar complicaciones.

Julián y yo habíamos tenido una de nuestras peleas monumentales, que solían durar más de una semana. Mientras él estaba en la capital recogiendo a unos ingenieros, que planeaban construir una represa, llegó a buscarlo a la casa una joven que se presentó como su novia. Imagino lo que sintió esa desventurada muchacha al encontrarse conmigo, una mujer ojerosa, con la cara manchada, balanceando una barriga del tamaño de una sandía sobre piernas hinchadas, que dijo ser la esposa de Julián. Me dio tanta lástima por ella y por mí que la hice pasar a la sala, le ofrecí una limonada y lloramos juntas.

—Me dijo que era inevitable que nos amáramos —balbuceó.

—A mí me dijo lo mismo cuando me conoció —le conté.

Julián le había asegurado que estaba libre, que nunca se había casado, que había vivido esperándola a ella.

Nunca sabré cómo se resolvió el asunto entre ellos. En los días que Julián estuvo ausente viví en una montaña rusa de emociones opuestas. Quería irme lejos, no volver a verlo más, escapar para siempre, inventarme otra identidad en otro país, pero no podía ni soñarlo, estaba a punto de parir y pronto tendría un niño de dos años colgado de la falda y un recién nacido en brazos. No. No debía dejar mi casa por ningún motivo. Debía echarlo a él, que se fuera con esa novia de última hora, que desapareciera de mi vida y la de los niños.

Tres días más tarde Julián llegó con un tanque de latón para Juan Martín y un collar de lapislázuli para mí. Yo había llorado todas las lágrimas y una ferocidad de hiena había desplazado al despecho; lo recibí a gritos y arañazos en la cara. Cuando pudo dominarme, me soltó uno de sus largos argumentos serpentinos en que las palabras torcían la realidad con una lógica malvada, anulando mi capacidad de razonar.

—¿Qué derecho tienes de estar celosa, Violeta? ¿Qué más quieres de mí? Me enamoré de ti apenas te vi por primera vez. Eras la única mujer que podía haberme atrapado, la única que yo quería por esposa.

—¡El amor te duró muy poco!

—Porque has cambiado, no eres ni sombra de la muchacha que conocí.

—El tiempo pasa también para ti.

—Yo soy el mismo de siempre, pero a ti lo único que te importa es tu trabajo, tus negocios, ganar plata, como si yo fuera incapaz de mantener a mi familia.

—Podrías intentarlo…

—¿Acaso me das la oportunidad? —me interrumpió a gritos—. ¡Respetas más a tu hermano que a mí! Sigo a tu lado porque eres la madre de mi hijo, aunque ya no eres la compañera ni la amante que deseo. Te dejaste engordar, quedaste deforme con el primer embarazo y no quiero pensar en la catástrofe que es este. Perdiste la belleza, la feminidad y la juventud.

—¡Tengo apenas treinta y un años!

—Pareces de cincuenta, estás pasada. Con tu facha y tu actitud, ni el más desesperado podría acostarse contigo. Me das lástima. Comprendo que ese es el precio de la maternidad.

La naturaleza es despiadada con las mujeres, pero también es implacable con los hombres, que necesitan satisfacer sus necesidades.

—Los hijos son de ambos, Julián. Ni tú ni yo tenemos licencia para la infidelidad.

—No puedo vivir como un monje. El mundo está lleno de jóvenes atractivas. Supongo que has notado que me persiguen. Tendría que ser impotente para resistirlas.

Y así siguió hasta reducirme a hilachas. Entonces, cuando me vio destrozada, me recogió amorosamente en sus brazos y empezó a mecerme como a un bebé, a consolarme con la promesa de que podíamos hacer cuenta nueva y volver a empezar, de que no era tarde para resucitar el amor siempre que yo pusiera algo de mi parte y le prometiera que no tendríamos más hijos y que iba a ponerme a dieta y recuperar mi aspecto de antes. Él me ayudaría, lo haríamos juntos; después él conseguiría que Fabian me diera la nulidad, aunque tuviera que batirse en duelo, y nos casaríamos, me dijo.

Y así fue como acepté ser esterilizada.

Julián decidió que aprovecharíamos la operación de cesárea para ligarme las trompas. Si hubiera sido mi marido, posiblemente el médico lo habría hecho sin preguntarme, pero como no lo era tuvo que pedir mi aprobación. Lo hice porque fue la condición que me puso Julián para quedarse conmigo, y pensé que dos hijos son suficientes, sin imaginar el resentimiento insuperable contra él que habría de sentir siempre por haberme obligado a ello.

Cuando miss Taylor lo supo, me preguntó por qué él no se había hecho una vasectomía ya que no deseaba echar más hijos al mundo. Era una adelantada para su tiempo. No me habría atrevido a proponerle esa solución a Julián, que era castigo para criminales y un atentado contra su masculinidad. El atentado contra mí era de menor importancia.

Mi hija nació el día en que el volcán amaneció humeando y nevado hasta su base. Todavía aturdida por la anestesia, lo vi a lo lejos por la ventana de mi habitación en la clínica, majestuoso con su pluma de humo y su manto blanco contra un cielo color zafiro, y decidí que la niña se llamaría Nieves. Ese no era ninguno de los nombres que había escogido con anterioridad. Julián quiso darme gusto y lo aceptó, aunque él había escogido Leonora, el nombre de su madre, pero a mí me recordaba a la vaca de los Rivas.

La operación fue menos simple de lo esperado; tuve una infección que me dejó postrada durante dos semanas, y la herida demoró en sanar, dejándome una cicatriz rojiza y levantada, como una zanahoria en el vientre. Julián se desvivió por atenderme; tal vez me amaba más de lo que creía, o bien contemplaba la desgracia de quedarse solo a cargo de dos niños.

Josephine Taylor obtuvo permiso en el colegio donde impartía clases para cuidarme el primer mes, y aprovechamos para ponernos al día sobre nuestras vidas desde la última vez que habíamos estado juntas. Me contó que Teresa tenía siempre listo un maletín con ropa y artículos de aseo para la cárcel, a donde iba a dar a menudo por revoltosa y por simpatizante del partido comunista, que operaba en la clandestinidad. La policía la toleraba, era una señora medio chiflada, y las otras presas la recibían como una heroína. Los jueces, cansados de verla reincidir, la ponían en libertad a los pocos días con la recomendación inútil de que se portara como una dama decente. A Teresa le sobraban causas para abrazar, después de haber luchado años por el sufragio femenino. Faltaba mucho por hacer, me dijo miss Taylor, había una lista larga de reivindicaciones femeninas en las que yo nunca había pensado. Al cabo de unos meses las mujeres podríamos votar por primera vez en la próxima elección presidencial, y Teresa andaba de puerta en puerta explicando el proceso, porque nada cambiaría si no ejercíamos ese derecho. Yo ni siquiera me había inscrito en los registros.

Josephine estaba convertida en una matrona entrada en carnes, vestida de misionera, con el cabello gris y la piel marcada de arrugas finas y diminutas venas rojas, pero conservaba los mismos ojos redondos azules y la misma energía de su juventud. José Antonio acudió de visita a diario, con el pretexto de vigilar mi salud, pero en realidad era para ver al único amor de su vida. También él había envejecido prematuramente por el hábito de la soledad. Al verlo eufórico tomando té y jugando al dominó con miss Taylor, como en los tiempos de la casa grande de las camelias, pensé hacerle una manda al padre Quiroga para que miss Taylor aceptara finalmente casarse con él, pero eso habría significado eliminar a Teresa Rivas. Era una idea cruel.

A los ocho años de edad ya era evidente que Juan Martín no se parecía físicamente a su padre, y tampoco había heredado su carácter; era un niño tranquilo, que se entretenía solo durante horas, buen estudiante, cauteloso y asustadizo. Los juegos bruscos con que su padre trataba de despertarle la hombría le provocaban terror; sufría de pesadillas, asma y alergia al polen, al polvo, a las plumas y las nueces, pero poseía una inteligencia precoz y una dulzura de temperamento que lo hacían irresistible.

Julián le exigía lo que el niño no podía darle, y no disimulaba su frustración. «¡Hasta cuándo lo mimas, Violeta! Lo estás criando para maricón», me gritaba delante de Juan Martín. Eso lo obsesionaba. Veía signos perturbadores de posible homosexualidad: leía demasiado, se juntaba con niñas en el colegio, llevaba el pelo muy largo. Lo obligaba a beber vino, para que aprendiera a hacerlo con buena cabeza y nunca llegara a ser borracho; a apostar su mesada al póker, para que supiera ganar y perder con indiferencia; a jugar al fútbol, para lo cual el chiquillo no tenía ni la menor aptitud. Lo llevaba a cazar o a ver peleas de boxeo, y se enfurecía si Juan Martín lloraba por el animal herido o se tapaba los ojos ante la brutalidad del espectáculo. Mi hijo creció con la aspiración imposible de obtener la aprobación de su padre, sabiendo que nada de lo que hiciera sería suficiente. «Aprende de tu hermana», solía conminarlo Julián. Todos los atributos que él deseaba para su hijo, los tenía Nieves.

Desde el primer instante en que asomó al mundo, Nieves fue hermosa. Nació sin esfuerzo, con cara de muñeca y los ojos abiertos, chillona, quisquillosa y hambrienta. Al año ya no usaba pañales y caminaba como un pato por la casa, abriendo cajones, tragando insectos y dándose de cabeza contra las paredes. A los seis galopaba a caballo y se tiraba de cabeza del tablón más alto de la piscina del club. Tenía la temeridad y el sentido de la aventura de su padre. Era tan bonita que los desconocidos nos detenían en la calle para admirarla, y tan seductora que mi hermano rogaba que no lo dejaran solo con ella porque Nieves podía pedirle cualquier cosa y se la daría, como ocurrió en una ocasión en que ella quiso la muela de oro de José Antonio y él mandó al dentista que le hiciera otra igual y se la colgó de una cadenita. Cantaba con voz ronca y sensual, inadecuada para su edad, y Julián le enseñó su repertorio para lucirse a dúo, incluso canciones de marineros subidas de color. Creció consentida y egoísta. Yo trataba de imponerle alguna disciplina, pero mis propósitos eran desbaratados por Julián; ella conseguía lo que pedía, y yo me llevaba una reprimenda. No tuve autoridad con mis hijos. Juan Martín no la necesitaba, pero a Nieves le hubiera servido.

Por rebeldía contra Julián, no por amor, después del nacimiento de Nieves me impuse una disciplina espartana para recuperar algo de mi aspecto anterior, que según él había sido mi único atributo memorable. Quería probar que se había equivocado conmigo, que yo tenía control sobre mi cuerpo y mi vida. Comía sólo pastos, como los burros, contraté a un entrenador de fútbol para que me sometiera a los rigurosos ejercicios de sus jugadores y renové mi vestuario de acuerdo con la moda impuesta por Dior, con faldas muy amplias y chaquetas ajustadas de cintura. Los resultados, que se vieron al poco tiempo, no contribuyeron a mejorar los ánimos entre Julián y yo, pero me dieron material para ponerlo celoso. Eso me divertía, aunque tuviera que soportar sus arrebatos de cólera. En una ocasión me tiró encima una fuente de camarones con salsa de tomate porque mi vestido de seda negra le pareció muy escotado y me había negado a cambiármelo. Estábamos en una gala para juntar fondos para una escuela de sordos, había un periodista presente con una cámara fotográfica y salimos en el diario, como dos lunáticos.

Llevábamos varios años juntos y la gente se acostumbró a vernos como pareja, y quienes cuestionaban nuestro estado civil lo hacían donde Julián no los oyera. Habíamos prosperado, vivíamos bien y éramos aceptados en sociedad, pero no pudimos poner a Juan Martín y a Nieves en los mejores colegios, porque eran católicos. A pesar de lo que habíamos conseguido, yo vivía con un puño en el estómago, asustada a perpetuidad sin saber realmente por qué. Según Julián, no tenía de qué quejarme, mis aprensiones eran como escupir al cielo, qué más quería, no estaba satisfecha con nada, era un pozo sin fondo.

Nada nos faltaba en el plano material, es cierto, pero me parecía estar siempre balanceándome en una cuerda floja, a punto de caer y arrastrar conmigo a los niños. Julián desaparecía durante semanas y regresaba sin avisar, a veces eufórico y cargado de regalos, otras veces extenuado y deprimido, sin dar explicaciones sobre dónde había estado ni qué había hecho. De casarnos, ni hablar, a pesar de las promesas de Teresa Rivas de que se aprobaría la ley de divorcio. Fabian no tenía novia conocida, y no había esperanza de que llegara a ofrecerme la nulidad en bandeja de plata, como había pronosticado Julián. Sin embargo, legalizar nuestra unión, que durante años me obsesionó, me importaba mucho menos, porque era cada vez más común que las parejas se separaran y se juntaran con otras personas. Además, comprendía a nivel visceral que no me convenía atarme a Julián. Soltera tenía más poder y libertad.

José Antonio tampoco parecía apresurado por casarse. «Seguro que es maricón», sostenía Julián, que escasamente lo soportaba, porque mi hermano era la fuente de mis ingresos y mi única protección contra su autoridad avasalladora. Sus ganancias como piloto eran tan desiguales que parecían producto de la suerte en mesas de juego, en cambio yo tenía entradas seguras porque Casas Rústicas había crecido como un pulpo con tentáculos en varias provincias. Años antes había convencido a José Antonio y a Marko Kusanovic de que, dado el clima de nuestro país, con inviernos de tormenta y veranos de sequía, debíamos pensar en paneles aislantes, como existían en otras partes. Me fui a Estados Unidos, investigué la industria de la construcción prefabricada y aplicamos lo mismo en Casas Rústicas: un sándwich de lana de roca como aislante, entre dos paneles de madera aglomerada. Las primitivas viviendas de madera para trabajadores rurales, poblaciones obreras y balnearios de playa se convirtieron en las casas prefabricadas preferidas por parejas jóvenes de la clase media. Tenían nuestro sello: paredes blancas, con marcos de ventanas, persianas y puertas color azul añil, y paja en el techo.

A fines de la década de los cincuenta, Julián iba a menudo a Argentina en vuelos misteriosos que se anotaban en la segunda contabilidad con un código que sólo él conocía, porque eran asuntos militares, como me explicó. Esta práctica del segundo juego de libros de contabilidad, que fue la ruina de mi padre, habría de penarme en los años de mi relación con Julián. Juan Perón andaba de un país a otro en exilio, y había sido reemplazado por gobernantes decididos a borrar su legado y acabar con toda forma de oposición. No necesité descifrar el código para adivinar que los viajes de Julián estaban relacionados con dinero de la corrupción y personas del gobierno en misiones secretas.

También empezaron sus viajes a Cuba y Miami, tan frecuentes como los de Argentina, pero estos no implicaban secretos militares y los discutía conmigo. Por su reputación bien ganada de piloto audaz lo había empleado la mafia, cuyo imperio criminal operaba en Cuba desde los años veinte, floreciendo bajo el auspicio de la dictadura de Fulgencio Batista, cuando controlaba casinos, cabarets, prostíbulos, hoteles, narcotráfico y contribuía espléndidamente a la corrupción del gobierno. Julián transportaba licor, drogas y muchachas, y realizaba otros servicios bien remunerados. De vez en cuando, sin embargo, traficaba con armas, que iban a dar por conductos clandestinos a los rebeldes de Fidel Castro, que luchaban por derrocar a Batista.

—Es decir, sirves a dos enemigos. Si te descubren, no quiero pensar lo que harán contigo —le advertí.

Pero me aseguró que no corría riesgo, sabía muy bien lo que hacía.

En uno de los viajes en que lo acompañé, nos alojamos como realeza en el recién inaugurado hotel Riviera, invitados por unos tipos jactanciosos, divertidos y hospitalarios, que incluso me dieron pilas de fichas para que me entretuviera apostando en el casino mientras Julián hacía algunas diligencias para ellos. No supe que eran de la mafia hasta varios años más tarde, cuando reconocí la foto del célebre gángster Lucky Luciano que fue publicada con motivo de su grandioso funeral en Nueva York.

Pasé esos días en La Habana jugando y perdiendo a la ruleta, arrullada por la voz de Frank Sinatra en persona, asoleándome en la piscina del hotel, donde se pavoneaban mujeres bellas y coquetas en bañadores mínimos, bebiendo pink martinis en el famoso cabaret Tropicana y bailando en varias discotecas al irresistible ritmo afrocubano que se había popularizado en todas partes, agasajada por acompañantes de una noche. Uno de mis anfitriones, que debía de ser un jerarca en el mundo criminal, me invitó a una fiesta en el palacio presidencial, donde Batista me saludó besándome la mano, mientras en las calles patrullaban vehículos militares. Nadie imaginaba que la orgía perpetua de la isla iba a terminar muy pronto.

En vista de los fajos de dinero que Julián solía poner en la caja fuerte, porque no podía depositarlos en el banco sin llamar la atención, le sugerí que comprara otro avión, sólo para uso de turismo y hombres de negocios, y contratara pilotos de confianza; un negocio legítimo, limpio y bien rentable. Le ofrecí financiar la mitad de la inversión con mis ahorros, siempre que estipuláramos mi participación como socia ante un notario. Se puso furioso porque yo no confiaba en su palabra de honor, pero al fin cedió porque la idea lo sedujo. La aviación comercial dependía de los aeropuertos existentes, que todavía se contaban con los dedos de una mano, pero los aviones anfibios podían llegar a cualquier parte donde hubiera suficiente agua.

Así nació la empresa privada Air Gaviota, que con el tiempo, cuando tuvimos varios aviones, conectaría a la mayor parte del territorio nacional. Y así cumplí sin proponérmelo el sueño de mi padre antes de mi nacimiento, de invertir en aviones. Me tocó viajar a menudo a la capital, donde tuvimos que abrir una oficina, porque en este país todo está centralizado y lo que no sucede allí es como si no existiera. Pero Julián se aburrió con la empresa tan pronto estuvo organizada, porque carecía de excitación y no le ofrecía peligro; la rutina era para los otros pilotos, él andaba tras hazañas. Esos ingresos quedaban anotados en la contabilidad oficial, y la mitad eran míos.

Con los años, Julián no perdió nada de su asombrosa vitalidad, que le permitía beber como un pirata, pilotear cuarenta horas sin dormir, competir en salto a caballo y jugar varios partidos de squash en una sola mañana. Tampoco se le calmó el mal carácter, que estallaba como la pólvora con cualquier chispa insignificante, pero dejó de golpearme. Yo era depositaria de sus secretos y podía hacerle mucho daño.

—¡Piénsalo bien, Violeta. Si me dejas, tendría que matarte! —me gritó una vez.

—¡Tú también, Julián, piénsalo bien, porque vas a necesitar algo más que amenazas para retenerme! —le grité de vuelta.

Establecimos una tregua por tiempo indefinido, y me resigné a sobrevivir con pastillas para la ansiedad y otras para dormir.

¿Qué temía? Temía los estallidos violentos de Julián, las peleas a muerte, que los niños presenciaban y que a Juan Martín le provocaban crisis de asma y migrañas, mi debilidad para caer una y otra vez en las trampas que me tendía, aceptar las reconciliaciones alborotadas y perdonarlo. Temía que sus «misiones» lo condujeran a prisión o a la muerte; temía que las autoridades descubrieran la segunda contabilidad; temía que sus ganancias fueran a costa de sangre; temía a los hombres sospechosos que lo llamaban en horas de la madrugada y temía que de tanto andar con criminales estuviera infectado de maldad. Julián, en cambio, no temía a nada ni a nadie. Tenía buena estrella, había gozado de impunidad durante muchos años de vivir al filo de la navaja, era invencible.

En la Nochevieja de 1958 Fulgencio Batista escapó en dos aviones con sus colaboradores más cercanos y con los cien millones de dólares que le garantizarían un exilio de oro. En los últimos días de la dictadura, cuando ya se olía en el aire que nada podría detener a los guerrilleros, Julián Bravo iba y venía de Miami transportando fugitivos, dinero y algún que otro miembro de la mafia con sus queridas. Muy pronto los revolucionarios ocuparon toda la isla e impusieron el paredón para fusilar tanto a los enemigos políticos como a quienes se enriquecieron ilícitamente durante la dictadura, decididos a barrer con la corrupción y acabar con el imperio del vicio. El turismo sexual de los americanos terminó y la mafia abandonó sus burdeles y casinos; Cuba ya no era rentable.

Julián estableció su base en hoteles de Miami, pero me negué a dejar mi trabajo en Casas Rústicas y Air Gaviota, a mi hermano, a mis amistades, mi casa y mi estilo de vida en Sacramento para irme a vivir como una turista a esa ciudad, donde no conocía a nadie y donde los niños y yo estaríamos solos, porque Julián andaba más en el aire que en la tierra. Íbamos a Miami a verlo de vez en cuando, y durante unos días él nos atosigaba de atenciones y regalos, hasta que otra misión lo obligaba a despedirse o teníamos una de nuestras peleas legendarias, seguida por una indecente reconciliación. En una ocasión, cuando le pregunté a mi hijo Juan Martín qué quería para su cumpleaños, me susurró al oído: «Que te separes para siempre del papá».

13

El terremoto de 1960 me sorprendió con mis dos hijos en Santa Clara. La granja de los Rivas seguía siendo mi refugio, mi lugar favorito de veraneo y descanso, lejos de Julián, que nunca nos acompañaba en esas escapadas. De los antiguos habitantes de Santa Clara sólo quedaban la tía Pilar, Torito y Facunda. Los Rivas habían muerto unos años antes, y los echábamos mucho de menos. Por propia iniciativa, los habitantes de Nahuel pusieron una placa de bronce con sus nombres en la estación del ferrocarril. Anda a verla, Camilo, todavía debe de estar allí, aunque ya no hay trenes, ahora se viaja en buses.

La granja pertenecía a Teresa, única heredera porque su hermano Roberto le cedió su parte, pero como ella no podía mantenerla yo asumí los gastos, y aunque nunca me lo propuse con el tiempo llegó a ser mía. Los dos potreros se alquilaban a los Moreau, que habían plantado viñedos; teníamos una sola vaca, los caballos y las mulas habían sido reemplazados por bicicletas y una camioneta, y la cochinera se redujo a una sola cerda, que Torito cuidaba como a una hija, porque las crías eran su única fuente de ingresos. Todavía teníamos gallinas, perros y gatos. Facunda contaba con una moderna cocina de gas y dos hornos de barro para hacer sus pasteles y empanadas, que se vendían en Nahuel y en otros pueblos cercanos.

No conocí al marido que Facunda decía tener. De hecho, como nadie lo vio nunca, creíamos que lo había inventado. Ella mantuvo a sus dos hijas con la ayuda de sus padres; las niñas vivieron con los abuelos, mientras la madre trabajaba, hasta que pudieron independizarse. Una de ellas, Narcisa, tuvo tres niños en cinco años, tan diferentes entre sí que resultaba obvio que no compartían el mismo padre. «Esta chiquilla me salió suelta de piernas», suspiraba Facunda para explicar el desfile de hombres que sacaban de paseo a su hija, y la tendencia de esta a quedarse embarazada sin novio responsable.

Cuando murió el tío Bruno y la casa quedó medio vacía, Facunda llevó a Narcisa y los nietos a vivir con ella, así podía criar a los niños tal como sus padres habían criado a los suyos. Los padres que esos niños no tenían fueron reemplazados por Torito, aunque por edad podía ser su abuelo. Este debía de tener alrededor de cincuenta y cinco años, pero sólo se le notaban en que había perdido algunos dientes y andaba más encorvado. Seguía haciendo sus largas excursiones para «ir conociendo», y para entonces creo que ya tenía en la memoria un mapa detallado de toda la provincia y más allá.

Facunda lloró la muerte del tío Bruno como una madre, y yo lo lloré como una hija. Ese hombre me adoptó de corazón cuando llegué a la granja en tiempos de El Destierro y me dio amor incondicional, como el que recibí de Torito. Facunda habría de llevarle flores a su tumba todos los sábados hasta su propia muerte, en 1997. Lo enterramos junto a la tía Pía, donde también quiero que me entierres a mí, Camilo. Nada de incinerarme y echar las cenizas en cualquier parte, mejor sería que mis huesos fertilicen la tierra. Ahora se puede disponer de los cuerpos en una caja biodegradable o envueltos en una manta, ¿sabías? Eso me gusta; debe ser barato.

La tía Pilar se quebró cuando murió el tío Bruno. Ella decía que llegaron a ser como hermanos gemelos, pero prefiero pensar que fueron amantes. Cuando quise sonsacarles la verdad a Torito y Facunda, me respondieron con evasivas que confirmaron mis sospechas. En buena hora. A la tía Pilar le pesaban mucho sus setenta y siete años, andaba con bastón porque le dolían las rodillas, y ya no le interesaban las labores de la tierra, los animales o la gente. Ella, que había sido un prodigio de energía y optimismo, se volcó hacia adentro. Pasaba horas callada, con las manos ociosas y la vista perdida. Más de una vez la sorprendí hablándole al tío Bruno. Cuando le sugerí que algún día tendríamos que instalar un teléfono en Santa Clara, me contestó con plena convicción que, si ese aparato no comunicaba con los muertos, para qué diablos lo necesitábamos.

Ese verano Teresa y miss Taylor llegaron con varios baúles y un loro enjaulado a quedarse por un tiempo para tomar aire, dijeron. La verdad es que Teresa había estado presa en confinamiento solitario por sus actividades en favor de los comunistas, y esos dieciocho meses en una celda de castigo le minaron la salud. Estaba flaca y gris, con tos de tísica y mareos que la dejaban desorientada. Las fuimos a esperar al tren, y Torito tuvo que bajarla en brazos, porque el largo trayecto la había dejado extenuada. Habían rehusado a viajar en un anfibio de Air Gaviota, como les ofrecí.

Esa noche, después del festín de bienvenida que preparó Facunda para recibirlas, miss Taylor me confesó con lágrimas que Teresa se estaba muriendo de a poco. Tenía cáncer en los pulmones muy avanzado.

Para mi hijo Juan Martín esas semanas que pasábamos anualmente en Santa Clara eran paradisíacas. Se curaba de forma milagrosa de las alergias y el asma, y pasaba el día al sol a la siga de Torito, que le enseñó a manejar el camión y cuidar los cochinillos. Se nos perdía durante horas cuando leía, tirado en el suelo de La Pajarera, que todavía estaba en pie y tenía el letrero en la puerta que prohibía la entrada a personas de ambos sexos. «Déjame aquí en Santa Clara, mamá», me pedía Juan Martín cada año, y yo adivinaba el resto de la frase: «lejos de mi papá». En la pubertad renunció a tratar de complacer a Julián, y la ansiosa admiración que había sentido por él en la niñez se transformó en aprensión. Le tenía miedo.

Nieves, en cambio, detestaba el campo. En una ocasión le comentó a Julián que la tía Pilar era una vieja seca y Torito un hombrón tarado, lo cual fue recibido con risotadas. Quise mandarla castigada a su pieza por atrevida, pero su padre me lo impidió porque la niña tenía razón, dijo: Pilar era una bruja y Torito un idiota. Pero a pesar de su insolencia y su aparente cinismo, mi hija era admirable. Al pensar en ella, la veo como un ave de plumaje colorido y voz ronca, alegre, grácil, lista para emprender el vuelo y dejar todo atrás, desprendida.

Su temple quedó probado ese día del terremoto, el más fuerte que se haya registrado jamás; duró diez minutos, destruyó dos provincias, provocó tsunamis de olas gigantescas que llegaron hasta Hawái y pusieron un barco pesquero en medio de una plaza de Sacramento, y dejó un saldo de miles de víctimas. Fue una tragedia, incluso en este país, donde estamos acostumbrados a que la tierra tiemble y el mar se enfurezca. La vieja casa de Santa Clara se bamboleó un buen rato antes de desplomarse, y eso nos dio tiempo para escapar con la jaula del loro en medio de densas nubes de polvo, el estrépito de vigas y pedazos de paredes que caían por todos lados, y el ronquido terrible que surgía del vientre del planeta.

Se abrió una grieta enorme en el suelo, que se tragó a varias gallinas, mientras los perros aullaban. No podíamos mantenernos en pie, todo daba vueltas, el mundo se volvió del revés. Siguió temblando por una eternidad, y cuando creíamos que por fin había pasado venía otro sacudón formidable. Y entonces sentimos un estallido y vimos las llamas. La cocina de gas había explotado y lo que quedaba de la casa estaba ardiendo.

En medio del caos, la humareda y el terror, Nieves se dio cuenta de que la única que no estaba entre nosotros era Teresa. No vimos a la niña correr hacia la casa en llamas, si la hubiéramos visto, la habríamos atajado. Tampoco sé cómo ocurrieron las cosas, sólo sé que minutos más tarde la oímos llamar a Torito, pero no podíamos ubicar la dirección de sus gritos y nadie pensó que provenían de la casa. De pronto vislumbré a través del humo y el polvo a mi hija, arrastrando a duras penas a Teresa por la ropa. Torito fue el primero en alcanzarla. Levantó el cuerpo inerte de Teresa con un brazo y a Nieves con el otro, y las alejó del incendio con su fuerza de gigante, multiplicada por la emergencia. Nieves no tenía ni diez años.

Ese día y esa noche, que pasamos a la intemperie, temblando de frío y pavor, tuve la medida del carácter de mi hija. Lo había heredado de su padre; tenía su misma índole heroica. No recordaba bien cómo lo hizo y contestaba a nuestro interrogatorio encogiéndose de hombros, sin darle ninguna importancia. Sólo averiguamos que entró gateando en las ruinas, sorteó los obstáculos ardientes, atravesó los restos de la salita y llegó al sillón de mimbre donde había visto a Teresa momentos antes del terremoto. Estaba medio asfixiada por el humo, sin conocimiento. Nieves se las arregló para cruzar de nuevo el infierno halando un peso muy superior al suyo, siempre a gatas porque, según dijo, se podía respirar mejor a ras del suelo.

Teresa estaba agonizando. Sus pulmones, debilitados por el cáncer, no resistieron el incendio y murió unas horas más tarde en brazos de miss Taylor, su compañera de vida. Nieves salió con quemaduras de segundo grado en la espalda y las piernas y el pelo chamuscado, pero la cara intacta y sin ningún trauma emocional. El terremoto que hizo historia, para ella fue apenas un incidente curioso que iba a contarle a su papá. La llevamos ese mismo día a donde Yaima, porque la carretera estaba cortada y los rieles del tren se enroscaron; era imposible llegar al hospital más cercano.

En la comunidad indígena se habían deshecho las chozas como desbaratadas por un viento terrible que llenó el aire de paja y polvo, pero no hubo víctimas, la gente estaba tranquila, recogiendo sus míseras pertenencias y juntando a las ovejas y los caballos despavoridos. La Madre Tierra y la Gran Serpiente que habita en los volcanes se habían enojado con los hombres y las mujeres, pero el Espíritu Primordial iba a restaurar el orden. Había que convocarlo. Yaima postergó los preparativos de la ceremonia para atender a Nieves con un breve ritual y sus ungüentos prodigiosos.

Después de la muerte de Teresa, miss Taylor se despidió de nosotros y se fue de vuelta a Irlanda, donde no había puesto los pies en cuatro décadas. Pensaba encontrar a sus hermanos dispersos desde la infancia, pero a la semana de estar allá desistió porque ese ya no era su país, y su única familia éramos nosotros, como le anunció a José Antonio mediante un telegrama. Mi hermano le respondió con una sola línea: «Espérame, voy a buscarte».

Se la trajo en un transatlántico que demoraba veintinueve días de puerto a puerto, eso le dio tiempo para convencerla de que había cometido un error al rechazarlo sistemáticamente, pero aún estaba a tiempo de remediarlo, y le presentó el anillo de granate y brillantes que había conservado desde siempre. Ella le hizo ver que estaba muy vieja y triste para casarse, pero aceptó el anillo y lo guardó en su bolso.

José Antonio era muy privado y jamás me habría contado los detalles de ese viaje, pero supe por miss Taylor que habían acordado tener un matrimonio blanco. Ante mi expresión de ignorancia, me explicó que era una unión platónica, como una buena amistad. El propósito de la castidad les duró hasta Panamá. José Antonio tenía cincuenta y siete años, y ella, sesenta y dos. Vivieron juntos durante más de quince años, los más felices de mi hermano.

Torito y Facunda cuidaron a la tía Pilar en Santa Clara los dos años que le quedarían de vida. Se fue apagando día a día sin ningún mal visible, simplemente perdió interés en lo humano y lo divino. Había rezado miles de rosarios y novenas a lo largo de su existencia, pero justo cuando más necesitaba el sostén de la fe dejó de creer en Dios y el cielo. «Lo único que quiero es cerrar los ojos y dejar de existir, disolverme en el vacío, como la niebla del amanecer», escribió en una carta de despedida que le entregó a Facunda. Han pasado muchos años desde entonces y todavía el recuerdo de mis tías me arranca llanto; esas mujeres fueron las hadas de mi infancia.

Miss Taylor, que había heredado la granja de Santa Clara de Teresa, decidió que no valía la pena venderla, aunque había una buena oferta de los Moreau, quienes después de despojar a varias familias indígenas se estaban tragando de a poco los terrenos cercanos para expandir su propiedad. José Antonio reemplazó la casa incendiada por lo mejor que podíamos ofrecer en Casas Rústicas, y yo seguí corriendo con los gastos, que eran mínimos. Torito había estado allí la mayor parte de su vida, era su mundo, no podía vivir en ningún otro lugar. Cumplí mi propósito de pasar cada año un par de semanas en la granja, incluso cuando el destino se me enredó; así mantuve las raíces en mi tierra.

La gente de la zona dividió sus vidas en antes y después del terremoto. Perdieron casi todas sus posesiones y costó años reponerlas, pero a nadie se le pasó por la mente irse lejos del volcán o de la falla geológica en que estábamos asentados. El barco pesquero quedó en el centro de la plaza como recordatorio de la falta de permanencia de lo humano y la inseguridad del mundo. Treinta años más tarde, patinado de óxido y carcomido de tiempo, fue fotografiado en una revista como monumento histórico.

José Antonio acuñó un lema que a mí siempre me pareció demasiado cínico para repetirlo: «Cuando hay catástrofe, se compran propiedades». La realidad es que nunca tuvimos más demanda para nuestras casas prefabricadas que entonces, cuando hubo que levantar del suelo a pueblos y ciudades, y nunca hubo más oferta de terrenos para construir nuestras villas.

Empecé a comprar oro con mis ahorros, porque la inflación se había disparado en el país y nuestra moneda se estaba devaluando tanto que a Julián se le ocurrió comprar fichas del casino y llevarlas a un casino de Las Vegas, donde las fichas eran idénticas y las cambiaba por dólares. Hizo esta gracia un par de veces en las narices de la mafia, pero a la tercera se asustó; el riesgo de acabar cosido a balazos en el desierto de Mojave superaba al placer del peligro. Entretanto, el valor de mi oro crecía legalmente en la oscuridad de la bóveda del banco. El único que estaba al tanto de que yo iba camino de ser rica era mi hermano, que tenía la segunda llave de la caja de seguridad.

Fabian Schmidt-Engler llegó un domingo a casa de José Antonio a consultarlo como abogado en un asunto confidencial, le dijo. Mi hermano, que siempre le tuvo lástima por la desgracia de haberse casado conmigo, lo recibió con amabilidad. Se había establecido en la zona un grupo numeroso de inmigrantes alemanes en una comunidad agrícola y necesitaban los servicios de un abogado discreto, le explicó Fabian.

Habíamos oído rumores contradictorios sobre la Colonia Esperanza. Decían que estaba bajo el mando de un criminal de guerra fugitivo; allí sucedían cosas misteriosas, y parecía una prisión, rodeada de alambres de púas, sin que nadie pudiera entrar o salir. Fabian descartó esas patrañas. Le dijo a mi hermano que él conocía al jefe y había estado varias veces en la propiedad como veterinario. Esos inmigrantes vivían en paz, de acuerdo con sólidos principios de trabajo, orden y armonía. La colonia no tenía problemas legales, pero a veces había que tratar con las autoridades, que solían ponerse quisquillosas.

A José Antonio le pareció que ese asunto era turbio y se disculpó con el pretexto de que estaba muy ocupado con su empresa. Al despedirse, le preguntó en tono casual si acaso había pensado en el asunto de la nulidad matrimonial.

—No hay nada que pensarle a eso —respondió Fabian.

Sin embargo, pocos años más tarde, mi marido se presentó en la oficina de Casas Rústicas a vender la nulidad porque necesitaba dinero para financiar un laboratorio. Se había descubierto la forma de congelar el semen por tiempo indefinido, y eso abría incalculables posibilidades en el universo de la genética animal y humana. José Antonio regateó el precio, redactó un acuerdo, le dio la mitad del dinero a Fabian y el resto se lo depositó cuando el juez firmó la nulidad. Para eso sirvió una parte de mis monedas de oro. Cuando menos lo esperaba, me convertí en una mujer soltera.

TERCERA PARTE

Los ausentes

(1960-1983)

14

Al revisar el pasado, comprendo que perdí a Nieves mucho antes de lo que yo pensaba. Mi hija tenía catorce años cuando Julián decidió que en vez de las vacaciones obligadas en Santa Clara pasaría ese tiempo con él, los dos solos, una luna de miel de padre e hija. Había perdido la esperanza de hacer «un hombre» de Juan Martín, es decir, un hombre a su imagen. Su hijo era un adolescente desmañado y romántico que parecía más interesado en leer a Albert Camus y Franz Kafka que en las revistas *Playboy* que su padre le traía de Miami, y prefería discutir de marxismo y de imperialismo con un puñado de amigos tan atormentados como él antes que manosear a las amigas de su hermana en un rincón privado.

En los años siguientes, Julián llevó a Nieves de viaje y le enseñó a manejar el auto y a copilotar el avión. Cuando la pilló fumando y bebiéndose los conchos de cócteles en los vasos, empezó a abastecerla de cigarrillos mentolados y la instruyó en el arte de beber con moderación, aunque él mismo se sobrepasaba con el alcohol. Muy pronto Nieves se vestía con ropa provocativa y usaba maquillaje de modelo para salir a lucirse con su padre en cabarets y casinos, donde apostaban juntos en las mesas de juego sin que nadie sospechara su edad; la broma de ambos era que la confundían con la última conquista de Julián. Las quemaduras que había sufrido de niña le dejaron cicatrices muy leves gracias, supongo, a la intervención de Yaima. Su belleza, según Julián, detenía el tráfico. A los dieciocho años cantaba canciones de moda en hoteles y casinos, donde los clientes le daban propinas, lo que a Julián le parecía muy divertido. Le gustaba ese juego de provocar deseo en otros hombres luciendo a su hija a prudente distancia, pero espantaba a cualquier joven que se acercara a ella. «Así nunca voy a conseguir un novio, papá», se quejaba Nieves. «A tu edad, lo último que necesitas es un novio. Tendría que pasar por encima de mi cadáver», le respondía él. Era celoso como un amante.

Entretanto, yo vivía en nuestro país con Juan Martín, que estaba estudiando filosofía e historia. A los ojos de su padre eso era una pérdida de tiempo, no servía para nada. Como la universidad estaba en la capital, alquilé un apartamento que compartíamos, pero nos veíamos poco; yo tenía un pie en Sacramento y volaba con frecuencia a Estados Unidos a ver a Nieves. Mi hijo pasaba largas temporadas solo.

La nulidad matrimonial me llegó cuando ya no la quería. Me había acomodado a las ventajas de mi situación; para los efectos prácticos disponía de libertad, y para satisfacer las exigencias de la pasión contaba con un hombre impetuoso que después de tantos años de hábitos comunes, complicidad inevitable y rencores acumulados aún podía dominarme a besos. ¡Qué larga es la servidumbre del deseo! Nunca fue tan humillante como en la mitad de mi vida, cuando a la mujer del espejo se le notaban los cincuenta años de lucha y cansancio en el cuerpo y el alma. Para Julián, en cambio, la edad era optativa; decidió tener siempre treinta años y casi lo consiguió. Siguió siendo joven, despreocupado, alegre y mujeriego hasta una edad en que el resto de los mortales contempla la muerte inexorable. «De lo único que uno se arrepiente al final es de los pecados que no cometió», decía.

Los períodos en que me juntaba con Julián eran de excitación y sufrimiento. Me preparaba para esos encuentros como una novia, anticipando el momento en que estaríamos solos, nos abrazaríamos con renovados bríos y haríamos el amor con la sabiduría que da la mucha práctica, dormiría pegada a su espalda aspirando su olor a hombre sano y vigoroso, despertaría aturdida de caricias y sueños, compartiríamos desnudos el primer café de la mañana y andaríamos por las calles de la mano, poniéndonos al día de todo lo ocurrido en nuestra ausencia. Así era por unos días. Después comenzaba el tormento de los celos. Me observaba en el espejo, comparándome con las jóvenes de la edad de mi hija que él seducía sin disimulo. Por su parte, Julián me reprochaba mi independencia, el tiempo que pasaba lejos de él, la fortuna que tenía escondida para evitar compartirla. Me acusaba de ambiciosa; entonces eso era un insulto aplicado a una mujer. De hecho, siempre se las arreglaba para echarle el guante a una parte de mis ahorros. Por sus manos pasaba un chorro de dinero, pero vivía a crédito y acumulaba deudas.

Te confieso, Camilo, que más de una vez rogué al cielo para que Julián se estrellara en uno de sus aviones, y hasta llegué a soñar con asesinarlo para librarme de él. No hubiera sido la primera ni la última mujer que mata al amante porque ya no lo soporta más.

Tanto insistió Julián en que viviéramos juntos otra vez, que me trasladé a Miami. No lo hice por complacerlo, sino para intentar acercarme a Nieves, que había abandonado los estudios antes de terminar la secundaria, dormía el día entero, desaparecía de noche y nunca estaba disponible cuando la llamaba por teléfono. Había perdido el poco respeto que alguna vez tuvo por mí, y pulido a la perfección el arte de usar a su padre para humillarme. A él lo adoraba; yo era quien le impedía pasarlo bien: anticuada, severa, avara, remilgada, una vieja jodida, como me llamaba a la cara.

Para entonces, la ciudad estaba llena de cubanos exiliados, algunos con mucho dinero. Había tantos yates en las marinas como Cadillacs en las calles y bares restaurantes con la mejor cocina de la isla; el aire vibraba con música latina y conversaciones a gritos en ese acento de consonantes que suenan como vocales. Ya no era ni sombra de la sala de espera de la muerte para ancianos jubilados que había sido antes.

Julián alquiló una villa aislada cerca del mar, con una cortina de palmeras y una piscina con chorros de agua y luces, que requería numeroso personal doméstico. Era una imitación de la arquitectura mediterránea de Italia, adaptada al gusto de nuevos ricos: vasta, desparramada, con terrazas de baldosas pintadas, toldos azules y plantas desmayadas por el calor en maceteros de cerámica. La decoración interior era tan pretenciosa como su aspecto externo de pastel rosado. En honor a la tradición, me levantó en brazos para cruzar por primera vez el umbral, y me llevó a recorrerla, orgulloso de la cocina digna de un hotel —no me gusta cocinar, ni a él tampoco—, los seis baños con motivos de sirenas y delfines, los salones con olor a musgo y desinfectante, y el torreón con un telescopio para espiar a las embarcaciones, que solían anclar de noche en las proximidades de la playa.

La villa se convirtió en el centro de las actividades comerciales de Julián y de las reuniones con quienes él llamaba sus socios. Algunos de los socios tenían pinta de burócratas en trajes con chaleco, a pesar de la humedad y el calor; otros eran americanos en camisa de manga corta y sombrero, o cubanos con sandalias y guayaberas. También desfilaban tipos con anillos ostentosos y cigarros, que hablaban inglés con acento italiano, acompañados por guardaespaldas patibularios, grotescas caricaturas de mafiosos.

—Trátalos con amabilidad, son mis clientes —me advirtió Julián cuando quise indagar, pero casi nunca traté con ellos; la casa era grande y no nos topábamos.

A las veinticuatro horas de convivencia en el pastel rosado, Julián puso sobre la mesa del comedor dos cajas de cartón llenas de papeles y me pidió que lo ayudara a sortear el contenido. Entonces comprendí que su interés en tenerme a su lado no era sentimental, sino práctico; yo había sido siempre su administradora, secretaria y contadora. En esas cajas había de todo, desde cuentas pendientes, boletas de compra, direcciones e itinerarios hasta anotaciones a mano cuyo significado ni él mismo podía descifrar. Al tratar de poner cierto orden en aquella maraña fui dándome cuenta de la índole de las actividades de mi compañero, en su mayoría ilegales, como suponía.

Pesados maletines negros entraban y salían regularmente

llenos de fajos de billetes. En las piezas había un arsenal, pero Julián, que nunca andaba armado, me explicó que nada de eso le pertenecía, sólo lo guardaba para sus amigos. Al cabo de una semana abandonó su intento de engañarme y me contó de los cubanos que complotaban contra la revolución de Fidel Castro, de la mafia que controlaba el crimen en Florida y Nevada, y de la CIA, cuyo propósito era impedir por cualquier medio el avance de las ideas de izquierda en América Latina.

—Hay movimientos guerrilleros en casi todos los países del continente. Comprenderás que no se puede permitir otra revolución como la cubana entre nosotros —me explicó.

—¿Qué tienes que ver tú con eso? ¿Qué haces para la CIA?

—Transporte, de vez en cuando, algunos vuelos que no deben conocerse. Recojo información de los cubanos y de los contactos que tengo en otros lados, nada importante.

—¿Te pagan?

—Poco, pero tengo muchas ventajas. Los americanos me dejan hacer, no me molestan.

—Dice Juan Martín que con el pretexto de la Guerra Fría la CIA derroca democracias y apoya dictaduras brutales, que benefician a las élites e imponen el terror en el pueblo. Hay tanta injusticia, desigualdad y miseria que con razón prende el comunismo en nuestros países.

—Es una lástima, pero eso no nos incumbe. Juan Martín está metido en un nido de rojos que le están lavando el cerebro.

—¡Es la Universidad Católica, Julián!

—Así será, pero tu hijo es muy blandengue.

—También es hijo tuyo.

—¿Estás segura? No lo parece…

Así eran las conversaciones que conducían rápidamente a una batalla cruenta, empezábamos con cualquier tema y terminábamos agrediéndonos.

Recuerdo con admiración, por razones que ya te contaré, a Zoraida Abreu. En esa época ella era una joven puertorriqueña exuberante, que podía ser confundida con una tonta bonita por su ropa provocativa y su voz chinchosa, pero en realidad era una amazona. Julián se enamoró de ella en uno de sus viajes y, tal como le sucedió conmigo, no pudo dejarla. En mi caso fue porque quedé embarazada, en el de ella no puedo saberlo, pero supongo que esa mujer era más aguerrida que él. Zoraida, que a los diecisiete años había sido reina de la belleza en un concurso del Ron Boricua, siguió a Julián cuando este se fue a vivir a Miami. Julián abominaba cualquier atadura, y la mantuvo a raya diciéndole que estaba casado conmigo y en su país no había divorcio, que adoraba a sus hijos y que nunca los dejaría.

La conocí porque se atrevió a invitarme a tomar un trago en el bar del hotel Fontainebleau. Era alta, fachosa, con una melena abundante, que alcanzaba para dos pelucas, y llegó vestida con pantalones capri ajustados, sandalias de tacones altos y una blusa amarrada con un nudo en la cintura, que resaltaba sus senos. A pesar de esa pinta de pindonga en busca de combate, no era vulgar. Todos los hombres del recinto se volvieron a mirarla cuando entró, y más de uno le silbó. Pedimos un par de cócteles y ella procedió a decirme sin preámbulos que era la amante de mi marido desde hacía cuatro años y dos meses.

—Perdona, necesitaba decírtelo porque no puedo vivir de mentiras.

—¿Quieres mi autorización? Adelante, mujer, es todo tuyo —le dije, ya que en ningún caso podía impedirlo, y para entonces ya no me importaban los amoríos de Julián.

—Julián me contó que ustedes están juntos porque no se pueden divorciar, pero no se aman.

—No estamos casados. Si quiere casarse contigo, es libre de hacerlo.

Pasamos una hora en extraña complicidad. Zoraida se repuso de la sorpresa y la ira con la segunda copa, y decidió dejar la situación como estaba, no iba a enfrentar a Julián con la verdad que había descubierto porque sólo conseguiría perderlo. Esa información podría servirle en el momento apropiado. Le convenía que él fingiera estar casado, así alejaba a otras rivales, y a mí me convenía que ella lo mantuviera ocupado.

—No soy puta, no quiero su dinero ni nada de él, tampoco pienso chantajearlo. Soy sana y católica —me explicó, con una lógica impecable.

Por lo visto, yo no entraba en la categoría de rival; era inocua, una mujer madura vestida con un traje de dos piezas al estilo de Jacqueline Kennedy, que ya estaba pasado de moda, porque se usaba la minifalda. Me pareció cruel aclararle que en ese mismo momento, mientras bebíamos martinis, posiblemente él estuviera con otra. Zoraida creía que tarde o temprano Julián se casaría con ella. Tenía veintiséis años y mucha paciencia.

La CIA me preocupaba mucho menos que los gángsteres responsables de los maletines negros, el arsenal de guerra que había en la casa y los paquetes sin identificación que aparecieron un par de veces frente a nuestra puerta. Julián me ordenó que no los tocara, porque podían explotar. Allí quedaron, tostándose al sol, hasta que Julián trajo a un hombrecito con cara de ratón que se encargó del problema. El ratón era un veterano de guerra experto en bombas, que auscultaba el paquete y después procedía a abrirlo con delicadeza de cirujano. La primera vez se trataba de botellas de whisky, la segunda, de varios kilos de la mejor carne de vacuno —filete, costillar, chuletas—, que venía envuelta en hielo, pero la espera al sol la había convertido en una masa sanguinolenta y fétida. Eran regalos de clientes agradecidos.

Volví a sentir el puño cerrado del miedo en la boca del estómago, como me ocurría siempre que pasaba tiempo con Julián; me preguntaba qué diablos estaba haciendo yo en Miami.

En el verano nos pegó uno de esos huracanes que ponen al mundo patas arriba. Estábamos sobre una colina elevada, así es que no temíamos a las olas; nos limitamos a tapiar las ventanas y asegurar las puertas contra el vendaval. Fue una experiencia memorable; la ventaja de un huracán sobre un terremoto es que avisa con cierta anticipación. El viento y el agua azotaron la casa, arrancaron varias palmeras y se llevaron todo lo que estaba suelto. Cuando se calmó la tormenta, la mesa de ping-pong de alguien que vivía a medio kilómetro de distancia estaba flotando en nuestra piscina, y encontramos en la terraza del segundo piso a un perro aterrorizado que llegó volando, pobre animal.

Dos días después, cuando la tierra empezaba a secarse,

Julián se dio cuenta de que el pozo séptico se había rebalsado y se puso frenético. Se negó a llamar a alguien para que lo reparara y trató de destaparlo él mismo, con guantes y botas de goma, metido hasta las rodillas en una sopa asquerosa, maldiciendo a pleno pulmón. Pronto vi por qué no podía pedir ayuda. Extrajo del hoyo una bolsa inmunda, la arrastró a la cocina y desparramó su contenido en el suelo: fajos de billetes mojados y sucios de caca.

A punto de vomitar, vi que Julián planeaba limpiar el dinero en la máquina lavadora.

—¡No! ¡Ni se te ocurra hacer eso! —le grité, histérica.

Él debió de adivinar que yo iba a impedírselo con sangre, porque sin pensarlo cogí el cuchillo más grande de la cocina.

—¡*Okay*, Violeta! ¡Cálmate! —me suplicó, asustado por primera vez en su vida.

Hizo una llamada telefónica, y poco después teníamos a dos matones de la mafia a nuestra disposición. Fuimos a una lavandería y los mafiosos les pusieron un billete de diez dólares en la mano a las tres señoras que estaban lavando la ropa de sus familias, las sacaron del local con instrucciones de esperar afuera y se plantaron en la puerta a vigilar, mientras Julián lavaba los billetes cagados. Después hubo que secarlos y meterlos en una bolsa. A mí me llevó porque no tenía idea de cómo operar una de esas máquinas.

—Ajá, ahora entiendo lo que es el lavado de dinero —le comenté.

Eso fue lo que me faltaba para entender de una vez para siempre que más convenía ser la amante de Julián que su esposa. Me volví a Sacramento al día siguiente.

Me he demorado en contarte más de Nieves porque es un tema muy doloroso, Camilo. Tal vez injustamente, he culpado a Julián por la suerte de mi hija. La realidad es que cada uno es responsable de su propia vida. Nacemos con ciertas cartas del naipe, y con ellas jugamos nuestro juego; a algunos les tocan malas cartas y lo pierden todo, pero otros juegan magistralmente con esas mismas cartas y triunfan. El naipe determina quiénes somos: edad, género, raza, familia, nacionalidad, etcétera, y no lo podemos cambiar, sólo podemos usarlo lo mejor posible. En ese juego hay obstáculos y oportunidades, estrategias y trampas. A Nieves le tocaron cartas extraordinarias: tenía inteligencia, coraje, audacia, generosidad, encanto, una voz cautivadora y belleza. Yo la quería con toda mi alma, como quieren las madres normales a sus hijos, pero mi amor no podía igualarse a la adoración de su padre. Nieves fue la única persona en este mundo a quien Julián quiso más que a sí mismo.

Dicen que todas las niñas se enamoran de sus padres en la primera infancia, creo que eso se llama «complejo de Electra», y lo superan con naturalidad. A veces, sin embargo, los padres se enamoran de las hijas y entonces se enredan los sentimientos como ovillo de lana en las garras de un gato. Algo así sucedió entre Nieves y Julián. Él se obsesionó con la niña apenas adivinó que ella tenía las cualidades que él admiraba y que su hijo no tenía; ella era como él, de su sangre y espíritu, a diferencia de Juan Martín, a quien consideraba enclenque y afeminado. Su hijo no podía competir con su hermana, y llegó un momento en que dejó de intentarlo y se resignó a ocupar un rincón invisible a la sombra de ella. Lo hizo con tal eficiencia que a su padre prácticamente se le olvidó su existencia.

En una ocasión, en la piscina, vi a Julián poniéndole bronceador a Nieves, como lo había hecho muchas veces, pero algo en la escena me inquietó y la llamé para echárselo yo.

—Mi papá lo hace mejor —me contestó con una expresión burlona.

Más tarde me atreví a enfrentar a Julián, y como respuesta me cruzó la cara de un bofetón. Hacía mucho que no me golpeaba, y nunca me había marcado la cara. Me acusó de ser una arpía inmunda que todo lo manchaba con mis sospechas, mis celos y mi envidia, que me había soportado durante años, pero no iba a soportar que destruyera la inocencia de Nieves con mi maldad.

En el año que conviví con Julián en la horrenda villa rosada de Miami, en compañía de mafiosos, conspiradores y espías, Nieves estaba con nosotros en teoría, pero en la práctica la vi muy poco. La propiedad quedaba alejada del centro de la ciudad, y con frecuencia mi hija se quedaba a dormir con sus amigas, decía. A veces la encontraba echada en una poltrona junto a la piscina, bebiendo piña colada y descansando después de una parranda. Algunas noches estaba en tal estado de aturdimiento por el alcohol, y supongo que también por drogas, que no podía conducir, y si no encontraba alguien que la llevara a la casa llamaba a Julián para que la fuera a buscar. Aliviaba la resaca con cocaína, que él siempre tenía a mano y consideraba tan inocua como el tabaco.

Mi hija cantaba en cabarets y casinos, que seguramente estaban controlados por la mafia, a donde Julián me llevó algunas veces a oírla. La estoy viendo como era en esas noches, una niña pintada como una cortesana, con un vestido ajustado de lentejuelas y chorreada de falsos diamantes, acariciando el micrófono y seduciendo al público con su voz ronca y sensual. Su padre la aplaudía enardecido y le chiflaba piropos como otros hombres del público, mientras yo me retorcía con calambres en el vientre, rogando al cielo para que el espectáculo terminara pronto.

Dos años más tarde, un tipo «descubrió» a Nieves en uno de esos antros y se la llevó a Las Vegas de la noche a la mañana con la promesa del amor y del éxito en las tablas. Se llamaba Joe Santoro y se presentaba como agente, pero era sólo un actor de poca monta, uno de esos jóvenes americanos guapos, de pocas luces y menos escrúpulos, que se dan a montones. Nieves empacó sus cosas sigilosamente y se fue sin decirle nada a su padre. Dos días más tarde, cuando él ya había recurrido a la policía para encontrarla, ella lo llamó desde Las Vegas. Sin vacilar, Julián fue a buscarla, enloquecido de rabia y celos. Tenía conexiones en esa ciudad, a donde hacía viajes para sus clientes y de donde provenían algunos de los maletines negros. Su plan consistía en contratar a un matón que le pulverizara las rodillas a tiros al tal Santoro, y traer a su hija por una oreja de vuelta a su lado.

Encontró a Nieves en una casa cochambrosa que Joe Santoro compartía con un montón de hippies y vagabundos en tránsito que pasaban unas cuantas noches allí y desaparecían, dejando una estela de mugre y estropicio. Mi hija estaba echada con su joven amante en una colchoneta pringosa en el suelo, en un desorden de ropa tirada, latas de cerveza y restos de pizza fosilizada. Ambos volaban en otros universos con una combinación de LSD y marihuana, pero a Nieves le quedaba suficiente lucidez para adivinar el objetivo de su padre. Semidesnuda, con ojeras de maquillaje y desgreñada, se plantó delante del gángster a sueldo, sujetó el cañón de la pistola a dos manos, y le juró a su padre por lo más sagrado que si tocaban a Joe no volvería a verla nunca más en su perra vida, porque se iba a suicidar.

Su hija le asestó a Julián el único golpe que podía minar su fortaleza de titán. Nieves simplemente lo abandonó con la ferocidad de quien trata de alejarse de un riesgo de muerte. Creo que Nieves sintió a nivel celular aquello que su mente no podía admitir; debía escapar de la pasión de su padre y de su propia fijación y dependencia. Cortó los lazos de un solo tijeretazo, negándose a volver a Miami con él o a aceptar cualquier forma de ayuda.

La ira que dominaba a Julián al llegar a Las Vegas se le trocó en desesperación al ver a Nieves enfrentarlo como a un enemigo. Le ofreció lo que ella quisiera, le prometió que le daría gusto en todo, le dijo que estaba dispuesto a mantenerla a un nivel adecuado con ese Joe Santoro o cualquier otro desgraciado que escogiera, porque no era posible que su hija viviera en una pocilga; le suplicó, se humilló, lloró, pero nada conmovió la voluntad pétrea de su hija. Entonces comprendió que ella era exactamente como él, indómita, atrevida y dispuesta a hacer lo que le diera la gana sin consideración por nadie. Nieves podía sembrar infortunio a su paso con la misma indiferencia suya. Su hija era el espejo donde contemplaba su propia imagen.

Nieves se quedó en Las Vegas. Julián intentó instalarse cerca, para intervenir cuando fuera indispensable, pero debió desistir porque ella no quiso verlo ni de lejos, y él tampoco pudo desprenderse de sus asuntos en Miami. Supongo que sus clientes no estaban dispuestos a soltarlo, porque era problemático conseguir pilotos capaces de volar de noche por debajo de la señal del radar en territorio enemigo o acuatizar en un pantano infestado de caimanes para entregar o recoger paquetes misteriosos.

Para vigilar a su hija, contrató a un detective, Roy Cooper, quien habría de jugar un papel fundamental en tu vida, Camilo. Era un exconvicto que se especializaba en chantaje, según supe, pero no me quedó claro si se ganaba el sustento haciendo chantaje o resolviendo casos de chantaje.

Los informes de Roy le partieron el corazón a Julián. Su hija iba resbalando por una pendiente directa a la muerte. Estuvo con Joe Santoro por un tiempo, pero pronto lo dejó, o él la dejó a ella; el hecho es que Nieves se encontró en la calle. El famoso Verano del Amor en San Francisco había ocurrido un par de años antes, pero la contracultura de los hippies todavía florecía en muchas ciudades del país, entre ellas Las Vegas. Esos jóvenes pelucones, tatuados, ociosos y felices que vagaban por toda California y pronto harían historia en Woodstock, en otras partes no eran bien tolerados y corrían peligro de recibir una paliza o ser arrestados. Julián no había visto ninguno en Miami.

Nieves se sumergió en ese vistoso grupo de chicos y chicas

blancos de la clase media que escogían vivir como pordiose-
ros, con promiscuidad, música psicodélica y drogas. Roy le iba
pisando los talones, mandándole frecuentes informes a Julián.
En las fotografías aparecía Nieves vestida de harapos decorados con espejitos y flores en el pelo, en una manifestación con
un puñado de jóvenes contra la guerra de Vietnam, sentada
en la posición de loto a los pies de un gurú greñudo, o cantando baladas y pidiendo limosna en un parque público. Dormía
en comunas, en la calle, en un coche destartalado, una noche
aquí, otra allá, con el espíritu errante de tantos otros muchachos en esa época. Se abandonó al atractivo de la libertad sin
rumbo, al amor de un día y a la embriaguez del relajo. Abrazó
la estética inspirada en la India, la igualdad y la camaradería,
pero no tenía interés en la filosofía oriental o los planteamien-
tos políticos y sociales del movimiento. Protestaba contra la
guerra para divertirse y desafiar a la policía, pero no sabía dónde quedaba ese lugar llamado Vietnam.

Roy tenía instrucciones de cuidar que la muchacha no pasara hambre, y de protegerla como pudiera, sin que ella sospechara que era un enviado de su padre, lo cual resultaba fácil, porque Nieves vivía perdida en una nube de marihuana y
ácido. Con su afán de experimentarlo todo y tragarse la vida a
bocanadas, también empezó a esnifar heroína. La idea de Julián era darle soga a Nieves para que tocara fondo sin sufrir
daño, para entonces poder rescatarla. A Roy le era imposible
llevar la cuenta de los hombres con quienes Nieves tenía relaciones casuales, no valía la pena averiguar sus nombres porque, si permanecía con alguno, era sólo por tres o cuatro días.
En las fotos que le enviaba a Julián, tomadas de lejos o al pasar,

todos parecían ser el mismo sujeto: barbudo, con larga melena, collar de cuentas o flores, sandalias y guitarra.

El único diferente era Joe Santoro, que entraba y salía de la existencia de Nieves con cierta regularidad. No era un hippy del montón. Vendía metanfetamina y heroína en un negocio de hormigas, tan insignificante que la policía no lo molestaba. Sus compradores eran oficinistas, gente de tercer orden en la industria del entretenimiento y huéspedes de los hoteles. Los hippies preferían marihuana y alucinógenos, que se repartían gratis; la mayoría despreciaba las drogas duras y el alcohol. Nunca sabremos si él inició a Nieves en la heroína o si tan sólo la abastecía cuando ella estaba desesperada. El camino de la adicción es recto y bien pavimentado; Nieves lo recorrió rápido.

Nada supe de esto hasta un año más tarde, porque Julián me aseguraba por teléfono y cuando venía a nuestro país que Nieves estaba bien, que compartía un apartamento con dos amigas y estudiaba arte. Hablaba con ella un par de veces por semana, me dijo, pero no la visitaba porque ella quería probar sus alas sola por un tiempo, era normal a su edad. Tampoco deseaba que yo fuera a verla. No debía preocuparme si no contestaba mis cartas porque Nieves siempre había sido mala para comunicarse. En una ocasión en que volé a Miami a poner al día los papeles de Julián, él se las arregló para disculpar la ausencia y el silencio de mi hija. Pude haber indagado más y no lo hice. También yo soy culpable.

A Julián y a mí sólo nos mantenía juntos el largo hábito de detestarnos y desearnos. Y Nieves, por supuesto. Juan Martín no cuenta porque, si hubiera sido por mi hijo, Julián y yo tendríamos que habernos separado quince años antes. Es imposible de explicar esa mezcla obscena de atracción y rechazo, de pasión y rabia, esa costumbre necesaria de querellarnos y reconciliarnos; yo misma no lo entiendo, porque con el tiempo se recuerdan los hechos, pero se borran las emociones. Ya no soy la mujer que fui entonces.

De cada viaje a Miami que hice en esos años, volvía a mi casa en Sacramento o al apartamento que compartía con mi hijo en la capital determinada a no acudir nunca más a la convocatoria de Julián, pero reincidía inevitablemente, como un perro adiestrado a golpes. Me llamaba cuando el caos lo ahogaba para que pusiera orden, y me venía a ver cuando huía de un lío de faldas o de dinero. Su presencia era un tifón que alteraba por completo mi bien regulada existencia y la paz del ánimo que sentía en su ausencia. Esas eran las únicas ocasiones en que bebía hasta la embriaguez y usaba marihuana, que según Julián yo necesitaba para gozar de la vida como una persona normal. «Me gustas cuando estás relajada. No puedo pasarlo bien contigo si lo único que tienes en la cabeza son tus preocupaciones y tus negocios», me decía.

Esa era una causa recurrente de pelea: mis negocios. Tengo olfato para hacer dinero, como sabes, Camilo; ahorraba, sabía invertir y vivía frugalmente. Para Julián esa prudencia en materia de dinero era avaricia, otro de mis defectos, pero mientras me criticaba podía burlarme las ganancias de un año en cinco minutos.

15

Mi hermano José Antonio y Josephine Taylor, los únicos que sabían del abuso de Julián, me reprocharon muchas veces que lo permitiera. Por insistencia de ellos terminé en el consultorio de un psiquiatra para que me ayudara a resolver esa dependencia emocional que tanto daño me hacía.

El doctor Levy era un judío que había estudiado en Viena con Carl Jung, y era profesor de la universidad y autor de varios libros; una eminencia. Calculo que tendría unos ochenta años, pero es posible que fuera más joven y estuviera desgastado por el sufrimiento. Conocía a Julián porque fue uno de los inmigrantes que él trajo clandestinamente al país en su avión anfibio después de la guerra. Había perdido a su familia completa en los campos de exterminio, pero ese duelo monumental no le dejó amargura, sino una infinita compasión por la debilidad humana. Me abochornaba hacerle perder el tiempo con mis míseros problemas sentimentales a un sobreviviente del Holocausto, pero él me tranquilizaba con una sola mirada. Cerraba la puerta de la consulta y el aire se detenía en ese cuarto atiborrado de libros; nada existía, sólo él y yo.

—He tenido una vida banal, doctor Levy. Nada he hecho

que valga la pena mencionarse, soy una persona mediocre —le dije en una sesión.

Me respondió que todas las vidas son banales y todos somos mediocres, según con quién nos comparemos.

—¿Para qué quiere una vida trágica, Violeta? —me preguntó, y se le quebró la voz, pensando seguramente en el padecimiento que a él le había tocado—. Hay una maldición china que viene al caso, «le deseo una vida interesante». La bendición correspondiente sería «le deseo una vida banal» —agregó.

Gracias al doctor Levy, que me llevó de la mano, logré separarme de Julián. No ocurrió deprisa, fue un largo camino de introspección, que se inició en mi infancia en la casa grande de las camelias, donde descubrí el cuerpo de mi padre, y me condujo a través de los paisajes de la memoria, miss Taylor, mis tías, la granja de los Rivas, la escuelita itinerante, el asalto de Pascual Freire del que me salvó Torito, Fabian, Julián y mis hijos, hasta llegar a los cincuenta años, cansada de lucha y soledad.

Comencé por anunciarle a Julián que no contara nunca más conmigo para sacarlo de sus líos, financiar sus extravagancias, pagar sus deudas, hacer milagros con su contabilidad o recoger los pedazos del destrozo que dejaba a su paso. Tampoco volvería a pisar el pastel rosado de Miami; nada de billetes cagados en la lavadora, gángsteres y espías. Si deseaba venir a verme, tendría que quedarse en un hotel y tratar a Juan Martín con respeto. Por último, debía saber que si volvía a ponerme una mano encima lo lamentaría en serio.

—Va a necesitar fortaleza y claridad para cumplir sus propósitos, Violeta. Le aconsejo que desista del alcohol cuando esté con Julián —me dijo el doctor Levy.

Hasta ese momento yo no había relacionado eso con el poder que Julián ejercía sobre mí.

Julián creyó que era otra de las vanas amenazas que llevaba años repitiendo, pero esta vez yo tenía al doctor Levy guardándome la espalda. Dos meses después, cansado de rogarme que fuera a ayudarlo en Miami, se resignó a delegar en otra persona el rompecabezas de lo que él llamaba sus empresas, pero que en realidad era una serie de tráficos y transacciones de bandido. Esa persona era Zoraida Abreu, la joven amante de larga trayectoria y buena voluntad, con quien bebí martinis en el hotel Fontainebleau. Su elección resultó perfecta, porque era contadora de oficio, además de ser eficiente, discreta y dispuesta a servirlo por amor, como había hecho yo. Mientras yo había lidiado por instinto con los números locos de la doble contabilidad, ella poseía método y conocimiento cabal de las leyes americanas. Sabía cómo llevar las cuentas secretas, evadir impuestos y lavar dinero. Julián estaba mucho mejor con ella que conmigo.

Imagino a la reina del Ron Boricua, toda curvas y cabellera leonina, imponiendo su autoridad a los socios y clientes de Julián, y manteniendo a raya a las enamoradas temporales. Me había dicho que era metódica, requisito necesario en su profesión, y poco tolerante con la disipación; sus padres eran muy estrictos y se había educado en un colegio de monjas. De vez en cuando me llamaba por teléfono para contarme el último melodrama o pedirme consejo. Era una mujer imponente, mandona, segura de sí misma y de sus opiniones, que sonaban cómicas con su cargante manera aniñada de hablar. Dudo que Julián pudiera dominarla o atemorizarla, creo que en una trifulca ella podría aplastarlo como a una cucaracha.

La existencia de Zoraida fue una bendición para mí, porque me ayudó a soltar las últimas amarras sentimentales con Julián.

Julián comenzó a venir al país muy seguido, por misiones ultrasecretas que concernían a la misteriosa comunidad de los alemanes, la Colonia Esperanza, según me dijo. Le hice notar que no debían de ser tan secretas si me lo había contado cuando almorzábamos ostras y erizos en una fonda del puerto.

—Tú eres mi alma, Violeta. Me conoces mejor que nadie, contigo no tengo secretos —respondió.

Me abstuve de preguntarle si los tenía con Zoraida, porque era mejor que no sospechara la inusitada camaradería entre ella y yo.

Julián veía a su hijo en pocas ocasiones. Juan Martín rechazaba amablemente las escasas invitaciones a Miami que le hacía, pretextando sus estudios, y cuando aparecía en la capital se veían lo menos posible. Ambos evitaban profundizar en cualquier tema, sobre todo la política, que pudiera ser la yesca que encendiera la aversión mutua. Para Julián, su hijo era un permanente desencanto, y para Juan Martín, su padre era un bribón vendido al imperialismo yanqui.

Acababa de ganar las elecciones presidenciales un socialista que representaba a una coalición de partidos de izquierda, por quien Juan Martín había trabajado incansablemente en la campaña. Su padre estaba seguro de que no duraría más de unos meses en el gobierno, porque ni la derecha ni Estados Unidos lo iban a permitir, pero no se lo dijo. Prefirió advertírselo a través de mí.

—Dile a tu hijo que se cuide. Este país no será otra Cuba. Puede haber un baño de sangre.

No necesité preguntarle cómo lo sabía.

Le tocó a Roy, el hombre contratado por Julián como detective privado, salvarle la vida a Nieves. En una de aquellas tardes calientes del desierto de Nevada se acordó de que llevaba una semana sin darle el informe obligatorio a su patrón. Espiar a la muchacha era una labor fastidiosa, indigna de alguien tan bien preparado como él para empresas criminales, pero la paga le venía bien.

La buscó en vano en los sitios habituales, inclusive en las esquinas donde en días desesperados Nieves se ofrecía a los pasantes. Esto no se lo había contado al padre porque debía de saberlo, es el recurso habitual cuando se requiere otra dosis. Estaba seguro de que alguien como Julián Bravo conocía muy bien el mundo de las drogas, desde la producción, transporte, corrupción y crimen vinculado al producto hasta la última degradación del adicto. Era una dolorosa ironía que su propia hija fuera una de las víctimas. Preocupado, porque nunca la había perdido de vista tanto tiempo, Roy indagó entre los hippies con quienes ella se juntaba, grupos de jóvenes tirados en sitios baldíos, lejos del centelleante barrio de luces y champán del Strip, y así averiguó que alguien había visto a Nieves con Joe Santoro.

Ya era de noche cuando Roy ubicó a Joe en una bolera, limpio, bien vestido y afeitado, jugando a los bolos y bebiendo cerveza con un par de amigos.

—¿Nieves? No soy su guardián —respondió, despectivo.

La muchacha ya no le interesaba, se limitaba a venderle drogas duras; él mismo no las usaba y le había advertido que suelen ser un camino sin retorno, dijo. Roy lo cogió de un brazo y lo arrastró al baño, donde empezó por asestarle un rodillazo en la ingle que lo tiró de bruces; enseguida lo levantó por el cinturón del suelo salpicado de orina y se dispuso a partirle la nariz, pero Joe lo detuvo, protegiéndose la cara, y balbuceó que Nieves estaba en el bus.

Roy sabía a qué se refería. Era un autobús deshuesado y sin ruedas, enteramente cubierto de grafitis, plantado en el patio de un edificio abandonado. Roy había estado horas antes en ese mismo edificio, una guarida de adictos y vagabundos, pero no se le ocurrió buscar en el bus. Encontró a Nieves inconsciente en el suelo, entre dos chicos dormidos o volados. Trató de incorporarla, sin darles ni una mirada a los otros, que no eran sus clientes, pero la muchacha se le derritió entre las manos. Le dio un par de palmadas y la sacudió, para obligarla a respirar, le buscó el pulso sin encontrarlo y por último la levantó en brazos y se la llevó al trote hasta su automóvil, estacionado a una cuadra de distancia. Nieves pesaba como un niño pequeño, estaba en los huesos.

El detective llamó a Julián desde el hospital. En Miami ya era cerca de la medianoche.

—La chiquilla ha tocado fondo, venga pronto —le anunció.

Julián llegó a Las Vegas al mediodía siguiente, piloteando un pequeño jet que le facilitó uno de sus clientes, y aterrizó en un aeropuerto privado. Dos días más tarde, cuando dieron de alta a Nieves, su padre y Roy la llevaron sin miramientos directamente al avión. Se había recuperado de la sobredosis que casi la mata, pero estaba sufriendo los efectos terribles de la abstinencia. Entre ambos hombres apenas podían sujetarla, se debatía con la fuerza sobrehumana de la desesperación, gritando groserías que hubieran atraído a la policía de haber estado en un lugar público. Dentro del avión, su padre le inyectó un sedante, que la tumbó diez horas, el tiempo suficiente para aterrizar en Miami e internarla en una clínica.

Recién entonces Julián me llamó para contarme lo que ocurría. Hacía dos años que yo sospechaba que mi hija se drogaba, pero suponía que usaba marihuana y cocaína, que según su padre eran tan inofensivas como el cigarrillo y no afectaban para nada a la capacidad de Nieves de funcionar normalmente en este mundo. Me las había arreglado para ignorar la evidencia de lo que le sucedía a Nieves, tal como no había querido ver que Julián era alcohólico. Repetía lo que él decía: que tenía buena cabeza para el trago, que podía beber el doble de lo que cualquier mortal sin que se le notara, que necesitaba tener whisky a mano para controlar el dolor de espalda, y otros pretextos. Nieves acababa de salir de un trance de muerte por la heroína y estaba sometida a un riguroso programa de desintoxicación y rehabilitación, pero no pensé que era adicta. Creí a Julián: había sido un lamentable accidente, no se repetiría, la niña había aprendido la lección.

Una semana más tarde nos permitieron visitar a Nieves en la clínica. Había superado los peores días de la abstinencia; estaba limpia, con el cabello mojado y vestida con vaqueros y una camiseta, muda, con la vista en el suelo, desconectada. La abracé, llorando, llamándola, sin conseguir ninguna reacción, pero cuando Julián le preguntó cómo estaba logró enfocar la vista.

—Los Seres me han elegido, papá, tengo que darle un mensaje a la humanidad —dijo.

El consejero que estaba presente nos explicó que el estado de confusión era normal después del trauma que había sufrido y el efecto de los sedantes.

Me quedé en Miami los tres meses que Nieves pasó internada en esa clínica, y los que siguieron después de que desapareció. La visité cada vez que me lo permitieron, al principio un par de veces por semana, y después casi todos los días. Los encuentros eran muy breves y siempre vigilados. Supe del horror de la abstinencia, la angustia terrible, el insomnio, los calambres y el dolor de barriga, el sudor helado, los vómitos y la fiebre. En los primeros días la ayudaron con sedantes y analgésicos, pero después tuvo que enfrentar el suplicio de la adicción en frío.

En algunas visitas Nieves parecía repuesta, había estado en la piscina o jugando al voleibol, tenía las mejillas coloradas y los ojos brillantes. Otras veces nos suplicaba que la sacáramos de allí porque la torturaban, no le daban de comer, la amarraban, le pegaban. No volvió a mencionar a los Seres. Su padre y yo tuvimos varias sesiones con el psiquiatra y los consejeros, que nos machacaron la necesidad del amor duro y de imponerle restricciones y disciplina, pero Nieves estaba a punto de cumplir veintiún años y entonces no tendríamos autoridad para defenderla de sí misma.

El mismo día de su cumpleaños desapareció de la clínica de rehabilitación. Se fue con la ropa que tenía puesta y los quinientos dólares que le dio su padre, a pesar de las advertencias del psiquiatra, como regalo de cumpleaños. Supusimos que había regresado a La Vegas, donde ya tenía su red de conexiones, pero Roy no pudo encontrarla. Por un tiempo, nada supimos de ella.

Julián quiso que me quedara en su horrible mansión durante mi estadía en Miami, pero yo había decidido no volver a vivir bajo su mismo techo. Si se presentaba la oportunidad, sabía que terminaría de nuevo en su cama y después lo lamentaría. Alquilé un pequeño estudio con una cocinilla, donde tuve silencio y soledad, que mucha falta me hacían en ese doloroso período en que fui adentrándome en la atormentada realidad de mi hija.

Zoraida Abreu tampoco vivía con Julián; él la había instalado en un apartamento de lujo en Coconut Grove, donde la tenía cerca, sin perder su libertad. Nunca me habló de ella y no podía saber que nos juntábamos a menudo en el bar del Fontainebleau y que así llegué a tomarle afecto a esa joven. Ella tenía las agallas que a mí me faltaban.

Zoraida mantenía a Julián con las riendas cortas, pero no le parecía necesario vigilarlo porque podía leer sus intenciones y traiciones de una sola mirada. Julián carecía de misterio para ella. Le pregunté si era celosa, y me contestó con una carcajada.

—¡Claro que sí! No tengo celos de ti, Violeta, porque perteneces al pasado, pero si lo pillo con otra, lo voy a matar.

Se sentía plenamente segura en su posición de favorita, porque conocía al dedillo las actividades ilegales de Julián y él jamás cometería la estupidez de provocar su enojo.

—Lo tengo en la palma de mi mano —me dijo.

Estaba esperando, con encomiable paciencia, el momento adecuado para exigirle que se casara con ella. Hacía lo posible por quedar embarazada, sin que él lo sospechara, porque darle un hijo sería su carta de triunfo, pero no lo había conseguido.

—A ti no te importaría, ¿verdad? No sería competencia para tus hijos, que ya son adultos —agregó.

En esos tres meses me dediqué a Nieves, pero me mantuve en contacto frecuente con José Antonio. El presidente socialista había establecido un programa de viviendas básicas para resolver el drama de los barrios bajos, donde la gente vivía en casuchas miserables de cartón y tablas, sin agua potable, alcantarillado ni electricidad. José Antonio se presentó a una propuesta pública, avalado con la experiencia de muchos años y el prestigio de haber perfeccionado el sistema de construcción prefabricada. Casas Rústicas era la empresa favorita de los jóvenes de la clase media, que con gran esfuerzo adquirían su primera vivienda, pero dejaría de serlo si la gente más pobre en las poblaciones marginales vivía en casas similares.

—Acuérdate del prejuicio de clase en este país, hermano. Haremos las mismas casas básicas de playa, pero con otro color y otro nombre, se van a llamar Mi Casa Propia, ¿te parece? —le sugerí.

Ganamos una parte sustancial del contrato, porque nadie pudo competir con nuestro precio. El margen de ganancia era muy bajo, pero Anton Kusanovic, el hijo de Marko, que lo había reemplazado desde hacía un año, nos hizo ver que se compensaba con un volumen enorme. El truco era la velocidad para producir e instalar las viviendas, y para eso debíamos ofrecer incentivos. Doblamos las instalaciones de las fábricas y empezamos a pagar comisión a los trabajadores, además del sueldo, con lo cual mantuvimos apaciguado al sindicato que se formó en la empresa.

A comienzo de los setenta, la situación política en el país era desastrosa, había una crisis económica y social profunda y el gobierno estaba paralizado por el desorden de sus partidos, que rara vez se ponían de acuerdo, y la oposición intransigente de la derecha, dispuesta a sacrificar lo que fuera para destruir el experimento socialista. La oposición contaba con el apoyo de la CIA, tal como Juan Martín me recordaba a menudo y Julián justificaba; había que destruir a la guerrilla. «Aquí no hay guerrilla, papá, esta es una coalición de partidos de centro y de izquierda elegida por el pueblo. Los americanos no tienen nada que hacer en este país», le rebatía Juan Martín en las escasas ocasiones en que hablaban.

Nada de eso nos afectaba a José Antonio y a mí; nos sobraba trabajo y nuestros obreros estaban satisfechos, un milagro en aquel ambiente de conflicto permanente y creciente violencia, de huelgas y paros, marchas multitudinarias en apoyo al gobierno y otras marchas similares de la oposición. El país estaba polarizado, dividido en dos fracciones irreconciliables; no había diálogo, nadie transigía. A pesar del contrato que habíamos ganado, José Antonio y Anton Kusanovic se contaban entre los enemigos del gobierno, como todos los empresarios, incluidos nuestros amigos y conocidos. Yo votaba por la derecha para imitar a mi hermano. Los únicos que simpatizaban con la izquierda eran mi hijo y miss Taylor, que a los setenta y tantos años no había olvidado la pasión política que compartió con Teresa Rivas, y a quien su papel de esposa de mi hermano no la había domesticado en ese aspecto.

Juan Martín se había cambiado de universidad porque no calzaba para nada en la católica, como me explicó, y estudiaba periodismo en la Universidad Nacional, «un nido de rojos», como lo llamaba su padre. Estaba tan dedicado a la política que asistía muy poco a clases. Le escandalizaba mi posición neutral, que él calificaba de indiferencia, ignorancia y complacencia. «¡Cómo puedes votar por la derecha, mamá! ¿No ves la desigualdad y la pobreza en este país?», me decía. Yo la percibía, pero nada podía hacer al respecto, creía que el problema le atañía al gobierno o a la Iglesia, yo hacía suficiente con darles trabajo a mis obreros y empleados. Mucho tuvo que pasar para que aterrizara en la realidad, Camilo. Me las arreglé para no ver, no escuchar y no hablar durante los años críticos. Habría hecho lo mismo durante la larga dictadura, si no fuera porque el puño de la represión me golpeó directamente.

16

Mientras el país se precipitaba hacia una tragedia inevitable, pasé tres años viajando a menudo entre Miami, Las Vegas y Los Ángeles, así es que me salté en gran parte la experiencia socialista en mi país. En Estados Unidos la información era tendenciosa, repetían la propaganda de la derecha, que contribuía a pintar al país como otra Cuba. Volvía a casa con frecuencia por negocios, y en cada viaje podía apreciar cómo aumentaban el caos y la violencia y cómo se me escapaba Juan Martín de las manos. Mi hijo se volvió un desconocido. Me hablaba en tono condescendiente, como a una mascota; había perdido entusiasmo por adoctrinarme, me consideraba otra causa perdida, yo entraba en la categoría de «vieja momia». Estaba irreconocible con su barba greñuda y su melena sucia, flaco y apasionado. Poco quedaba del muchacho timorato que había sido.

Nieves desapareció durante unos meses. Julián movió sus contactos para tratar de ubicarla en Miami, donde no había dejado ni el menor rastro. Investigó en líneas aéreas y empresas de autobuses, sin resultado; su nombre no aparecía en listas de pasajeros, pero eso nada significaba, porque hay otros medios de transporte. Buscándola, me metí en el submundo de los mendigos, los adictos y la mala vida callejera. Julián no lo conocía para nada, su participación en el tráfico y la delincuencia era a otra escala, nunca se encontró en un callejón inmundo con unos zombis desarrapados. Yo lo hice. ¿Qué pensarían de mí? Una señorona burguesa, bien vestida y desesperada, que preguntaba llorando por una tal Nieves. Conocí a algunos jóvenes que me partieron el alma, pero no intenté ayudarlos, mi único propósito era conseguir información sobre mi hija. Anduve en eso algunas semanas, las más duras que puedas imaginar, Camilo, y lo único que averigüé fue que nadie conocía a Nieves.

En esto estábamos cuando Roy llamó para decir que creía haberla encontrado en Las Vegas. Había dejado de buscarla, pero vio por casualidad a Joe Santoro y, siguiéndolo a él, dio con Nieves. Fui con Julián de inmediato.

La muchacha que Roy había visto no andaba entre los pocos chicos vagabundos que iban quedando en la resaca del movimiento hippy, sino «trabajando» junto a otros jóvenes de ambos sexos en el famoso Strip. Tenía el cabello muy corto y pintado de un rubio casi blanco, maquillaje teatral y un atuendo provocativo que en cualquier parte hubiera sido un disfraz, pero allí calzaba con el ambiente. Según Roy, no le permitían la entrada a ninguno de los hoteles ni bares de lujo, vivía en la calle, de un cuarto de alquiler a otro, distribuyendo droga, robando y prostituyéndose. Los meses en la clínica de rehabilitación de Miami no le habían hecho efecto a Nieves, que regresó a lo de antes, más sola y más desesperada.

—No me extrañaría que Santoro fuera su chulo —nos dijo el detective.

—¡Juro que se va a arrepentir! —exclamó Julián, demudado.

Julián nos invitó a Nieves y a mí al Caesars Palace, donde compartí la habitación con mi hija escurridiza porque ella se negó a dormir en la suite de su padre, que tenía dos habitaciones, salón, una vista panorámica de esa ciudad artificial y hasta un piano de cola pintado de blanco, que según nos dijeron era del rimbombante pianista Liberace. Me sentía cohibida en su presencia, culpable y avergonzada. Me vi con los ojos de Nieves, juzgada duramente y despreciada; a su padre y a mí nos toleraba porque podía sacarnos dinero, nada más, pero yo no podía reprochárselo porque me había bastado aquel paseo superficial por su mundo para sentir una inmensa compasión por ella. Le habría dado todo lo que poseía en este mundo, Camilo, si eso la hubiera ayudado en algo.

Lo primero que hizo Nieves en el hotel fue darse un largo baño de espuma. Fui a llevarle una taza de té y la encontré dormida en el agua, casi fría. La ayudé a salir de la bañera, y cuando me dispuse a arroparla con una toalla vi que tenía un costurón en la espalda.

—¡Qué te pasó, Nieves! —exclamé, alarmada.

—Nada. Un rasguño —me contestó, encogiéndose de hombros.

Nunca quiso decir cómo ocurrió, tal como se negó a hablar de la existencia que llevaba y de Joe Santoro.

—No sé nada de él, hace un año que no lo veo —mintió.

Mi hija llegó sin nada más que una bolsa con un par de pantalones, zapatillas de gimnasia y maquillaje; ni siquiera contaba con un cepillo de dientes. Mientras yo procuraba acompañarla, mejor dicho, vigilarla, Julián le compró una maleta y se la llenó con ropa de diseñadores de las tiendas de lujo del Strip. Su forma de soportar la angustia espantosa que le oprimía el pecho era gastar en ella.

Nieves se quedó en el hotel con nosotros cerca de una semana, lo suficiente para que Julián creyera que podía salvarla, pero yo no compartí su optimismo. Había percibido con claridad los síntomas que ya había visto antes en otros: comezón en el cuerpo, insomnio, escalofríos, calambres, dolor de huesos, náuseas, las pupilas dilatadas, confusión y angustia. En un descuido, Nieves dejaba la habitación y regresaba apaciguada; siempre había proveedores, y ella sabía encontrarlos. Creo que incluso le traían droga a la habitación, disimulada en la bandeja de la comida o en la bolsa de la lavandería. La breve tregua en el Caesars Palace terminó súbitamente una vez que consiguió suficiente dinero de su padre. Me robó el reloj, una cadena de oro y mi pasaporte, y volvió a desaparecer.

Esta vez Julián sabía dónde ubicarla, y con la ayuda de Roy y otro hombre la raptaron a la bruta, no hay otra forma de decirlo, como lo habían hecho antes. Se abstuvo de advertírmelo, porque sabía que me habría opuesto. Nieves estaba paseando en la calle al atardecer cuando se detuvo un coche y ella se acercó, creyendo que se trataba de un posible cliente. Roy y su secuaz se bajaron simultáneamente, le tiraron una chaqueta a la cabeza y la metieron de viva fuerza en el coche. Se resistió como fiera atrapada, pero la chaqueta ahogó sus gritos y nadie intervino, aunque estoy segura de que varias personas, incluso guardias de seguridad, presenciaron el espectáculo; era la hora más concurrida de los casinos y restaurantes.

Su padre internó a Nieves en una clínica psiquiátrica, en las afueras de una ciudad de Utah, donde le pusieron una camisa de fuerza y la encerraron en un cuarto acolchado. Ya era mayor de edad y su padre carecía de autoridad para tomar semejante medida, pero nada era imposible para Julián, siempre existía alguna manera de conseguir sus propósitos, a veces con dinero, otras con sus extrañas conexiones, que funcionaban con el sistema de hacer y pagar favores.

Al día siguiente, Julián me contó lo que había hecho y me dijo que íbamos a regresar a Miami, ya que Nieves no nos necesitaba; la clínica nos avisaría cuando la dieran de alta y pudiéramos ir a buscarla. Para entonces tendríamos un plan para ayudarla, primero había que curarla de la adicción. Una vez más, me excluía de la vida de mi hija.

—No, Julián. Voy a estar cerca de ella —le anuncié.

Discutimos, como era habitual, pero al fin cedió.

—En ese caso, le pediré a Roy que te lleve, no quiero que vayas en autobús.

Hicimos el trayecto de dos horas por un paisaje desértico y caliente, en silencio, sudando, con todas las ventanas abiertas, porque Roy fumaba un cigarrillo tras otro y nos habríamos asfixiado con el aire acondicionado. La clínica era una construcción de dos pisos de cemento con cierto aire de convento, en medio de un jardín de cactus y rocas, rodeado de un cerco de madera y matorrales. No había nada habitable en las cercanías, solo un inmenso desierto de arena, piedra y depósitos de sal.

Nos recibió una mujer, que se presentó como la administradora y me explicó que sólo podía hablar del caso con el señor Bravo, que no había dejado instrucciones respecto a mí.

—¡Soy la madre de la paciente! —grité, a punto de agredir a esa arpía, como habría hecho cualquiera de los lunáticos de su clínica.

—Vamos, Violeta, ven conmigo; volveremos mañana —me rogó Roy, abrazándome.

Hundí la nariz en su camisa mojada de sudor y fétida a tabaco, y me eché a llorar.

Roy consiguió un par de habitaciones en una pensión que ofrecía cama y desayuno, me mandó a ducharme y cambiarme de ropa, y después me llevó a comer a un restaurante para camioneros a un lado de la autopista.

No me permitieron ver a Nieves ni hablar con los médicos. Esperaba en la sala de recepción de la clínica desde la mañana hasta que me echaban, convencida de que mi hija estaba sufriendo. Sospechaba que, en vez de ayudarla, el método consistía en castigarla. La arpía se compadeció de mí al verme allí día tras día, me ofrecía tazas de té con galletas y me contaba que Nieves estaba tranquila, descansando y reponiéndose, pero no quiso aclararme en qué condiciones la tenían, si estaba en aislamiento, maniatada o aturdida con narcóticos.

—¿Cómo se le ocurre, señora? Esta es una institución moderna, no estamos en la Edad Media.

En esa prolongada y dura espera tuve por compañía al más

inesperado amigo: Roy se quedó conmigo todo ese tiempo. Déjame contarte de él, Camilo, porque fue muy importante para tu madre y para ti.

Decía llamarse Roy Cooper, pero es posible que su nombre fuese otro, porque era un tipo sigiloso que no facilitaba ninguna información sobre sí mismo. No supe de dónde era, ni nada de su pasado, su estado civil o su verdadera ocupación, aunque pasábamos horas juntos. Julián me había dicho que se especializaba en chantaje, pero nadie vive de eso. Roy debía de ser más o menos de mi edad, alrededor de cincuenta años, y se mantenía en muy buena forma; tal vez era uno de esos fanáticos que levantan pesas y corren como fugitivos al amanecer. Tenía facciones toscas, expresión hostil y la piel marcada de viruela, pero me parecía guapo; había cierta belleza en ese rostro de gladiador sufrido. Me iba a dejar y a buscar a la clínica, me llevaba a comer y, de vez en cuando, al cine, a una piscina o a jugar a los bolos.

—Tienes que distraerte un poco, Violeta. A tu hija no le sirve de nada que andes llorando —me decía.

Al contártelo, Camilo, suena como si me hubiera importado poco la suerte de Nieves, pero allí los días eran muy largos y calientes, y sobraba mucho tiempo después de las horas eternas en la clínica. Roy era mi único apoyo, y le tomé cariño y admiración, aunque teníamos muy pocos temas de conversación o intereses comunes. Sin proponérmelo, fui contándole mi vida a ese hombre extraño, que tal vez era un sicario de los narcos o de la mafia.

—Sabes todo de mí, Roy, tienes material de sobra para hacerme chantaje, pero yo no sé nada de ti —le dije una vez.

—No hay nada que contar de mí, Violeta, soy solo un desalmado de poca monta.

—¿Te paga Julián para vigilarme?

—Bravo me contrató para vigilar a su hija en Las Vegas, nada más. Estoy aquí porque me da la gana.

—¿Tanto te gusta mi compañía? —le pregunté, en un impulso de coquetería.

—Sí —me contestó, seriamente.

Esa noche fui a su habitación. No te espantes, Camilo, no siempre fui una anciana desvalida, a los cincuenta y un años todavía era atractiva y me funcionaban las hormonas. ¿Para qué voy a mencionarte otras relaciones amorosas que tuve en mi larga vida, la mayoría breves y poco memorables? De ninguna me arrepiento; al contrario, lamento las oportunidades que dejé pasar por mojigatería, por andar apurada o por temor a los chismes. Pasé la mayor parte de mi vida soltera y no le debía fidelidad a nadie, pero a una mujer de mi generación le estaba negada la libertad sexual que los hombres consideraban su derecho. Un buen ejemplo era Julián, que siendo crónicamente infiel se daba el lujo de ser celoso. Para la época en que conocí a Roy Cooper, sus celos ya no me afectaban; Julián y yo habíamos dejado de ser pareja mucho antes y para entonces le tocaba a Zoraida Abreu lidiar con él.

Te ahorraré los detalles, basta decir que no había tenido a quien abrazar desde hacía un par de años y que Roy Cooper me devolvió la alegría del cuerpo, esa que viene al hacer el amor. A partir de ese momento estábamos juntos buena parte del día y todas las noches. No habría soportado esas semanas sin él. Era un compañero agradable, nada pedía, me ayudaba a sobrellevar la aflicción y me hacía sentir joven y deseada, lo cual era un regalo estupendo en esas circunstancias.

A Nieves no la dieron de alta en la clínica. A los diecisiete días de haberla internado, nos llamaron para avisar de que se había «retirado», porque no quisieron decir que se había escapado. Creo que si hubiera salido tranquilamente por la puerta principal no habrían podido impedírselo, ya que Julián Bravo carecía de poder legal para confinarla en un manicomio, pero Nieves no lo sabía. Debió de serle fácil salir entre gallos y medianoche, una vez que le disminuyeron los sedantes y recuperó su férrea voluntad, pero no pudo haber sido igualmente fácil ubicarse en ese terreno desértico ni conseguir transporte. Dejó en su habitación una nota para su padre, ordenándole que no la buscara porque no quería saber nunca más de él.

Me presenté en la clínica apenas Julián me llamó desde el aeropuerto de Miami. Solo conocía la sala de recepción y los extraños jardines de rocas y cactus, y había imaginado el resto como un lugar siniestro donde falsos médicos sádicos mantenían a los pacientes drogados y los torturaban con chorros de agua helada y golpes de electricidad, pero la psicóloga que me atendió resultó ser amable y estaba dispuesta a responder a mis preguntas. Dijo que esperaríamos a Julián para reunirnos al día siguiente con el psiquiatra que había tratado a Nieves, pero mientras tanto me llevó a recorrer las instalaciones, que no eran los calabozos con barrotes de hierro de mis pesadillas, sino cuartos privados pintados en alegres tonos pastel, salas de juego, gimnasio, spa, piscina temperada y hasta una sala de proyecciones donde pasaban documentales inocuos de delfines y bonobos, nada que pudiera alterar a los huéspedes. No los llamaban «pacientes».

El psiquiatra nos recibió junto a la directora de la clínica, una mujer de la India que no se dejó amedrentar por las amenazas de Julián de meterle juicio a la clínica por negligencia.

—Esto no es una prisión, señor Bravo. No retenemos a los huéspedes contra su voluntad —le anunció secamente, y procedió a explicarnos el tratamiento de Nieves.

Durante la desintoxicación, que era la parte más dura del tratamiento, la habían mantenido sedada para que lo soportara con el mínimo de angustia. Después tuvo unos días de descanso y recreación, con baños y masajes en el spa, hasta que empezó a comer normalmente y se manifestó dispuesta a participar en las sesiones de terapia individual y de grupo. Describieron su actitud como agresiva y burlona al comienzo, pero después se fue relajando, y de la hostilidad pasó al silencio. Finalmente, pocos días antes de irse, había empezado a hablar de su pasado anterior a las drogas duras. Nieves era un caso de inmadurez emocional, estaba trancada en los catorce o quince años y se debatía entre el amor y el odio a su padre, una figura omnisciente en su psiquis, entre la dependencia y la necesidad de separarse de él. Se había ido de la clínica justamente cuando comenzaba a explorar traumas de la infancia y la adolescencia. No pudo enfrentarlos, nos dijeron. En este punto Julián perdió la paciencia.

—¡No veo de qué sirve todo esto! No fueron capaces de ayudar a mi hija. ¡Tiempo y dinero perdidos!

Se puso de pie, y salió con un portazo. Por la ventana, lo vi paseando a grandes trancos por el sendero de piedrecitas del jardín.

Me quedé para recibir el informe sobre la salud de mi hija, que su padre debió haber escuchado de boca de los profesionales y que, cuando quise repetírselo, me hizo callar.

—¡No son médicos, son charlatanes! —me gritó.

—Eso deberías haberlo averiguado antes de internar allí a Nieves a la fuerza —le rebatí.

Aparte del desgaste físico producido por las drogas, mi hija había tenido un par de abortos, sufría de desnutrición, osteoporosis y úlceras en el estómago; debieron darle antibióticos a causa de una cistitis y un contagio venéreo.

Nuevamente Julián trató de ubicar a su hija, pero en esta ocasión Roy se negó a ayudarlo.

—Entienda, Bravo, ya no tiene autoridad sobre ella; déjela en paz. Si Nieves quiere su ayuda, sabe dónde encontrarlo.

Desencajado de frustración y de pena, Julián regresó a Miami.

En nuestra última noche, me despedí de Roy sin hacer el amor, porque el fantasma de Nieves estaba en la habitación, observándonos. Permanecimos despiertos varias horas, abrazados, y me dormí sobre la sirena tatuada en su hombro de levantador de pesas. Al día siguiente me fue a dejar al aeropuerto, y al despedirse me besó en los labios y me dijo que estaríamos en contacto.

17

Al llegar a Sacramento, me desmoroné en presencia de José Antonio y miss Taylor, que me estaban esperando. Me detuve en la capital sólo por una hora en el aeropuerto, antes de volar al sur, porque Juan Martín andaba en el norte con otros estudiantes de periodismo, filmando un documental. Les conté de Nieves, maldiciendo a Julián Bravo por el daño que le había hecho a su hija, por la crueldad que le infligió a su hijo y por el maltrato que yo había recibido de él. Me dejaron descargar el resentimiento y llorar a gusto. Después me pusieron al día de la situación del país, a la cual yo le había prestado muy poca atención.

Resulta increíble que yo pudiera haber ignorado lo que estaba ocurriendo, mi única explicación es que andaba sumida en mi propio melodrama; la política no afectaba a mis empresas y disponía de recursos para pagar servicio doméstico y comprar lo que quisiera en el mercado negro. Nunca tuve que hacer una cola para conseguir azúcar o aceite, eso lo hacía la cocinera. En mi barrio, tanto en la capital como en Sacramento, vivía aislada del desorden callejero. Muy rara vez tenía que ir al centro de la ciudad y lidiar con el tráfico y el mal humor de la gente. Me enteraba de las manifestaciones masivas en las calles por la televisión, donde esas escenas de fervor colectivo parecían más festivas que violentas. No les daba una segunda mirada a los afiches de soldados soviéticos arrastrando niños a los gulags de Siberia, que plantaba la derecha, o a los murales de obreros y campesinos entre palomas de la paz y banderas, que pintaba la izquierda.

Mis amigos, familiares y clientes eran de la oposición, y el tema obligado era acusar al gobierno de violar la Constitución, llenar el país de cubanos y armar al pueblo para una revolución que acabaría con los bienes privados. Si el presidente aparecía en las pantallas para defender su programa, yo cambiaba de canal. No me gustaba ese hombre de aire arrogante, era un traidor a su clase, un señorito con trajes italianos proclamándose socialista. ¿Y cuál era la diferencia entre socialismo y comunismo? Eran la misma cosa, según me había explicado José Antonio, y nadie quería ver al país convertido en satélite de la Unión Soviética. Mi hermano estaba preocupado por la crisis económica, que tarde o temprano nos iba a afectar, y por la mala imagen que teníamos en nuestro círculo social por el contrato de Mi Casa Propia con el gobierno. La consigna era sabotear, jamás colaborar, pero no éramos los únicos que se beneficiaban de esa manera. Casi todas las obras públicas se efectuaban mediante contratos privados.

Me reuní con Juan Martín en la capital cuando él regresó del norte. Su documental era sobre las empresas de las compañías norteamericanas, que el gobierno había nacionalizado, negándose a pagar indemnización, porque se habían lucrado de sobra durante más de medio siglo y le debían una fortuna al Estado en impuestos, me explicó. No era así como yo lo había escuchado, pero sabía muy poco de ese asunto y no pude contradecirlo.

—Vives en una burbuja, mamá —me acusó Juan Martín, y sin pedir mi opinión me llevó a unos barrios donde yo nunca había puesto los pies.

Allí vivían los posibles beneficiados de Mi Casa Propia, personas muy humildes que tal vez podrían cumplir su sueño de obtener una vivienda básica. Hasta entonces esas casas habían sido para mí sólo un dibujo en un plano, un punto en un mapa o una construcción modelo para ser fotografiada. Anduve en poblaciones muy pobres, en callejuelas de polvo y barro, entre perros vagos y ratones, entre niños sin escuela, jóvenes ociosos y mujeres envejecidas por el trabajo. Las casas prefabricadas dejaron de ser solamente una buena idea o un buen negocio y entendí lo que significaban para esas familias. En todas partes vi los típicos murales de palomas en ese horrible estilo de realismo soviético, y en las viviendas vi fotos del presidente junto a estampas del padre Juan Quiroga, como santos protectores. El hombre arrogante con traje italiano adquirió otro cariz a mis ojos.

Después fuimos a tomar té en la casa de un maestro de escuela, que me contó del vaso de leche y el almuerzo que daba el Ministerio de Educación a sus alumnos, lo que para algunos era el único alimento del día; de su mujer, que trabajaba en el hospital San Lucas, el más antiguo del país, donde los médicos estaban en paro protestando contra el gobierno y los estudiantes de medicina los habían reemplazado; de su hijo, que estaba haciendo el servicio militar y quería estudiar topografía, y de sus parientes y vecinos, una clase media baja que se había educado en buenas escuelas públicas y universidades gratuitas, politizada e izquierdista.

—Y también podría llevarte a donde alguna gente de la clase media acomodada que también votó por este gobierno, mamá, estudiantes, profesionales, curas y monjas y varias personas de esas que tú llamas «gente como uno» —me dijo Juan Martín, y procedió a nombrarme varios primos, sobrinos, amigos y conocidos con apellidos aristocráticos—. ¡Ah, mamá! Por si acaso: el maestro que acabas de conocer es ateo y comunista —añadió, socarrón.

Varios meses más tarde recibí en la oficina una llamada telefónica de Roy Cooper. No había sabido de él y no esperaba que me recordara, aunque a menudo pensaba en él con inevitable nostalgia. No era hombre de gastar tiempo en banalidades, y me comunicó en pocas palabras el propósito de su llamada.

—He encontrado a Nieves, y necesita ayuda. ¿Puedes venir a Los Ángeles pronto? —me preguntó.

Respondí que estaría allí lo más rápido posible.

—No le digas nada a Julián Bravo —me advirtió.

Roy me estaba esperando en el aeropuerto y casi no lo reconocí, llevaba vaqueros desteñidos, sandalias y una cachucha de béisbol. En el largo trayecto por las calles atoradas de tráfico de esa ciudad, le pregunté por qué había buscado y cómo había ubicado a mi hija.

—No la busqué, ella me llamó, Violeta. Cuando ayudé a Bravo a raptarla en Las Vegas, le puse mi tarjeta en la cartera a Nieves. Me dio pena, pobre muchacha… En mi trabajo me toca lidiar con gente deleznable. Tu hija es la excepción.

—¿Cuál es tu trabajo, Roy?

—Digamos que arreglo entuertos. Alguien se mete en un problema, y yo lo resuelvo a mi manera.

—¿Alguien? ¿Quién, por ejemplo?

—Alguna celebridad o un político, o cualquier otro que no quiere ser arrestado, chantajeado o aparecer en la prensa. El caso más reciente fue un predicador de Texas, que acabó con un cadáver en su pieza del hotel.

—¿Mató a alguien?

—No. Llevó a un chico a su habitación en el hotel, y se le murió por accidente. Tuvo un shock diabético, y el predicador no pidió ayuda para evitar el escándalo. Sus feligreses no perdonan la homosexualidad. A mí me tocó mover el cuerpo a otra habitación, sobornar al personal y a la policía, ya sabes, lo habitual.

—¿Por qué te llamó Nieves?

—Ella no tiene idea de lo que yo hago, Violeta. Me llamó por desesperación. No quiere recurrir a su padre. Cree que Bravo hizo matar a Joe Santoro.

—¡Por Dios! Eso es imposible.

No respondió. Pensé que Roy Cooper podría haber llamado a Julián y venderle a buen precio la información sobre Nieves, pero prefirió trasladarse hasta Los Ángeles para ayudarla. Me llevó a una parte de la ciudad, que él llamó «el gueto mexicano», de viviendas chatas, negocios básicos con letreros en español y sucuchos de comida barata. Me explicó que había conseguido instalarla en casa de una vieja amiga suya.

Nieves nos aguardaba, y al verme corrió a abrazarme como no había hecho en una eternidad. «Mamá, mamá…», repetía. Por un momento retrocedió a la infancia y volvió a ser la niña mimada que se sentaba en mi falda para que le cepillara el cabello. Lucía mucho mejor aspecto que la última vez que la había visto, no estaba esquelética ni demacrada, había engordado un poco y su rostro sin maquillaje parecía muy joven y vulnerable. Llevaba el pelo corto, de su color natural, con las puntas todavía blanqueadas por la tintura anterior.

—Estoy embarazada, mamá —me anunció Nieves con voz temblorosa.

Y recién entonces me fijé en su barriga, que no había notado bajo el vestido suelto. No atiné a responder, la mantuve abrazada, sin sentir las lágrimas que me corrían por la cara.

La dueña de casa, una señora mexicana, nos dio tiempo de serenarnos y después me saludó con sendos besos en las mejillas. Se presentó como «Rita Linares, modista», y el saludo habitual, «mi casa es su casa». La suya era similar a otras de la misma calle, de cemento, modesta, cómoda, con un angosto jardín y techo de tejas. Los muebles, ordinarios y pretenciosos, estaban cubiertos con fundas de plástico, había un televisor enorme y un refrigerador en la sala, y una profusión de adornos, desde flores artificiales hasta calaveras pintadas del día de los Muertos.

Me condujo a una habitación con una cama ancha, un crucifijo colgado sobre la cabecera y varias fotografías sobre la cómoda. Nieves me explicó que nos había cedido su cama y ella dormiría en la otra pieza, donde tenía su taller de costura. Rita nos invitó a la mesa y, sin aceptar ayuda, nos sirvió una cena deliciosa de tacos de pescado, arroz, frijoles y aguacate. A Roy y a mí nos ofreció cerveza, a Nieves le puso por delante un vaso de leche. Noté que al pasar cerca de ella le acarició la cabeza en un gesto tan íntimo y maternal que sentí una punzada de celos.

Nieves me contó que había salido de la clínica de Utah durante la noche con la complicidad del portero, que le indicó la dirección de la carretera, donde pidió un aventón al primer camión que pasó, y así, de un vehículo a otro, se las arregló para llegar a California. Pude imaginar que en los meses siguientes se ganó la vida en la forma en que lo había hecho antes.

—La buena noticia es que no está consumiendo —aclaró Roy.

Nieves me dijo que cuando confirmó el embarazo decidió que esta vez no abortaría, y se aferró a la idea del niño o la niña que estaba gestando para combatir la adicción. Lo que no pudieron los tratamientos carísimos que había soportado, lo consiguió el deseo de tener un bebé sano. Me aclaró que para paliar la ansiedad fumaba tabaco y marihuana, bebía cantidades de café y comía demasiados dulces.

—Voy a terminar obesa —se rio.

—Tienes que comer el doble, por ti y por el bebé —le rebatió Rita, sirviéndole otro taco.

Cuando Nieves se vio sin dinero y en la miseria, porque no consiguió trabajo y ya no traficaba ni buscaba clientes, recurrió a diferentes programas de las iglesias y refugios para mujeres sin techo, donde podía pasar la noche, pero a las siete de la mañana estaba en la calle de nuevo, y eso le iba resultando cada vez más difícil a medida que avanzaba en su estado. Un día apareció en su cartera la tarjeta de Roy Cooper, y en un impulso lo llamó por teléfono a Las Vegas. Para tantearlo, le preguntó por Joe Santoro, pero Roy nada sabía y eso le dio confianza.

—Le dieron un tiro en la nuca —le dijo Nieves, que lo había sabido por la misteriosa red de información de los traficantes.

Roy le aseguró que él nada tenía que ver con eso, no era un asesino a sueldo; había perdido de vista al chulo y tampoco estaba en contacto con Julián Bravo. Le ofreció enviarle dinero de inmediato.

—Lo que necesito no es dinero, sino un amigo —replicó ella—. No le digas a mi papá dónde estoy —agregó.

Roy no se hizo esperar. Acostumbrado a resolver entuertos, como decía, se fue a Los Ángeles y se hizo cargo de la situación. Resultó que había nacido en esa ciudad, la conocía bien y allí contaba con amigos, conocidos y más de un cliente de Hollywood a quien había sacado de un apuro. Tuvo un padrastro mexicano, que llevó a la familia a vivir en el barrio de los inmigrantes latinos, donde Roy creció hablando español y peleando duro. Los Ángeles era la segunda ciudad del mundo con mayor población mexicana.

—Aquí nunca me van a encontrar, mamá —me dijo Nieves.

—¿De quién andas huyendo, hija, por Dios?

—De mi papá. Él mató a Joe Santoro.

—No puedes acusar a tu padre de un crimen así, Nieves, es una sospecha monstruosa.

—Él no apretó el gatillo, pero es responsable. Sabes que es capaz de cualquier cosa. Le tengo miedo.

—Nunca te haría daño, Nieves, te adora.

—Tienes mala memoria, mamá. Si me encuentra, va a tratar de imponerme su voluntad de nuevo. Jamás me dejará tranquila.

Rita y Roy salieron al patio a fumar y nos quedamos solas.

—¿Me vas a preguntar quién es el padre de este niño, mamá?

—Es tuyo, eso es lo único que cuenta. Supongo que es de ese joven, ¿cómo se llamaba? Joe Santoro…

—No. Eso es imposible. No sé quién es el padre, pudo ser cualquiera. Tampoco sé exactamente cuándo nacerá, porque mis reglas eran muy irregulares.

—¿Por las drogas?

—Eso pasa a veces. La matrona que me está controlando calcula que nacerá en octubre. ¿Sabes, mamá? No quiero que nazca tan pronto, quiero tenerlo mucho tiempo adentro, quiero descansar en esta casa con Rita, dormir y dormir…

José Antonio asumió mi trabajo y pude quedarme en Los Ángeles. Sólo les conté de Nieves a él, Josephine y Juan Martín, con el compromiso de que no divulgaran ninguna información. Cuando Julián Bravo viajó a sus misiones con la Colonia Esperanza, le dijeron que yo andaba de vacaciones en un crucero por el Mediterráneo. Tal vez le extrañó que el crucero durara varios meses, pero no indagó porque nada necesitaba de mí y prefería no verme. Supe, por el correo de los chismes, que andaba con una chica veintitantos años más joven que él, a quien presentaba como su novia, y deduje que no podía ser

Zoraida Abreu, porque no habría viajado con ella. Más tarde me enteré de que era una tal Anushka.

Para mí, la estadía en la casita del barrio mexicano fue uno de los mejores momentos de mi vida, una vacación del espíritu mil veces mejor que cualquier crucero de lujo, en la que pude al fin restablecer con mi hija el cariño que se nos había desmigajado por el camino. Compartí la cama con ella, al principio algo cohibida, porque hacía muchos años que no teníamos contacto físico, pero pronto nos acostumbramos. Recuerdo la sensación de dormir lado a lado con ella, y despertar con su brazo descansando en mi pecho, una dicha dulce y triste, porque no podía durar.

Roy Cooper iba y venía con frecuencia de Las Vegas y otros sitios a donde lo llevaba su curioso oficio de componedor de embrollos. Se alojaba en un motel cercano porque no había otra cama disponible en la casa, y según él había demasiado estrógeno flotando en el aire, pero aprovechaba los momentos libres para llevarnos a las tres mujeres a comer en restaurantes mexicanos o chinos, a la playa o al cine. Escogía películas de acción, con sangre y puñetazos, pero también se sometía a las románticas que nosotras le imponíamos. Me invitaba a su motel a pasar la noche, y yo iba sin ofrecerles explicaciones a Nieves y a Rita, porque supusimos que nada que les dijéramos les iba a gustar.

Rita Linares había llegado a Estados Unidos a pie, por el desierto de Sonora, a los doce años, buscando a su padre, y llevaba más de treinta viviendo indocumentada en Los Ángeles. Era amiga de Roy desde siempre.

—Era el único chico blanco de la escuela. Si viera usted,

Violeta, cómo lo golpeaban los otros, hasta que aprendió a correr recio y pegar de vuelta —me contó.

Estaba viuda, sus hijos vivían en otros estados y sólo se juntaban para Navidad y Año Nuevo; se sentía sola, y por eso aceptó a Nieves cuando Roy le pidió que albergara temporalmente a una chica embarazada y sin familia. La acogió en su regazo sin vacilar; necesitaba compañía y alguien a quien cuidar.

Nieves pasó las últimas semanas echada en el jardín, bronceándose sistemáticamente al sol, voluminosa y agotada, dormitando. Rita y yo cosíamos a su lado y hablábamos de nuestras vidas y de las de otros, de las telenovelas, de mi país y del de ella. Le pregunté si alguna vez estuvo enamorada de Roy Cooper y me respondió escandalizada que ella era mujer de un solo hombre, su marido, «que en paz descanse». En la cocina, donde Nieves no pudiera oírnos, hablábamos de ella. Rita estaba tan ilusionada como yo con la próxima llegada del bebé; le había preparado una cuna y le estaba haciendo ropa.

—Espero en Dios que Nieves se quede a vivir conmigo. Mi única nieta vive con sus padres en Portland. Me haría muy feliz tener al bebé en esta casa —me dijo, pero la idea de que Nieves se quedara en Los Ángeles me parecía descabellada; debía volver a su país, donde su familia la ayudaría.

Mi hija había vivido siempre al día, improvisando, confiada en la buena suerte, sin planes, metas ni proyectos. En eso también se parecía a Julián. En varias oportunidades quise indagar sobre lo que pensaba hacer después de dar a luz, pero me respondía con evasivas.

—¿Para qué adelantarse? El futuro nos da sorpresas —decía.

Solo había tomado la decisión del nombre: el bebé se llamaría Camila si era niña, Camilo si era niño.

El tercer viernes de octubre, Nieves amaneció muy temprano gimiendo de dolor de cabeza, y dos horas más tarde, cuando iba por la tercera taza de café negro, que según ella era el remedio universal para todos sus males, fue a ponerse de pie y un gran charco de líquido amniótico se formó a sus pies. Rita llamó a Roy, que por casualidad se encontraba esa semana en Los Ángeles, y pronto estábamos los cuatro en la antesala de la maternidad. Nieves no tenía contracciones, sólo se quejaba de un insoportable dolor de cabeza.

Al llegar, esperamos un buen rato antes de que la examinaran y descubrieran que tenía la presión por las nubes. Todo sucedió con tal confusión que las horas y los días siguientes se funden en una sola noche larga de imágenes fragmentadas, un caleidoscopio de rostros, pasillos, ascensores, batas celestes y blancas, olor a desinfectante, órdenes, jeringas, la mano grande de Roy Cooper sosteniéndome del brazo. Eclampsia, dijeron. Nunca había oído ese término.

—Estoy bien, mamá —murmuró Nieves, con los ojos cerrados y una mano en la frente, protegiéndose del destello deslumbrador de los focos en el techo.

Fue lo último que vi de ella. Se la llevaron en una camilla, corriendo hacia una puerta doble tras la cual desaparecieron y quedamos solos en un corredor helado.

Nos dijeron que habían hecho todo lo posible por salvarla, pero no pudieron controlarle la presión; tuvo convulsiones, perdió el conocimiento, cayó en coma. Alcanzaron a hacer una cesárea y sacar al bebé, pero a Nieves le falló el corazón y murió minutos después. Lo lamento infinitamente, Camilo. Hubiera querido que alcanzaras a descansar al menos un instante sobre el pecho de tu madre al nacer, que conocieras su olor, su calor, el roce de sus manos y su voz diciendo tu nombre.

¿Cuánto rato esperamos? Una eternidad. En algún momento una enfermera me puso al bebé en los brazos, envuelto en una mantilla blanca, con un gorro celeste en la cabeza.

—Camilo, Camilo… —susurré entre lágrimas.

Diminuto, arrugado, liviano como un puñado de algodón, respirando apenas.

—Usted es la abuela, ¿verdad? Su nieto está bien, pero debe revisarlo el pediatra y hacerle los exámenes necesarios —dijo la mujer.

Debías quedar en observación en el retén de los recién nacidos, donde podríamos visitarte; sería cosa de unos días solamente; tenías muy poco peso, ictericia, nada grave, por lo general se resuelve solo, nos dijeron, pero… La enfermera me permitió sostenerte unos minutos, después nos separaron.

Nos trajeron jugo de manzana, y Roy me dio una píldora, que me tragué sin hacer preguntas, supongo que era un tranquilizante. Yo todavía no asimilaba lo ocurrido, no entendía las explicaciones, preguntaba por Nieves como si no hubiera oído de su muerte. Otra persona, que se presentó como capellán del hospital, nos condujo a una pequeña capilla, una sala de madera clara sin imágenes religiosas, iluminada por la luz que se colaba a través de los vitrales, donde ya tenían a mi hija tendida sobre una camilla, para que nos despidiéramos de ella.

Nieves estaba dormida. Lucía serena y más bella que nunca, su rostro delicado de piel dorada y pestañas de muñeca enmarcado por su cabello color miel con las puntas blancas. Roy anunció que iba a llenar los formularios y se llevó a Rita y al capellán, para que yo pudiera hablar con mi hija sin testigos. Fue en ese cuarto de hospital, con el corazón partido de pena, donde le prometí a Nieves que iba a ser madre, padre y abuela de su niño, mucho mejor madre de la que fui para ella, el padre abnegado y recto que ella no tuvo y la mejor abuela del mundo; que iba a vivir los años que ella no alcanzó a vivir para que Camilo nunca fuera huérfano, y que le iba a dar tanto y tanto amor que a él le iba a sobrar para regalar a otros. Eso y mucho más le dije entre sollozos, tropezando con las palabras, una promesa tras otra, para que se fuera en paz.

Al contártelo, Camilo, vuelvo a sentir el cuchillazo de dolor que me atravesó el pecho ese día y que me vuelve con tenacidad, un dolor recurrente que me ataca a mansalva. No puede haber un dolor peor que ese, es tan grande que no tiene nombre. Lo sé, lo sé… ¿de qué me quejo? La muerte de mi hija no fue un castigo, soy solamente una estadística, este es el sufrimiento más antiguo y común de la humanidad; antes no se esperaba que todos los hijos vivieran, varios morían en la infancia, y todavía es así en gran parte del mundo, pero eso en nada atenúa el horror cuando la madre es una misma. Sentí que me había vaciado por dentro, era una cavidad sangrienta, el aire no me llegaba, los huesos de cera, el alma en fuga. Y el mundo seguía rodando como si nada hubiera sucedido; levantarme, dar un paso y otro más, sacar la voz y responder, no he perdido la razón, bebo agua, la boca llena de arena, los ojos ardientes, y mi niña rígida, helada, esculpida en alabastro, mi hija que no volverá a llamarme «mamá», que deja una huella tremenda de su paso por mi vida, la memoria de su risa, de su gracia, de su rebeldía, de su martirio.

Me permitieron quedarme unas horas junto a Nieves en esa desnuda capilla. La luz del día se fue apagando en los vitrales, alguien llegó para prender unas luces que imitaban cirios y quiso ponerme una taza de té en las manos, pero no pude sostenerla. Estuve con mi hija, las dos solas, conversando, y pude decirle por fin lo que no le dije en vida, cuánto la quería, cómo la había echado de menos años y años. Pude despedirme, decirle adiós, besarla, pedirle perdón por los pecados de omisión y negligencia, darle las gracias por haber existido, prometerle que viviría en mi corazón y en el de su hijo, pedirle que no me abandonara, que me visitara en sueños, que me mandara signos y claves, que volviera encarnada en cada joven hermosa que veía en la calle, y que se me apareciera en espíritu a la hora más profunda de la noche y en la reverberación de la luz al mediodía. Nieves. Nieves.

Por fin Rita y Roy llegaron a buscarme. Me ayudaron a ponerme de pie y me abrazaron formando un círculo; así me sostuvieron hasta que me tranquilicé, envuelta en el calor de su amistad. Nos despedimos de Nieves con un beso en la frente, y me condujeron a la salida. Afuera ya era de noche.

Dos días más tarde, mientras tú estabas bajo observación en el hospital, tu madre fue incinerada. Comprende, Camilo, no iba a dejar su cuerpo abandonado en Los Ángeles, tan lejos de su familia y su país. Tuve sus cenizas conmigo hasta que pude enterrar la urna en el sitio reservado para nuestra familia en el cementerio de Nahuel. Allí me voy a reunir con ella.

Nuevamente fue Roy Cooper quien vino a socorrerme en los momentos más tristes de mi vida. Según el orden natural, en cualquier familia normal yo me haría cargo del niño, pero Roy me hizo ver que, por nacimiento, mi nieto era ciudadano estadounidense y sería engorroso obtener autorización para sacarlo del país. En ausencia de madre y padre, un juez de menores decidiría su suerte, pero ese trámite podía demorar bastante y entretanto el bebé estaría en un hogar designado por el tribunal de menores. No alcanzó a terminar de explicarme el problema antes de que yo perdiera la cabeza; lo primero que se me ocurrió fue robarme a mi nieto del hospital y hacerlo desaparecer. Sin duda, Julián Bravo podría ayudarme a escamotearlo hacia el sur del mundo, sus recursos para burlar la ley eran infinitos.

—No será necesario. Vamos a registrar a Camilo como hijo mío —me interrumpió Roy.

—¿Qué dices?

—Imaginemos que tuve una breve relación con Nieves. Reconozco mi paternidad y acepto la responsabilidad económica. El niño no llevará mi apellido por deseo expreso de la madre. Ella pidió que fuera inscrito con el nombre de Camilo del Valle, porque tampoco quería usar el apellido Bravo. ¿Entiendes?

—No.

—Yo decido sobre el niño porque supuestamente soy su padre. Puedo entregárselo a la abuela y dar autorización para que ella se lo lleve a su país. Olvídate de Julián Bravo.

—Dime la verdad, ¿eres el padre de Camilo?

—¡No, mujer, por Dios! ¿Cómo se te ocurre que me iba a acostar con Nieves?

—Pero, Roy, entonces por qué…

—¿No te dije que me gano la vida resolviendo problemas ajenos? Este es uno más.

Así fue como ocurrió, Camilo. Roy Cooper figura como tu padre en el certificado de nacimiento por conveniencia, pero por supuesto que no lo fue. Protegió a tu madre en los últimos meses de su vida y se prestó para ese engaño por el cariño que le tuvo a ella y a mí, una mentira compasiva. Gracias a esa estrategia pude sacarte sin problemas de Estados Unidos, y después te inscribí aquí en el registro civil, por eso tienes doble nacionalidad.

A los siete días de haber nacido, por fin te dieron de alta en el hospital y pude salir de allí contigo en los brazos. Te habías recuperado de la ictericia, que te puso amarillo como la yema de huevo, y se te había estabilizado el peso. Me dijeron que no eras prematuro, aunque lo parecías. Eras muy pequeño y feo, calvo, pálido, orejón y mudo, apenas te movías y ni siquiera llorabas.

—A este ratoncito hay que ponerlo al sol con música latina, a ver si le dan ganas de vivir —recomendó Roy en broma, pero resultó buen consejo.

Me instalé contigo en casa de Rita, porque no estabas en condiciones de viajar, y empezó la tarea de sacarte adelante. Al principio no succionabas y yo me ponía histérica tratando de imponerte el biberón, pero a Rita se le ocurrió darte leche con un cuentagotas. Santa mujer. Pasaba horas en eso.

¿Y tu abuelo Julián? ¿Qué papel tuvo en esto? Le avisé por teléfono de lo ocurrido, era imposible ocultárselo, y por primera vez en los muchos años que hacía que lo conocía lo escuché sollozar. Lloró por su hija adorada un rato largo, sin poder hablar, y cuando lo hizo no fue para pedirme detalles, sino para ofrecer ayuda: nada le iba a faltar a ese nieto mientras él viviera, prometió. No quise decirle que yo iba a hacerme cargo del niño y no lo necesitaba, porque habría sido cruel dejarlo de lado. Tuve que explicarle cómo había vivido Nieves después de que escapó de Utah y el papel que jugó Roy Cooper.

—¿Cooper? ¿Qué tiene que ver Cooper con mi hija?

—Nieves recurrió a él. Se portó como un padre con ella.

—¡El padre de Nieves soy yo!

—No sé qué pasó entre Nieves y tú, pero no quiso que supieras de ella o de su embarazo.

—Yo la habría ayudado.

—Sólo puedo decirte que pasó los últimos meses de su vida tranquila, sin drogas, bien cuidada por una amiga mexicana, y que el niño está sano. Si quieres verlo ahora, ven a Los Ángeles. Apenas pueda, me lo voy a llevar a casa. Allá lo criaremos entre todos.

Tu abuelo no pudo viajar a Los Ángeles, te conoció un par de meses después en Sacramento, pero le mandó un cheque a Roy Cooper y una nota de agradecimiento. Roy, lívido, hizo pedazos el cheque.

Entre el cuentagotas, el sol y las rancheras, joropos y rumbas en la radio, el ratoncito sobrevivió, y seis semanas más tarde nos despedimos de Roy Cooper y Rita Linares, que tanto hicieron por nosotros, y pudimos viajar de vuelta a casa. Un bebé es trabajo de tiempo completo, consume la energía, el sueño y la salud mental, es un grave inconveniente para una mujer de cincuenta y dos años, como era yo entonces, pero me rejuveneció. Me enamoré de ti, Camilo, y eso me ayudó a enfrentar el desafío de criarte y de transformar el duelo por la muerte de mi hija en celebración por la vida de mi nieto.

18

Facunda me contó que la reforma agraria había expropiado varios fundos de los alrededores de Santa Clara, como el de los Moreau, pero no afectó a los Schmidt-Engler. Mi exsuegro decidió que no iba a vender sus productos al precio oficial impuesto por el gobierno, y cerró la lechería y la fábrica de quesos. Las vacas se esfumaron, creo que se las llevaron al otro lado de la frontera, donde aguardarían hasta que volviera la normalidad en este país.

Circulaban rumores inquietantes sobre la Colonia Esperanza. Un periodista comenzó a indagar, llamándola «un enclave de extranjeros que vivían al margen de la ley», «un peligro para la seguridad nacional», pero nadie le hizo caso. Los colonos no habían cometido ningún delito comprobado, y se estaban ganando el respeto de sus vecinos porque habían abierto un pequeño consultorio de salud para atender gratis a la gente de los alrededores, y entregaban regularmente a la iglesia cajas con hortalizas para repartir entre las familias más pobres.

—No van a tocarla, está protegida por los militares. Allí entrenan a fuerzas especiales —me dijo Julián en uno de sus viajes.

Me enteré de que realizaba vuelos privados a la colonia

que no quedaban registrados en ninguna parte. El ejército pensaba construir allí una pista de aterrizaje, pero entretanto el anfibio de Julián podía llegar al lago. Le pregunté qué transportaba para esa gente enigmática, pero no me respondió.

A Juan Martín le faltaba poco para graduarse en la universidad, y había sido elegido presidente de la federación de estudiantes. Andaba de poncho indígena, pelucón y con barba montaraz, como era la moda entre los jóvenes de izquierda. Aparecía en televisión a menudo representando a los estudiantes, y aunque sus ideas eran revolucionarias su tono era conciliador. Advertía contra las maniobras fascistas de la oposición, pero también denunciaba las tácticas de los grupos de ultraizquierda, que hacían tanto daño como los de derecha. Eso le trajo enemigos entre sus propias filas. Se vivía en los extremos de la pasión política, nadie escuchaba las voces razonables que llamaban al diálogo o la negociación.

Once meses después de tu nacimiento, un golpe militar derrocó al gobierno en un baño de sangre, tal como venía pronosticando Julián Bravo desde la elección del presidente socialista. Sus viajes al país se hicieron tan seguidos que fue como si se hubiera trasladado a vivir aquí. Estaba muy ocupado con asuntos de Estado, como me informó, sin aclarar en qué consistían esos asuntos. Nos veíamos poco, porque yo estaba instalada en Sacramento convertida en abuela y él pasaba la mayor parte del tiempo en la capital. Si venía al sur, rara vez me avisaba.

El golpe fue organizado como una estrategia de guerra. Las fuerzas armadas y la policía se rebelaron al amanecer de un martes de primavera, y al mediodía habían bombardeado el palacio presidencial, el presidente había muerto y el país estaba bajo mando militar. La represión comenzó de inmediato. En Sacramento no hubo resistencia, por el contrario, gente que yo conocía aplaudía desde los balcones porque llevaba tres años esperando que los heroicos soldados salvaran a la patria de una hipotética dictadura comunista, pero también allí regía el estado de sitio. Los soldados en camuflaje de guerra, con las caras pintadas como apaches de película para no ser identificados, y las fuerzas de seguridad en coches negros, controlaban la ciudad. Los helicópteros zumbaban como moscardones, los tanques y los camiones pesados desfilaban hiriendo el pavimento y espantando a los perros vagos, que tradicionalmente eran dueños de las calles. Se oían sirenas policiales, gritos, tiros y explosiones. Estaba prohibido circular, se suspendieron los viajes aéreos, en tren y en autobús, pusieron controles en las carreteras para cazar subversivos, terroristas y guerrilleros. No era la primera vez que escuchábamos mencionar a esos enemigos de la patria, la prensa de derecha nos había advertido que eran agentes de la Unión Soviética, que preparaban una revolución armada y que tenían listas de la gente que sería ejecutada.

Las comunicaciones se hicieron muy difíciles, no pude hablar con Juan Martín, que estaba en la capital, ni con José Antonio, que vivía a pocas cuadras de mi casa. Julián, en cambio, llegó de improviso, cuando yo pensaba que estaba en Miami, y me anunció que no tenía problemas para movilizarse; contaba con un salvoconducto porque proveía de servicios esenciales a la Junta de Gobierno.

—Obedece las instrucciones que dan por la televisión, Violeta, quédate en la casa, no vayas a la oficina hasta que la situación se calme. Si quieres ubicarme, déjame recado en el hotel.

Los primeros tres días hubo toque de queda absoluto en todo el país, no se podía salir a la calle sin un permiso especial o, en caso de una emergencia grave, enarbolando un pañuelo blanco. Los soldados, enardecidos, echaban gente a empujones y culatazos en camiones del ejército y se la llevaban a un destino desconocido, y encendían hogueras en la plaza donde quemaban libros, documentos y registros electorales, porque la democracia quedaba suspendida hasta nueva orden, ya se vería en su debido momento si volveríamos a votar. Los partidos políticos y el Congreso fueron declarados en receso indefinido, y la prensa, censurada. Las reuniones de más de seis personas quedaron prohibidas, pero en varios clubes y hoteles, incluso en el Bavaria, se juntaba gente a beber champán y cantar el himno nacional. Me refiero a la gente pudiente que esperaba el golpe militar con ansia, en especial los agricultores de la zona, que aspiraban a recuperar sus tierras confiscadas por la reforma agraria. Los defensores del gobierno socialista, obreros, campesinos, estudiantes y pobres en general, estaban callados en sus guaridas, me explicó Julián Bravo. En las pantallas sólo veíamos a cuatro generales entre la bandera y el escudo nacional dando órdenes a la ciudadanía, y dibujos animados de Disney. Los rumores iban y venían con fuerza de huracán, pero eran contradictorios e imposibles de confirmar. Me encerré en mi casa, como me mandó Julián. Estaba muy ocupada con mi nieto, que ya se arrastraba por los rincones metiendo los dedos en los enchufes y comiendo tierra con gusanos. Pensé que pronto retornaría la normalidad.

Tres días más tarde, cuando se levantó el toque de queda por algunas horas, miss Taylor vino a verme con el pretexto de traerme leche en polvo para el niño, que no habíamos podido conseguir desde hacía varios meses. De pronto los anaqueles de los comercios estaban repletos de los artículos que habían faltado antes. Nos sentamos en la sala a beber el consabido té Darjeeling, preferido de mi antigua institutriz, y entonces me planteó la verdadera razón de su visita.

—Allanaron la universidad en la capital, Violeta. Se llevaron detenidos a varios profesores y estudiantes, especialmente de periodismo y sociología. Dicen que las paredes de la facultad están chorreadas de sangre.

—¡Juan Martín! —exclamé, y mi taza se estrelló en el suelo.

—Tu hijo está en la lista negra. Tiene que presentarse a un cuartel de policía, lo andan buscando. Como presidente de la federación de estudiantes, encabeza la lista.

—¿Qué pasó con él?

—Llegó a nuestra casa anoche, en pleno toque de queda. No sé cómo pudo atravesar varias provincias. No vino a tu casa porque será el primer lugar donde lo busquen. Lo tenemos escondido, pero hay que sacarlo del país.

—Julián es el único que nos puede ayudar en eso.

—No, Violeta. Tu hijo dice que Julián es cómplice de los militares y trabaja para la CIA, que está detrás de esto.

—¡Jamás denunciaría a su propio hijo!

—De eso no estamos seguros. José Antonio cree que podemos esconder a Juan Martín en Santa Clara, al menos por un tiempo. Nadie lo buscará en la granja. ¿Cómo podríamos mandarlo hasta allá? El tren no funciona, hay controles por todas partes.

—Yo me haré cargo de eso, Josephine.

Mi único recurso para salvar a Juan Martín era acudir a su padre, que estaba en el país desde hacía dos semanas. Logré que viniera a Sacramento a hablar conmigo, aunque estaba muy ocupado en esos días turbulentos, según me dijo.

—¿Cuántas veces le advertí a ese muchacho que tuviera cuidado? ¡Y ahora vienes a pedirme ayuda! ¿No es un poco tarde?

—Ese muchacho es tu hijo, Julián.

—Mira, Violeta, no puedo hacer nada. ¿Quieres que arriesgue mi carrera? Me vigilan. Si Juan Martín pudo llegar hasta Sacramento en pleno toque de queda, también puede arreglárselas para encontrar un lugar seguro.

—Pensé que podría ir…

—¡No me digas nada! No quiero saber dónde está ni adónde va. Mientras menos yo sepa, mejor. No puedo ser cómplice de esto.

—Por una vez no se trata de ti, Julián. Ahora el único que importa es Juan Martín. ¿No ves que están matando gente?

—Es la guerra contra el comunismo. El fin justifica los medios.

Julián Bravo era un bandido y tenía mala relación con su hijo, pero, tal como yo suponía, a regañadientes me ayudó a escamotear a Juan Martín fuera de Sacramento. Demoró menos de dos horas en traerme una autorización del comandante de la zona para viajar. Eran otros tiempos, Camilo. Ahora se puede averiguar en menos de un minuto la identidad de alguien y hasta los detalles más íntimos de su vida, pero en los años setenta eso tardaba, y no siempre era posible. El segundo salvoconducto estaba a nombre de Lorena Benítez, empleada doméstica.

Treinta y seis horas más tarde, apenas se levantó el toque de queda a las seis de la mañana, eché en el automóvil a mi nieto, la ropa indispensable y algo de comida, y pasé a buscar a Juan Martín a una de las bodegas de Casas Rústicas, donde mi hermano lo había ocultado. La última vez que lo había visto parecía un profeta hirsuto, pero la persona que me esperaba era una mujer alta y flaca, con moño en la nuca y delantal celeste: Lorena Benítez. A pesar del disfraz, tú reconociste a tu tío sin vacilar y le echaste los brazos al cuello. Menos mal que todavía no sabías hablar.

No cruzamos ni una palabra hasta que salimos de Sacramento, pasamos el primer control y enfilamos por la carretera al sur. Los soldados de guardia eran unos muchachos nerviosos y agresivos, armados hasta los dientes, que leyeron los salvoconductos con la lentitud de los semianalfabetos, examinaron mi carnet de identidad, nos hicieron bajar del automóvil y lo revisaron por completo, incluso quitaron los asientos, pero le dieron sólo una mirada superficial a la supuesta empleada. El infalible sistema de clases sociales y el desprecio machista por las mujeres nos ayudó en ese control y en los otros que enfrentamos por el camino.

Le pregunté a Juan Martín por qué no se había entregado; quienes se presentaban voluntariamente nada tenían que temer, eso habían dicho por televisión.

—¿En qué mundo vives, mamá? Si me entrego, puedo desaparecer para siempre.

—¿Cómo es eso de desaparecer? No te entiendo.

—Cualquiera puede ser arrestado, no necesitan un pretexto, y después niegan haberte detenido; nadie sabe de ti, te conviertes en un fantasma. Mataron a varios estudiantes de mi facultad y se llevaron a más de veinte profesores.

—Bueno, algo malo habrán hecho, Juan Martín —murmuré, repitiendo lo que había oído decir tantas veces en el círculo de mis amistades.

—Lo mismo que he hecho yo, mamá, defender al gobierno elegido democráticamente.

El viaje en tren de Sacramento a la granja demoraba poco más de dos horas, y en automóvil, tres o cuatro, pero nos pararon tantas veces por el camino que echamos casi siete horas en llegar a Nahuel, y para entonces estábamos con los nervios en ascuas y extenuados. Por suerte tú dormiste casi todo el camino en los brazos de Lorena Benítez, la niñera, que en ningún momento levantó sospechas.

Llegamos un par de horas antes del toque de queda, que nadie hacía cumplir en esas lejanías. Torito y Facunda nos recibieron sin comentarios, aunque debió de sorprenderles ver a Juan Martín vestido de mujer. Creo que entendieron sin necesidad de explicaciones que era un asunto de vida o muerte. Mi hijo les contó en pocas palabras lo que sucedía en la capital y en el resto del país. Santa Clara era un oasis de paz.

—Tengo que cruzar la frontera —les dijo.

Tú, Camilo, llegaste hambriento, medio muerto de sed y con los pañales empapados, directamente a los brazos de Etelvina Muñoz, la nieta mayor de Facunda. Narcisa, su madre, la tuvo a los quince años. La joven había ayudado a su abuela a criar a sus hermanos y cultivar la granja; era ancha de espalda, hábil de manos y redonda de cara, con una inteligencia prodigiosa para los aspectos fundamentales de la existencia. No había ido a la escuela, apenas sabía leer y escribir gracias a Lucinda Rivas, que le enseñó lo que pudo antes de ser derrotada por la vejez y, finalmente, la muerte.

Esa noche dormiste acurrucado en un catre entre Facunda y Etelvina, y yo me acosté con mi hijo en la cama de hierro que había sido de mi madre. Pasé horas en la oscuridad, pendiente de los ruidos externos, esperando que en cualquier momento llegara un jeep militar o de la policía a buscar a Juan Martín y pensando en mi papel de madre, en cómo le había fallado tantas veces por andar pendiente del trabajo, en cómo su hermana había acaparado siempre toda la atención, en su espíritu idealista que le había hecho chocar con su padre desde que era un niño. Me dormí al amanecer durante un par de horas, y cuando desperté Facunda ya tenía preparado el desayuno; Etelvina te había llevado, acaballado en una cadera, a ordeñar la vaca, y Juan Martín estaba ayudando a Torito con los animales. Todavía hacía frío por las noches, el rocío brillaba en las hojas de los árboles y un vapor azulado se elevaba de la tierra calentada por el sol. Como siempre, el aroma fresco y penetran-

273

te del laurel me trajo los recuerdos más vívidos de mi infancia en Santa Clara, que para mí siempre será sagrada. Pasamos el día sin asomarnos fuera de la casa para no llamar la atención, aunque la propiedad estaba bastante aislada. En un baúl había algo de ropa que había dejado José Antonio años antes, y encontramos pantalones, botas y un par de chalecos apolillados, pero todavía útiles para el fugitivo.

Nos reunimos en torno a la mesa con tazas de té y el pan tibio de Facunda, y Juan Martín nos habló de juicios sumarios y ejecuciones arbitrarias; de detenidos que morían torturados; de miles y miles de personas arrestadas que se llevaban a golpes en pleno día, a la vista de quien se atreviera a asomarse; de los retenes policiales, cuarteles militares, estadios deportivos y hasta escuelas llenos de prisioneros, de que estaban improvisando campos de concentración para encerrar a los detenidos y otros horrores que consideré inverosímiles, porque nosotros éramos un ejemplo de convivencia democrática en este continente devastado por caudillos, dictaduras y golpes de Estado. En nuestro país nada de lo que contaba Juan Martín podía suceder, era propaganda comunista. Aunque en ese momento no creí casi nada de lo que alegaba mi hijo, entendí que debía de tener muy buenas razones para haber huido disfrazado de mujer, y me abstuve de contradecirlo.

Al atardecer, Torito comenzó a empacar lo necesario en su bulto de las excursiones.

—Tú te vienes conmigo, Juanito —le dijo a mi hijo.

—¿Tienes un arma, Torito?

—Esto —replicó el gigante, mostrándole el cuchillo de matarife que le servía para mil usos, y que siempre llevaba consigo en sus escapadas.

—Me refiero a un arma de fuego —insistió Juan Martín.

—Este no es el Lejano Oeste, aquí nadie tiene armas. Supongo que no piensas andar pegando tiros —lo interrumpí.

—No puedes permitir que me agarren vivo, Torito. ¿Me lo prometes?

—Prometo.

—¡Por Dios, hijo! ¿Qué están insinuando? —exclamé.

—Prometo —repitió Torito.

Se fueron apenas oscureció. Era una noche tibia de primavera con luna llena, había suficiente luz y pudimos verlos alejarse en dirección opuesta al camino. Tuve el terrible presentimiento de que esa era una despedida definitiva, pero lo acallé rápidamente porque no se debe llamar a la desgracia, como decían mis tías. A Torito le faltaban un par de años para cumplir setenta, según nuestros cálculos, pero no dudé de que fuera capaz de ascender la cadena de montañas para cruzar a pie una frontera invisible, sin más equipaje que la ropa puesta, dos mantas y utensilios básicos de pesca y caza. Conocía los antiguos senderos y pasos de la cordillera que sólo los viejos baquianos y algunos indígenas utilizaban. En cambio, Juan Martín, que era por lo menos cuarenta y cinco años menor, estaba mal preparado para esa aventura, podía vencerlo la fatiga, el pánico o el frío, podía resbalar en un precipicio. Era un intelectual, nunca destacó en los deportes y tenía un temperamento prudente y cauteloso muy diferente al de su hermana. Nieves habría estado en su elemento huyendo de algún enemigo.

19

Estuve trece días en Santa Clara esperando noticias de mi hijo y de Torito, en compañía de Facunda, Etelvina y sus hermanos. Narcisa había partido detrás de su último novio, dejando a su camada de críos a cargo de su hija mayor y su madre, y no pudo regresar; quién sabe dónde la pilló el estado de sitio. Cada hora transcurrida era un tormento, contaba los minutos, marcaba los días en el calendario sin comprender por qué Torito demoraba tanto en regresar; a menos que hubiera ocurrido una desgracia, le habría sobrado tiempo para ir y volver de la frontera. Pasaba la mayor parte del día oteando el camino y los alrededores, tan ansiosa que me faltaba ánimo para ocuparme de mi nieto, que gateaba semidesnudo entre las gallinas, comiendo tierra como un salvaje. Los otros niños eran mucho mayores y les fastidiaba que el mocoso los siguiera a todos lados. Tratando de alcanzarlos, diste tus primeros pasos, Camilo. No supe de eso ni de la primera palabra que pudiste articular: Tina, porque no podías pronunciar Etelvina. Así la has llamado desde entonces.

Facunda mantuvo sus rutinas de siempre: atendía el huerto y las labores domésticas, hacía empanadas y tartas para vender, iba al mercado, conversaba con las comadres de Nahuel y volvía con las últimas noticias. Había un contingente de soldados acuartelados a dos kilómetros de Santa Clara, me dijo. Se habían llevado a varios campesinos en camiones del ejército y nada se sabía de ellos; los patrones habían recuperado a la fuerza sus fundos confiscados, y estaban tomando represalias contra los inquilinos que las ocuparon; todos fueron despedidos, muchos golpeados, otros arrestados.

En la región no había un solo veraneante o turista, aunque ya habían comenzado los calores del verano; las plazas y playas estaban vacías, también los hoteles, menos el Bavaria, a donde solían llegar militares y funcionarios del gobierno. En Nahuel los soldados juntaron a un grupo de jóvenes a culatazos y los hicieron blanquear con cal los muros pintados con propaganda política. A un hombre le quebraron la mandíbula en el mercado por pronunciar la palabra «compañero», que ahora estaba prohibida, al igual que «pueblo», «democracia» y «golpe militar». El término correcto era «pronunciamiento militar».

—A los hombres con barba o pelo largo los arrestan, les pegan y los pelan. Las mujeres no podemos usar pantalones, porque no les gustan a los milicos, pero ¿cómo vamos a arar la tierra y limpiar el establo con falda, pues? —comentó Facunda.

La gente estaba asustada, nadie quería problemas; lo más prudente era mantenerse puertas adentro. Por eso nos sorprendió que un día entrara en la granja un extranjero, alto como un jugador de baloncesto, con pies enormes, la piel oscura del sol, el pelo casi blanco y los ojos celestes, que hablaba un espa ñol de diccionario. Se presentó como Harald Fiske y preguntó si teníamos teléfono, porque la central de Nahuel estaba cerrada a esa hora. Era uno de los observadores de pájaros que cada año llegaban inexplicablemente, porque nuestra variedad es patética comparada con la orgía de aves multicolores de la cuenca amazónica o la selva centroamericana.

Harald Fiske tenía unos cuarenta años, el cuerpo desgarbado de un muchacho que ha crecido en un solo estirón y arrugas prematuras por exceso de sol. Andaba con una mochila descomunal, tres binoculares, varias cámaras fotográficas y una gruesa libreta con anotaciones en clave, como un espía. Era tan despistado que pensaba dedicarse a las aves en el clima amenazante de los comienzos de la dictadura, cuando el país había sido declarado en estado de guerra y hasta el aire que respirábamos estaba bajo control de las armas. Incluso pensaba montar una carpa y acampar en la playa.

—Oiga, no sea tonto. ¿Quiere que lo maten? —le pregunté.

—Llevo varios años viniendo a este país todos los veranos, señora. Nunca me han asaltado —insistió el hombre.

—A falta de asaltantes, ahora tenemos soldados.

—Soy diplomático —dijo.

—Su pasaporte le va a servir de poco si le disparan antes de preguntar. Mejor se queda a dormir aquí.

—Le voy a prestar la cama de Torito, pero si él vuelve esta noche tendrá que acostarse en el suelo —le ofreció Facunda.

Así entró ese hombre en nuestras vidas, Camilo. Era funcionario del Servicio Exterior de Noruega, encargado de negocios en Holanda, donde lo esperaban su esposa y dos hijos. Dijo ser un enamorado de América Latina, y que la había recorrido de norte a sur durante sus vacaciones, en especial de nuestro país. Facunda lo adoptó como a un hijo bobalicón, y durante los años en que siguió yendo al sur tras sus pájaros siempre se alojó en Santa Clara.

Al cabo de trece días de inútil espera, apareció Yaima montada en una mula. La curandera indígena, que durante décadas resistió incólume el paso del tiempo, había sucumbido finalmente al deterioro de su edad. No la había visto desde el funeral de la tía Pilar, y en verdad pensaba que habría muerto, pero a pesar de su aspecto de bruja milenaria seguía tan fuerte y lúcida como siempre. Me conocía desde que yo era una chiquilla en la pubertad, pero nunca había demostrado ni el menor interés en mí, por eso me extrañó que se presentara a darme un recado, que Facunda tradujo, porque su español era tan precario como mi conocimiento de su lengua.

—Fuchan, el amigo grande, se lo llevaron los soldados.

Facunda cayó de rodillas, sollozando, y yo sólo pensé en mi hijo.

—Fuchan iba con otro hombre, un joven. ¿Qué pasó con él, Yaima? —La sacudí.

—A Fuchan lo vimos. Al otro no lo vimos. Habrá ceremonia para Fuchan. Avisaremos.

Eso quería decir que los indígenas ya daban por muerto a Torito.

Si Torito iba solo, seguramente venía de regreso y eso significaba que mi hijo podía haber escapado. No quise imaginar ni por un instante que el buen hombre había cumplido su promesa de impedir por cualquier medio que Juan Martín cayera vivo en manos de los militares. Había que rescatar a Torito, y lo único que se me ocurrió fue recurrir a Julián. Con sus conexiones, seguramente podría averiguar su suerte y la de su hijo. Temíamos que los teléfonos estuvieran intervenidos, que espiaran a cada ciudadano, lo cual era imposible, por supuesto, pero nadie se atrevía a comprobar si el rumor era una exageración. Yo no tenía otra opción.

Julián vivía en Miami y carecía de residencia fija en este país; cuando venía, se alojaba en un hotel de la capital o de Sacramento, siempre los mismos. Lo llamé a ambos desde el teléfono público de Nahuel, porque todavía, después de tantos años, no teníamos teléfono en la granja, y le dejé el recado de que volvería a intentarlo esa misma noche.

—Supongo que me llamas para lo del bautizo de Camilo. Su tío será el padrino, ¿no? —me preguntó antes de que yo alcanzara a decir ni una palabra.

—Sí… —respondí, desconcertada.

—¿Cómo está el tío?

—No sé. ¿Puedes venir?

—Estaré mañana en el hotel Bavaria, tengo una reunión por esos lados. Te pasaré a ver.

Este absurdo diálogo en clave me confirmó la dimensión de violencia en que vivíamos, como me había advertido Juan Martín. Si Julián no se sentía seguro, nadie lo estaba. La propaganda de la oposición había vaticinado durante tres años el terror de una dictadura comunista; ahora experimentábamos el terror de una de derecha. La Junta de los generales había anunciado que se trataba de medidas temporales, pero indefinidas, hasta nueva orden, mientras se restablecían en la patria los valores cristianos y occidentales. Me aferré a la ilusión de que nuestro país tenía la más sólida tradición democrática del continente, de que habíamos sido un ejemplo de civismo en el mundo, de que pronto tendríamos elecciones y volvería la democracia. Entonces Juan Martín podría regresar.

Julián me aseguró que nada pudo descubrir sobre la suerte de Torito, pero no le creí; tenía contactos en los círculos más altos del poder, seguramente le bastaba hacer una llamada telefónica para averiguar quiénes lo habían detenido, si había sido la policía, los cuerpos de seguridad o los militares, y dónde estaba. A él debía interesarle tanto como a mí rescatarlo, aunque fuera sólo para preguntarle qué había pasado con nuestro hijo. Era un suplicio imaginar las diversas formas en que Juan Martín podría haber muerto.

—Siempre piensas lo peor, Violeta. Lo más probable es que esté bailando tangos en Buenos Aires —me dijo.

El tono socarrón con que abordó la suerte de su hijo me confirmó la sospecha de que algo sabía y me lo ocultaba. Lo odié por eso.

Era inútil seguir esperando noticias en la granja. Me despedí de Facunda, que quedó convertida en dueña nominal de Santa Clara, a cargo de lo poco que iba quedando de la propiedad, y volví a Sacramento. En el último momento, Facunda me pidió que me llevara a Etelvina, porque enterrada en el campo su nieta iba a tener una vida de trabajo, pobreza y sufrimiento.

—La puede ayudar a criar a Camilo. No tiene que pagarle mucho, pero enséñele todo lo que pueda, ella quiere aprender —me dijo.

De eso hace cuarenta y siete años, según mis cálculos, Camilo. Nunca imaginé que Etelvina sería más importante en mi vida que mis dos maridos y la suma de todos los hombres que me han querido.

Mi hermano José Antonio me necesitaba en Sacramento, teníamos mucho trabajo por delante para salvar lo que nos quedaba. La Junta Militar estaba investigando a fondo nuestra colaboración con el gobierno anterior, y entretanto congeló el contrato de Mi Casa Propia. Nos citaron varias veces a la oficina de un coronel, que nos interrogó como si fuéramos criminales, pero finalmente nos dejó en paz. Perdimos mucho, porque habíamos invertido en maquinaria y material para producir las viviendas en un tiempo récord, pero manejábamos otros negocios. No puedo quejarme, nunca me ha faltado dinero, he podido vivir bien con mi trabajo.

Pasé años atormentada por las dudas respecto a la suerte de Juan Martín; estaba de duelo por la muerte de mi hija y por la muerte posible de mi hijo. Tú eras mi consuelo. Fuiste un mocoso muy travieso, Camilo, no me dabas tregua. Eras muy bajito y flaco, te estiraste en la adolescencia, cuando debía comprarte el uniforme escolar tres tallas más grandes de la que te correspondía para que te durara el año, y zapatos nuevos cada siete semanas. Tenías el coraje de tu madre y el idealismo de tu tío Juan Martín. A los siete años llegaste un día con sangre de las narices y un ojo en tinta por enfrentar a un grandote que abusaba de un animal. Lo regalabas todo, desde tus juguetes hasta mi propia ropa, que me robabas sigilosamente. «¡Chiquillo del diablo! ¡Te voy a mandar preso, a ver si aprendes!», te decía. Pero nunca pude castigarte, en el fondo admiraba tu generosidad. Eras mi hijo/nieto, mi compinche, mi amigo del alma. Lo eres todavía, eso hay que decirlo.

Para qué me voy a extender demasiado contándote de los largos años de la dictadura, Camilo, es historia antigua y bien conocida. Hace ya treinta años que tenemos democracia, y lo peor del pasado ha salido a la luz: los campos de concentración, la tortura, los asesinatos y la represión que padeció tanta gente. Nada de eso se puede negar, pero entonces no lo sabíamos, no había información, sólo rumores. Todavía hay gente que lo justifica, que cree que eran medidas necesarias para imponer orden y salvar al país del comunismo. Había dictaduras en muchos países de América Latina, no fuimos el único. Eran los tiempos de la Guerra Fría entre Estados Unidos y la Unión Soviética, y nosotros estábamos en el área de influencia de los norteamericanos, que no iban a permitir ideas de izquierda en el continente, tal como me había advertido Julián Bravo con una década de anterioridad. Los rusos también imponían su ideología en la parte del mundo que controlaban.

En la superficie, el país nunca había estado mejor. Los visitantes quedaban maravillados de los rascacielos, las autopistas, la limpieza y la seguridad; nada de muros pintarrajeados, de disturbios callejeros o estudiantes atrincherados en los colegios, de mendigos pidiendo limosna o perros vagos, todo eso desapareció. Nadie hablaba de política, era peligroso. La gente aprendió a ser puntual, a respetar las jerarquías y la autoridad, a trabajar; quien no trabaja, no come, era la consigna. Con la mano dura del régimen se terminó la politiquería y avanzamos hacia el futuro, dejamos de ser un país pobretón y subdesarrollado, nos convertimos a golpes en uno próspero y disciplinado. Ese era el discurso oficial. Por dentro, sin embargo, éramos un país enfermo. Por dentro, Camilo, yo también estaba enferma de pena por el hijo fugitivo, por Torito desaparecido y porque habría tenido que ser ciega para desconocer la precaria situación de mis obreros y empleados, empobrecidos y con miedo.

Nos acostumbramos a ser prudentes en el lenguaje, a evitar ciertos temas, a no llamar la atención y obedecer las reglas. Incluso nos acostumbramos al toque de queda, que duró quince años, porque obligaba a los maridos mariposones y a los adolescentes rebeldes a llegar temprano a su casa. Bajó mucho la criminalidad. Los crímenes los cometía el Estado, pero se podía andar por la calle y dormir por la noche sin ser asaltados por delincuentes comunes. Fue una época muy dura para los trabajadores, que no tenían derechos y podían ser despedidos de la noche a la mañana; había mucho desempleo, era el paraíso de los empresarios. Esa prosperidad de algunos tenía un enorme costo social. El auge económico duró varios años, hasta que se vino al suelo con estrépito. Por un tiempo fuimos la envidia de los vecinos y los favoritos de Estados Unidos. Se habla de corrupción, que ahora la llaman «enriquecimiento ilícito», pero en la dictadura era legal. José Antonio y yo hicimos mucho dinero, y no me avergüenzo de eso porque no cometimos ningún delito, sólo aprovechamos las oportunidades que se presentaron. Los militares estaban en todo y cobraban sus comisiones; había que pagarles, era la norma.

José Antonio había sufrido un ataque al corazón y estaba retirado en su casa, cuidado por miss Taylor, pero siguió siendo el presidente de nuestras empresas. Conocía a medio mundo en Sacramento, tenía amigos por centenares, era querido y respetado. Su experiencia y sus contactos eran indispensables para conseguir contratos y préstamos, pero el trabajo lo hacíamos Anton Kusanovic y yo. Le dábamos el mejor trato posible a nuestra gente, pero debíamos mantener los costos bajos para competir en un mercado feroz.

—Al menos tienen trabajo y los tratamos con dignidad, Violeta —me recordaba Anton.

Mantener el equilibrio entre la justicia, la compasión y la codicia me disgustaba tanto que al fin convencí a José Antonio de venderle nuestra parte del negocio de casas prefabricadas a Anton, así él podría pasar sus últimos años en paz y yo podría dedicarme a otra cosa. Era el momento ideal para especular en propiedades y hacer otros negocios. Mucha gente vendía a precio de ganga para irse al extranjero, unos exiliados y otros porque aborrecían el régimen o buscaban afuera oportunidades económicas. Se podía comprar barato y vender caro, como había sido el lema de mi padre.

Me instalé en la capital, donde el mercado de viviendas y locales comerciales era más variado e interesante que en las provincias. Me iba bien. Había mucha oferta y yo tenía buen ojo para elegir y sabía regatear; compraba propiedades muy bien ubicadas, aunque estuvieran en mal estado, las modernizaba y las vendía con una ganancia sustancial. Al poco tiempo me convertí en experta en construcción, remodelaciones, decoración interior y préstamos de los bancos; esa es la base de lo que tú llamas mi fortuna, Camilo, pero ese término aplicado a mí es ridículo. Lo mío es despreciable comparado con la forma inmoral en que otros se enriquecieron en esa época. Esos son los billonarios de ahora.

A ti te cuidaba Etelvina, porque eras muy chico todavía para ir al colegio San Ignacio, el mejor del país, aunque fuera de curas. Tanto te mimábamos esa buena mujer y yo que, de haber sido cualquier otro niño, habrías sido un monstruo de egoísmo y mal comportamiento, pero tú eras encantador. Tenía en la conciencia haber descuidado a mis hijos cuando eran chicos, y me hice el propósito de que eso no me iba a ocurrir con mi nieto. Me las arreglaba para estar contigo, te ayudaba en las tareas, íbamos con Etelvina a tus eventos deportivos y representaciones teatrales, que eran un horror, y pasábamos las vacaciones en Santa Clara, donde Facunda nos recibía con lo mejor de su cocina. Sólo te dejaba para ir a ver a Roy, ese hombre lleno de secretos, a Estados Unidos.

El apartamento donde vivimos muchos años era de los antiguos, antes de que los vientos de modernidad redujeran los espacios, impusieran la frialdad del vidrio y el rigor del acero. Quedaba frente al Parque Japonés; lo compré barato porque el barrio había pasado de moda, aunque todavía quedaban algunas mansiones y varias embajadas, y lo vendí a precio de oro porque en su lugar iban a levantar una torre de treinta pisos. Las villas de los nuevos ricos surgían como fortalezas en las laderas de los cerros, rodeadas de altos muros y vigiladas por mastines, mientras la clase media y el comercio ocupaban la zona en que nosotros vivíamos. La entrada de nuestro edificio estaba atendida día y noche por dos porteros amables, los gemelos Sepúlveda, tan parecidos que era imposible saber cuál estaba de turno. Nuestro apartamento ocupaba todo el tercer piso; los pasillos eran tan anchos y largos que aprendiste a andar en bicicleta en ellos. Tenía un aire de nobleza venida a menos, los techos altos, el piso de parquet y los cristales biselados, que me recordaban la casa grande de las camelias, donde nací.

Al principio, el apartamento resultaba demasiado amplio para Etelvina, yo y un niño chico, pero a los pocos meses vinieron José Antonio y miss Taylor a vivir con nosotros, porque a él le seguía fallando el corazón y en Sacramento no podía recibir la misma atención que en la Clínica Inglesa de la capital, donde a cada rato había que llevarlo a las volandas. Llegaba medio muerto y cada vez lo resucitaban milagrosamente. Ambos detestaban el ruido, la bruma tóxica y el tráfico de la ciudad, por eso salían muy poco; se convirtieron en adictos a las telenovelas, que seguían puntualmente con Etelvina y contigo. A los cuatro años estabas enterado de las más violentas pasiones humanas y podías repetir los diálogos más escabrosos con acento mexicano. Yo no veía la hora de que mi nieto tuviera edad suficiente para ir al colegio y ampliara un poco su horizonte.

Esos fueron los años más duros de la dictadura, cuando el poder se consolidó mediante la violencia, pero excepto por la terrible incertidumbre sobre la suerte de Juan Martín, para nuestra pequeña familia fueron años relativamente buenos. Pude ayudar a mi hermano en su vejez, recuperé la estrecha amistad que tuve en la juventud con miss Taylor y aproveché a plenitud la infancia de mi nieto.

Etelvina manejaba la casa sin mi interferencia porque lo doméstico nunca me interesó; ella administraba los gastos diarios y supervisaba a dos empleadas, a quienes les exigía andar de uniformes. Memorizaba las recetas de los programas de comida en la televisión, y llegó a cocinar mejor que cualquier chef. Miss Taylor le enseñó el refinamiento anticuado, que ya nadie practicaba y que ella había aprendido a los diecisiete años de su segunda patrona, aquella viuda en Londres. A falta de un mozo de librea, como en las telenovelas, Etelvina nos impuso rituales palaciegos. «¿Para qué tenemos loza fina si no es para usarla?», decía, y ponía la mesa con candelabros y tres copas por puesto. Tú sabías usar el cuchillo de la mantequilla y las pinzas del cangrejo antes de poder atarte los cordones de los zapatos.

La edad no me pesaba para nada. Me iba acercando a los sesenta años y me sentía tan fuerte y productiva como a los treinta. Ganaba más que suficiente para mantener a la familia y ahorrar sin matarme trabajando; jugaba al tenis para estar en forma, sin entusiasmo, porque el afán de pegarle raquetazos a una pelota me parecía absurdo, y tenía una vida social activa, con más de algún encuentro amoroso que me entusiasmaba por unos días y olvidaba enseguida sin que me dejara huella. Mi amor de entonces fue Roy Cooper, pero nos separaban miles de kilómetros.

A su manera, Julián te quería mucho, Camilo. Se aburría

contigo y no lo culpo, porque los niños son un fastidio, pero lo que le faltaba en paciencia le sobraba en entusiasmo. Te hacía regalos de jeque, que producían desconcierto en ti y caos doméstico. Te enseñó todo lo que su hijo Juan Martín rehusó aprender: a usar armas, a tirar con arco, boxeo y a montar, pero le irritaba que no sobresalieras en ninguna de esas actividades. Te compró un caballo, que terminó a cargo de Facunda en la granja, pastando en el campo en vez de saltar vallas y competir en el hipódromo.

Una vez mencionaste que te gustaría tener un perro y tu abuelo te trajo un cachorro. Al poco tiempo se convirtió en una gran bestia negra que sembraba pavor en los otros inquilinos del edificio, aunque era de temperamento muy dulce. Me refiero a Crispín, el doberman pinscher que fue tu mascota y durmió echado a tu lado hasta que te mandé interno al San Ignacio.

20

Pasé cuatro años sin saber de Juan Martín, indagando por aquí y por allá con prudencia, para no llamar la atención. Su nombre seguía en la lista negra; lo buscaban y eso me daba esperanza de que continuaba vivo. Tal como había sugerido sarcásticamente su padre, estuvo un tiempo en Argentina, pero no bailando tango, sino haciendo periodismo y ganando apenas lo suficiente para subsistir. Escribía artículos para diversos medios de prensa, que firmaba con un seudónimo, había conseguido un pasaporte falso y mandaba noticias de la dictadura y la resistencia en nuestro país a Europa, especialmente a Alemania, donde había interés por América Latina y simpatía hacia los miles de exiliados que habían llegado allí.

Habría podido mandarme un mensaje, al menos para comunicarme que estaba vivo, pero no lo hizo. Su única explicación para ese terrible silencio, que me indujo a despedirme de él mil veces, temiendo que hubiera muerto en el paso de las montañas o después, fue que no quería que su padre supiera dónde estaba.

Sus amigos eran periodistas, artistas e intelectuales que compartían sus inquietudes. Entre ellos destacaba Vania Halperin, hija de judíos sobrevivientes del Holocausto, frágil, pálida, de ojos y cabellos negros, con un rostro de madona renacentista. Al ver a esa joven delicada, que tocaba el violín en la Orquesta Sinfónica, nadie podía adivinar su pasión revolucionaria. Su hermano pertenecía a los montoneros, la organización guerrillera que los militares estaban decididos a exterminar de raíz. Para Juan Martín, esa muchacha sería inolvidable. La persiguió con la tenacidad solemne del primer amor, pero ella se las arregló para rechazar sus atenciones y, al mismo tiempo, mantenerlo enamorado.

Buenos Aires, sofisticada y fascinante, era el París de América Latina; con una vida cultural exuberante, el mejor teatro y la mejor música, era la cuna de escritores conocidos en el mundo entero. Juan Martín solía pasar la noche en alguna buhardilla con un grupo de jóvenes como él, discutiendo de filosofía y política en torno a unas botellas de vino ordinario, mareado de humo de cigarrillos y de pasión revolucionaria. No volvió a dejarse la barba, como sus compinches bohemios, porque debía parecerse a la foto de su pasaporte falso. Revivió los tiempos de la euforia de la universidad, podía contarles a los otros la experiencia del gobierno de izquierda, el despertar de la sociedad, la ilusión del poder en manos del pueblo. Digo ilusión, porque en realidad nunca fue así, Camilo, ni antes ni ahora. El poder económico y militar, que es el que cuenta, siempre estuvo en las mismas manos, aquí no tuvimos la revolución rusa ni la cubana, tuvimos solamente un gobierno progresista, como varios que existen en Europa. Estábamos en el hemisferio equivocado y desfasados en el tiempo, por eso pagamos un precio muy alto.

Juan Martín ya estaba echando raíces en esa magnífica ciudad, cuando también allí se desencadenó el terror de un golpe militar. El comandante en jefe proclamó que morirían cuantas personas fuesen necesarias para restablecer la seguridad en el país; eso significó la impunidad absoluta de los escuadrones de la muerte. Miles de personas fueron raptadas y desaparecieron, tal como ocurrió en nuestro país y en otros, o fueron torturadas y asesinadas, y sus cuerpos nunca fueron hallados. Ahora sabemos, Camilo, de la infame Operación Cóndor, creada en Estados Unidos para establecer dictaduras de derecha en nuestro continente y coordinar las estrategias más crueles para acabar con los disidentes.

La represión en Argentina no sucedió en un día ni fue una guerra declarada, como la nuestra, fue una guerra sucia que se infiltró en todos los ámbitos de la sociedad de forma solapada. Explotaba una bomba en un teatro de vanguardia, le corrían metralla a un diputado en la calle, aparecía el cadáver destrozado de un dirigente sindical. Se conocía la ubicación de los centros de tortura, y empezaron a desaparecer artistas, periodistas, profesores, líderes políticos y otros que se consideraban sospechosos. Las mujeres buscaban en vano a sus hombres; después las madres se atrevieron a marchar con las fotografías de sus hijos e hijas ausentes colgadas al pecho, y pronto fueron las abuelas, porque los bebés de las jóvenes asesinadas en prisión después de dar a luz se perdieron en los vericuetos de la adopción ilegal.

¿Cuánto de eso sabía Julián Bravo? ¿Hasta qué punto participó? Sé que recibió entrenamiento en la Escuela de las Américas en Panamá, como los oficiales encargados de la represión en nuestros países. Contaba con la confianza de los generales, porque era un piloto extraordinario; supongo que su coraje, experiencia y falta de escrúpulos le abrieron las puertas del poder. Una vez, con una botella de whisky en la mano, se puso demasiado locuaz y me confesó que a veces los pasajeros de su avión eran presos políticos que transportaban esposados, con mordaza y drogados. Me juró, sin embargo, que nunca le tocó lanzar a ninguno de esos infelices al mar, eso lo hacían pilotos militares desde helicópteros.

—Los llaman «vuelos de la muerte» —agregó.

Primero se llevaron a Vania Halperin. Esperaron que terminara el concierto de Vivaldi en el teatro Colón y la arrestaron en los camerinos a plena vista del resto de los miembros de la orquesta.

—Acompáñenos, señorita. No se preocupe, es un procedimiento de rutina. No necesita su violín, la traeremos de regreso —dicen que le dijeron.

Los golpes comenzaron en el automóvil. Es probable que la detuvieran para averiguar del hermano montonero, pero la familia nada sabía de él desde hacía meses. Otros músicos de la orquesta, testigos de lo ocurrido, avisaron a los padres de Vania, y estos corrieron la voz entre los amigos y comenzaron el calvario de tratar de rescatarla. Lo último que se supo de ella fue que alguien la vio en la Escuela de Mecánica de la Armada, usada como centro de tortura.

Después secuestraron a dos miembros del grupo de bohemios, y el resto se dispersó rápidamente. El editor de uno de los periódicos en que colaboraba Juan Martín lo citó sigilo-samente en un cafetín para advertirle de que habían llegado agentes de la Seguridad a su oficina preguntando por él.

—Váyase de inmediato lo más lejos que pueda —le acon-sejó, pero Juan Martín no podía hacerlo sin saber de Vania; debía descubrir su paradero, mover cielo y tierra para libe-rarla.

Sin embargo, ese mismo día, al aproximarse a su buhardi-lla, vislumbró la silueta inconfundible de uno de los temibles coches negros. Dio media vuelta y se fue caminando, sin prisa para no llamar la atención. No se atrevió a pedir ayuda entre sus amigos, porque podía involucrarlos.

Esa noche durmió agazapado entre las tumbas del ce-menterio de la Recoleta, y al día siguiente, a falta de una idea mejor, se fue a una residencia de misioneros belgas. La Iglesia católica colaboraba con la bestial represión, incluso con los infames vuelos de la muerte, pero había curas y mon-jas disidentes que se jugaban enteros por las víctimas, y mu-chos lo pagarían con sus vidas. Los belgas lo acogieron du-rante un par de noches. Le aseguraron que tratarían de ubicar a Vania Halperin, llevaban listas de personas secuestradas con sus datos y fotografías, pero de nada serviría que él se expusiera en ese momento. Su relación con Vania sería des-cubierta, todo era cuestión de tiempo. Su única esperanza, le dijeron, era asilarse en alguna embajada; el terrorismo de Estado estaba coordinado internacionalmente, y si él figu-raba en la lista negra de su país también lo estaba en la de Argentina.

Juan Martín tenía un contacto que habría de ser fundamental, la agregada cultural de la embajada de Alemania, con quien solía compartir los artículos que enviaba a su país. Aunque el pueblo alemán acogió y amparó a miles de refugiados de nuestro continente, el gobierno apoyaba discretamente a las dictaduras del Cono Sur de América Latina por razones comerciales, y tal vez ideológicas, era la lucha contra el comunismo. El embajador era amigo personal de uno de los generales de la Junta, pero esa agregada cultural simpatizaba con Juan Martín. Como no podía ofrecerle refugio en su propia sede diplomática, lo llevó en su coche a la de Noruega.

Mi hijo estuvo asilado durante cinco semanas, durmiendo en un catre de campaña en una de las oficinas, esperando noticias de Vania Halperin. Vivió cada minuto imaginando el calvario que estaba pasando la muchacha, los interrogatorios, los castigos, las violaciones, los perros amaestrados, los golpes eléctricos, las ratas, todo lo que ya se sabía. Si no daban con su hermano fugitivo, podían detener a los padres y martirizarlos delante de ella.

Treinta y tres días más tarde llegó a la embajada uno de los misioneros belgas con la noticia de que el cuerpo de la joven había sido encontrado en una morgue. No había duda de que era ella, sus padres la habían identificado. Destrozado de pena y de culpa por vivir sin ella, Juan Martín partió a Europa con la documentación falsa que le facilitó la embajada.

Y entonces, cuando él ya estaba a salvo en Noruega, recibí la visita más inesperada: Harald Fiske, el ornitólogo que había conocido en la granja Santa Clara, me traía noticias y una breve carta escrita por mi hijo momentos antes de ir al aeropuerto acompañado por un funcionario de la embajada. Era una misiva de tono frío, sin nada personal, en que me notificaba que pronto podría darme la información que yo necesitaba sobre el producto. Es decir, en clave.

—Por el momento, no quiere que su padre sepa dónde está —me dijo Harald.

Yo había soportado con relativa serenidad e infinita paciencia casi cuatro años de angustia por la suerte del único hijo que me quedaba, y cuando comprendí que ese noruego lo había visto hacía pocos días se me doblaron las rodillas y caí en una silla, sollozando. La sensación de alivio fue similar a la descarga de adrenalina provocada por el terror, un vacío en el centro del cuerpo seguido por una ráfaga de fuego en las venas. Mi llanto escandaloso atrajo a Etelvina, y pronto estaba el resto de la familia a mi alrededor, llorando también, mientras el mensajero observaba aquel despliegue emocional paralizado por el desconcierto.

Harald llevaba un año en su cargo diplomático en Argentina, donde estaba solo porque se había divorciado y sus hijos estudiaban en la universidad en Europa. Había volado desde Buenos Aires para contarme de Juan Martín, de la forma en que escapó a tiempo, de su vida en Buenos Aires hasta que se desató la guerra sucia y debió esconderse, de su trabajo como periodista, de su existencia discreta bajo una falsa identidad, de sus amigos y de su amor por Vania Halperin.

—No quería irse sin ella —nos dijo.

No lo sabíamos entonces, pero en los siete años que duró

ese genocidio en Argentina dejaría un saldo de más de treinta mil asesinados y desaparecidos.

Habría de pasar otro año antes de que pudiera encontrarme finalmente con Juan Martín. Llegó a Noruega con el corazón en hilachas, asustado y deprimido, pero el Consejo Noruego para Refugiados, que existía desde el final de la Segunda Guerra Mundial, estaba allí para ayudarlo. Un representante lo esperaba en la puerta del avión y lo condujo al pequeño estudio que le habían asignado en el centro de Oslo, equipado con lo necesario para una estadía cómoda, incluida ropa abrigada de su talla, porque había salido del hemisferio sur en verano y allí era invierno cerrado. El Consejo, y en particular ese buen hombre, sería su salvavidas en los primeros meses, cuando le facilitaron dinero para el gasto diario, lo guiaron en la burocracia de conseguir visa de residente e identificación con su nombre verdadero, le enseñaron a moverse en la ciudad y las normas de convivencia, lo pusieron en contacto con otros refugiados latinoamericanos y lo inscribieron en clases para que aprendiera el idioma. Incluso le ofrecieron terapia psicológica, como la que recibían otros inmigrantes para adaptarse en sus nuevas circunstancias y superar el pasado, pero Juan Martín les explicó que él había escapado a tiempo y no se sentía traumatizado. Más que terapia, necesitaba trabajar, no podía estar ocioso viviendo de caridad.

Fui a Noruega a visitarlo, acompañada por Etelvina y por ti, Camilo; tenías seis años y no creo que te acuerdes. En el largo tiempo que llevaba sin verlo mi hijo había cambiado tanto que si él no se acerca en el aeropuerto habríamos pasado de largo sin reconocerlo. Lo recordaba flaco, desgarbado y peludo, y me encontré con un hombre macizo, con lentes y calvicie prematura. Tenía veintiocho años, pero se veía de cuarenta. Me sentí perdida ante ese extraño, y durante un minuto, que pareció un siglo, no atiné a moverme, pero él me atrajo en un abrazo inmenso, enterrándome en la lana áspera de su suéter, y entonces volvimos a ser los mismos de siempre, madre, hijo, amigos.

Juan Martín ya no vivía en el pequeño estudio del principio, se había mudado a un apartamento modesto en las afueras de la ciudad y estaba empleado por el Consejo Noruego para Refugiados como traductor y anfitrión. Ahora le tocaba a él ayudar a otros refugiados, especialmente aquellos provenientes de América Latina, tal como lo habían ayudado a él; tenía la ventaja de compartir con ellos el idioma y una historia común.

Mi hijo tomó una semana de vacaciones para llevarnos a hacer turismo y mostrarme el país, al cual yo habría de volver muchas veces en los años siguientes. En cada viaje comprobé los cambios en la existencia de mi hijo: cómo aprendió a hablar noruego con un terrible acento, cómo se fue adaptando y haciendo amigos, cómo un día me presentó a Ulla, la joven que se convertiría en mi nuera y madre de dos de mis nietos. Por la descripción que tengo de Vania Halperin, creo que el segundo amor de Juan Martín es lo opuesto al primero. En ese tiempo, Ulla era una muchacha bronceada por el sol del verano y la nieve del invierno, deportiva, fuerte, alegre y sin ninguna de las complicaciones existenciales o políticas de Vania.

La distancia esfuma los contornos y el color de los recuerdos. Tengo cartas y fotografías de la familia que Juan Martín formó en Noruega; me llama por teléfono y ha venido a verme en los últimos años, cuando ya no tuve fuerzas para un viaje tan largo, pero al pensar en mi hijo no logro precisar sus facciones o su voz. Los años en el norte del mundo lo alejaron de esta tierra, y me parece tan forastero como Ulla y sus hijos. Está mucho mejor en la paz de su país de adopción que en el desorden de este. Dicen que la gente vive más feliz en Noruega que en ninguna otra parte del mundo. Me acostumbré a querer a Juan Martín y a su familia desde lejos, sin expectativas. En teoría, añoro las familias grandes como la de mis abuelos o mis padres, los obligatorios almuerzos dominicales en que se reunían todos en la casa grande de las camelias y la seguridad de vivir en una comunidad estrecha, pero como no pude tener nada de eso, en la práctica no me hace falta.

La demencia se fue apoderando de José Antonio. Tuvo una serie de leves ataques cerebrales, tenía el corazón débil, la presión muy alta y comienzos de sordera, qué sé yo, mil achaques que se fueron sumando y terminaron por despegarlo de la realidad. Los síntomas empezaron mucho antes del diagnóstico; primero se perdía en la calle y olvidaba qué había comido, después se perdía en el apartamento y olvidaba quién era.

—Eres José Antonio, mi marido —le repetía miss Taylor, y

le mostraba los álbumes de fotografías y le contaba su vida, enriquecida para mejorarle los recuerdos, pero era un esfuerzo inútil porque él retenía muy poco.

Le tomó miedo a Crispín, creía que podía devorarlo; el perro tenía aspecto amenazante, pero era manso como un conejo y había vivido con nosotros durante años. Lo más doloroso de su condición era el miedo. No sólo temía a Crispín, temía quedarse solo, que lo mandaran a un asilo de ancianos, que no le alcanzara el dinero, que ocurriera un incendio u otro terremoto, que pusieran veneno en la comida, morirse. Reconocía a miss Taylor, pero a veces preguntaba quién era yo y por qué venía todos los días a almorzar si no me habían invitado. Una vez salió desnudo, con sombrero y bastón; bajó al primer piso y se fue a paso largo por la calle. Lo trajeron de vuelta un par de vecinas de buena voluntad antes de que lo hiciera la policía.

—Iba al banco a sacar mi plata, para que no me la roben —fue su explicación.

Mientras miss Taylor y yo sufríamos al comprobar que la enfermedad estaba transformando a José Antonio en un desconocido, Etelvina y tú, Camilo, lo manejaban con naturalidad. Le respondían la misma pregunta cien veces, lo consolaban cuando se ponía a llorar sin razón, lo distraían de sus terrores. A ti también te reconocía, creía que eras su nieto y se enojaba cuando llegaba Julián Bravo con aires de ser tu abuelo legítimo.

Varios años después, Crispín también habría de sufrir demencia. Tú nunca has querido admitirlo, Camilo, pero así fue. Los animales también se ponen lunáticos. Igual que José Antonio, el perro se perdía en el apartamento, olvidaba que había comido, ladraba sin causa con la nariz contra la pared, se aterraba cuando pasaban la aspiradora porque creía que estaba temblando, y no me reconocía. Ese perro amable, que antes me daba la bienvenida con una coreografía, después me gruñía cada vez que yo entraba en la casa.

Mi hermano murió a los ochenta años, tras haber pasado más de cuatro en otra dimensión. En su última etapa no tuvo paz ni alegría, y muy rara vez volvimos a escuchar su risa sonora. Tampoco tuvo ternura, porque no podía recibirla; se enojaba con miss Taylor, rechazaba su cariño, a menudo la insultaba en términos que jamás había usado antes con nadie. Había sido alto y fornido, pero la mala salud lo redujo a un viejito flaco; gracias a eso podíamos dominarlo cuando se volvía agresivo y la emprendía a bastonazos contra quien se le pusiera por delante. Su mirada perdió brillo y luz, se volvió un niño malcriado. Su mujer lo soportaba con su flema británica; decía que no era el mismo hombre que la había perseguido durante décadas con la perseverancia de un enamorado invencible, y la había amado con la fidelidad del mejor de los maridos. Así quería recordarlo y no como el anciano furioso en que se convirtió.

La agonía de José Antonio fue dolorosa porque tenía terror de la muerte y se defendió contra ella durante largas semanas. Todos sufrimos en esos días en que luchaba por respirar, con un gorgoriteo ronco en el pecho, debatiéndose, quejándose y clamando mientras tuvo voz. Fue un alivio cuando por fin, agotado, se entregó, pero al verlo duro y frío, de ese color amarillento de los muertos, me golpeó como un tifón el recuerdo de lo que había significado en mi vida y cuánto le debía. Tuve muy poco contacto con cuatro de mis hermanos, que fallecieron hace ya varios años, pero José Antonio fue el árbol grande que me dio protección y sombra desde que nací; él se hizo cargo de mí desde aquella mañana remota en que descubrí a mi padre en la biblioteca.

Un año más tarde fue el turno de Josephine Taylor, que partió con sus buenos modales y discreción habituales. No deseaba molestar. Llevaba un tiempo luchando contra el cáncer, que según ella era la secuela de aquel tumor del tamaño de una naranja que tuvo anteriormente. Es poco probable, ya que la naranja fue extirpada en su juventud y enfermó de cáncer medio siglo después. Hubiera podido someterse a un ciclo de quimioterapia, pero decidió que sin José Antonio su vida carecía de propósito, y a los ochenta y seis años ya estaba cansada. Me parece verla como era en esos últimos días, una viejita de cuento de hadas, anticuada, deliciosa, sentada junto a la ventana con un libro en la falda, que ya no podía leer, y Crispín echado a los pies.

Sin duda recuerdas ese día vívidamente, Camilo, porque lo has revivido en pesadillas, cuando despertabas llorando, angustiado, y lo único que podías decir era el nombre de miss Taylor, como siempre la llamaste. Volviste del colegio desarrapado, greñudo y sudando, como siempre; tiraste el bolsón al suelo y chiflaste para llamar a Crispín, extrañado de que no hubiera acudido a saludarte. Lo buscaste, llamándolo. Etelvina y yo estábamos en la cocina, pendientes de la telenovela;

nos diste un beso de carrera y seguiste de largo a la sala. Era invierno, afuera estaba oscuro y teníamos la chimenea encendida. Allí, en la luz de las llamas y de una lámpara de mesa, viste a miss Taylor en su sillón. Crispín estaba a su lado, con su cabezota negra apoyada en la falda de ella, inmóvil. Entonces entendiste lo que había sucedido.

CUARTA PARTE

Renacer

(1983-2020)

21

Facunda me dio la noticia por teléfono antes de que apareciera en la prensa, perdida en un pie de página, para que pasara desapercibida. Ella se había enterado por sus familiares indígenas, que empleaban el mismo método desde la época de la conquista, hace quinientos años, de pasar la información de boca en boca, como una carrera de postas. La censura, tan eficiente y temida, no alcanzó a acallar el clamor. Era la primera vez que se hallaban los cuerpos de desaparecidos; a esos no los lanzaron al mar ni los dinamitaron en el desierto, los metieron en una cueva en un cerro y sellaron la entrada.

Un misionero y activista francés llamado Albert Benoît, que vivía en una población marginal donde la represión del gobierno era particularmente dura, se enteró de la existencia de la tumba colectiva en el secreto de la confesión. Era uno de esos curas disidentes que llevaban la cuenta de las víctimas de la represión, había sido detenido y torturado un par de veces y recibió orden del cardenal de no hacer bulla y mantenerse invisible, pero no la cumplió. A diferencia de la Iglesia católica de Argentina, la nuestra no colaboraba con la dictadura y mantenía un precario equilibrio entre denunciar los abusos y proteger a quienes desafiaban al régimen. Uno de los asesinos, un policía de la zona rural cercana a Nahuel que se había jubilado y vivía en la población, le contó a Benoît lo que había hecho, le indicó la ubicación de la cueva, en la ladera del cerro en una zona boscosa, y lo autorizó para comunicárselo a sus superiores.

Benoît quiso comprobar la veracidad de la confesión antes de acudir al cardenal, y viajó al sur. Con una mochila a la espalda, una brújula en el bolsillo y un pico atado a su bicicleta, se aventuró en la dirección que le habían indicado, evitando los controles policiales. Una vez que quedaron atrás los pueblos, dejó de preocuparse por el toque de queda, porque no había vigilancia. Siguió un sendero apenas visible, aparentemente abandonado hacía años, y cuando desapareció tragado por la vegetación, se orientó con la brújula y con ayuda de la oración.

Pronto el terreno lo obligó a dejar la bicicleta y siguió a pie, agradecido del verano, ya que habría sido difícil avanzar con lluvia. Durmió la primera noche a la intemperie y caminó buena parte del día siguiente antes de encontrar finalmente la entrada de la cueva, tapiada con tablones y rocas, como le había indicado su feligrés.

Empezaba a oscurecer y prefirió esperar hasta el otro día. Había calculado mal el tiempo que podía demorar en el trayecto, se habían terminado sus escasas provisiones y llevaba varias horas con hambre, pero un poco de ayuno le vendría bien, pensó. El terreno era irregular, verde y más verde, flora tupida y agua. Agua por todas partes, charcos, lagunas, riachuelos, cascadas que venían de las montañas, agua de lluvia y de nieve derretida. A diferencia de la selva tropical, que él había conocido en su juventud, cuando lo destinaron a la frontera de Venezuela con Brasil, esta era fría incluso en verano; en invierno solamente los baquianos expertos sabían transitarla.

El aire olía a humus, a las hojas fragantes de los árboles nativos, a los hongos que crecían adheridos a los troncos. De vez en cuando podía ver, en las alturas, colgando de las ramas, las flores rojas y blancas de las plantas trepadoras. Todo el día había escuchado la bulla tremenda de los pájaros, el grito del águila, el rumor de la vida animal en la vegetación, pero al caer la noche el mundo se calló.

Sintió un abismo de soledad en ese paisaje inhabitado, y rezó en voz alta: «Aquí estoy, Jesús, metiéndome en problemas de nuevo, porque si encuentro lo que busco tendré que desobedecer la orden de invisibilidad. Tú entiendes, ¿verdad? No me abandones en esta empresa, mira que te necesito más que nunca». Por fin se durmió en su saco, tiritando, hambriento, dolorido. No estaba acostumbrado al agotamiento físico, el único deporte que practicaba era el fútbol con los niños de la población, y cada músculo de su cuerpo clamaba por descanso.

Con la primera luz del amanecer bebió agua y masticó lentamente las últimas almendras que le quedaban; luego comenzó la tarea de mover las rocas, arrancar los arbustos y quitar los tablones que tapiaban la boca de la cueva, usando el pico como palanca. Al desprender el último obstáculo, un soplo de aliento fétido del interior lo obligó a retroceder. Se quitó la camiseta y se la amarró cubriéndose media cara. Invocó una vez más a Jesús, su amigo, y entró. Se encontró en un túnel angosto, pero con suficiente altura para avanzar agachado. Llevaba la linterna en la mano y la cámara fotográfica colgada en bandolera sobre el pecho. Le costaba respirar, con cada paso el aire era más denso y la pestilencia más intensa, le pareció que se adentraba en una cripta, pero siguió adelante porque el lugar era tal como se lo habían descrito. Pronto el túnel se abrió a una bóveda amplia, donde pudo ponerse de pie. Entonces el haz de la linterna iluminó los primeros huesos.

Los detalles de lo que te he contado, Camilo, no fueron publicados hasta varios años más tarde, cuando por fin la historia de Benoît salió a la luz. Nadie supo el nombre de ese hombre ni el papel que jugó, porque de haberse sabido su identidad habría pagado muy caro su atrevimiento. En su declaración judicial el cardenal se negó a responder a las preguntas que podían incriminarlo, protegido por el secreto de confesión. La verdad completa se conoció cuando recuperamos la democracia. Entonces Benoît escribió un recuento de lo ocurrido, hubo una exhibición de las fotografías que él tomó ese día y muchas más, algunas de los huesos en la Fiscalía y otras de los despojos expuestos en el cuartel, incluso hicieron una película.

Con las pruebas en la mano, el cardenal actuó tan hábilmente que el gobierno no alcanzó a impedírselo. Era consciente de que, además de su autoridad moral, estaba respaldado por dos mil años de ejercicio del poder terrenal. Una cosa era arrestar y a veces asesinar a curas y monjas, y otra mucho más grave hubiera sido para el gobierno enemistarse con la jerarquía de la Iglesia católica y el representante del Papa. En los años de la represión, el cardenal había aprendido a maniobrar con astucia para cumplir la misión que se había propuesto de ayudar a las víctimas, que sumaban varios miles. Para eso creó una vicaría especial y la instaló dentro de la catedral. Para investigar la cueva juntó en secreto a una delegación, que incluía a un diplomático de la nunciatura del Vaticano, a la directora de la Cruz Roja, a un observador de la Comisión de Derechos Humanos y a dos periodistas.

El cardenal ya no tenía edad para ir de excursión montaña arriba, pero viajó con su secretario hasta Nahuel, donde esperó a los otros, que habían salido separados de la capital para no llamar la atención. A pesar de las precauciones, la gente del pueblo se dio cuenta de que algo serio debía de ocurrir para que apareciera el cardenal por esos lados. Llegó con ropa deportiva, pero lo reconocieron; su rostro de viejo zorro era bien conocido.

La primera declaración a la prensa la hizo el cardenal desde Nahuel cuando regresaron sus emisarios de la cueva. Para entonces ya circulaba en susurros entre la gente de los alrededores la noticia de que habían encontrado restos humanos. Facunda me llamó a Sacramento.

—Dicen que son de los campesinos desaparecidos, los que se llevaron días después del golpe, ¿se acuerda?

La versión oficial fue que se trataba de un accidente, posiblemente turistas que perecieron asfixiados por gases venenosos dentro de la cueva; después lo atribuyeron a una venganza entre guerrilleros, o a delincuentes que se mataron entre ellos; finalmente, presionados por la opinión pública, por la Iglesia católica y por el hecho de que todas las calaveras presentaban un hueco de bala, lo atribuyeron a ejecuciones cometidas por uniformados que actuaron por iniciativa propia en el fragor de la batalla, ansiosos por salvar a la patria del comunismo, sin el conocimiento de sus superiores. Serían debidamente reprendidos, aseguraron, calculando que la gente tiene mala memoria y habría que darle tiempo al asunto para embrollar las pruebas.

Erigieron vallas y cercaron con alambre de púas la proximidad de la cueva para atajar a los que fueron llegando: periodistas, abogados, delegaciones internacionales, curiosos que nunca faltan, y después las silenciosas peregrinaciones de familiares de desaparecidos, algunos venidos de lejos, con las fotos de las víctimas. No pudieron despacharlos con los métodos habituales. Se instalaron en la ladera del cerro durante varios días con sus noches, hasta que se llevaron los restos. Las autoridades entraron en la cueva cubiertos de pies a cabeza, con mascarillas y guantes de goma, y retiraron treinta y dos bolsas de plástico negro, mientras afuera los peregrinos cantaban las canciones revolucionarias que no se habían escuchado en varios años, pero no habían sido olvidadas. Necesitaban dar clausura a la incertidumbre; llevaban años buscando a sus desaparecidos, esperando que siguieran con vida y un día regresaran a sus hogares. Entre ellos estaba Facunda, torcida por la artritis, pero tan fuerte como siempre, acampando junto a los demás.

En vista de que el bullicio no se acalló en pocos días, como se esperaba, el gobierno ordenó una investigación y, finalmente, varias semanas más tarde, permitieron a los familiares de las presuntas víctimas participar en la identificación. Fue una manera de darles la clausura que reclamaban, porque en realidad el peritaje forense había determinado exactamente a quiénes correspondían los huesos de la cueva, pero el informe fue sellado hasta nueva orden.

Facunda me avisó y tomé el tren a Nahuel para acudir con ella al cuartel. El otoño ya se notaba en el color de la naturaleza y el aire frío y húmedo; pronto caerían las lluvias. Habían citado a las familias de los campesinos de la zona detenidos y desaparecidos en los primeros días del golpe militar, entre ellos cuatro hermanos, el menor de quince años, que habían sido inquilinos en el fundo de los Moreau. Por allí todos se conocían, Camilo, no es como ahora, que la agricultura está industrializada, la tierra pertenece a corporaciones y los campesinos han sido reemplazados por trabajadores de temporada, errantes, sin raíces. Entonces la gente de los alrededores estaba emparentada, habían nacido y crecido por esos lados, habían ido juntos a la escuela primaria, habían jugado al fútbol de chicos, se habían enamorado y casado entre ellos. Había poca población porque muchos jóvenes se iban a las ciudades en busca de oportunidades, así es que cualquier ausencia se notaba. Esos hombres que desaparecieron eran parte de una red de relaciones, tenían un rostro, un nombre, una familia y amigos que los echaban de menos.

Esperamos casi dos horas en fila en la calle; éramos unas veintitantas mujeres y algunos niños prendidos de las faldas de sus madres. La mayoría se conocía, eran parientes o amigas; casi todas tenían los rasgos indígenas del mestizaje, tan común en esa región. El trabajo duro y la pobreza las habían marcado; la angustia de muchos años les daba una pátina trágica. Vestían con modestia la ropa descolorida de segunda mano que traían de Estados Unidos y vendían en el mercado de las pulgas. Algunas, las de más edad, y una que estaba embarazada, se sentaron en el suelo, pero Facunda se mantuvo de pie, lo más erguida que la artritis le permitió, vestida enteramente de negro por el duelo anticipado, con una expresión pétrea que no era de pena, sino de rabia. Con nosotras había dos abogados de derechos humanos enviados por el cardenal y una periodista con un camarógrafo de televisión.

Me sentí avergonzada con mis vaqueros americanos, botas de gamuza y bolso de Gucci, más alta y blanca que las demás, pero ninguna de esas mujeres dio muestras de haberse fijado en mi facha de burguesa con plata; me aceptaron como una más, unidas por el mismo pesar. Me preguntaron a quién buscaba, y antes de que alcanzara a responder, Facunda intervino.

—Su hermano, busca a su hermano —dijo.

Y entonces me di cuenta de que en verdad Apolonio Toro era como mi hermano. Tenía más o menos la edad de José Antonio y había estado en mi vida desde que podía recordar. Recé en silencio pidiendo al cielo que allí no hubiera prueba alguna de que lo habían asesinado, porque en ese caso era preferible la duda que la certeza. Soñaba con que Torito llevaba una existencia de ermitaño en los resquicios de las montañas, adecuada a su carácter y a su conocimiento de la naturaleza. No quería comprobar su muerte.

Salió un oficial a ladrar las instrucciones: disponíamos de media hora, las fotografías estaban prohibidas, no se podía tocar nada, debíamos fijarnos bien porque no nos darían otra oportunidad, debíamos entregar la cédula de identidad, que sería devuelta a la salida. Los abogados y los periodistas tendrían que permanecer afuera. Entramos.

Bajo una carpa, en el centro del patio del cuartel, había dos mesones largos y angostos vigilados por guardias. No vimos huesos, como suponíamos, sino pedazos de ropa en hilachas, carcomida por el tiempo, zapatos, chancletas, una libreta, billeteras, todo numerado. Desfilamos lentamente frente a esos tristes despojos. Las mujeres, llorando, se detenían ante un chaleco de lana, un cinturón, una gorra, y decían «esto es de mi hermano», «esto es de mi marido», «esto es de mi hijo».

Al final del segundo mesón, cuando casi habíamos perdido la esperanza, Facunda y yo encontramos la prueba que no deseábamos.

—Esto es de Torito —murmuró Facunda, y un sollozo le quebró la voz.

Lo había buscado y esperado muchos años. Allí estaba la cruz de madera que yo tallé para el primer cumpleaños que le celebramos a Apolonio Toro, cuando mi madre, mis tías y los Rivas estaban vivos, cuando Facunda era joven y yo era una niña. Estaba colgada de una tira de cuero, la madera pulida por el uso y los años, pero todavía se leía claramente mi nombre, Violeta. Por el otro debía de estar el de Torito. El llanto convulsivo me dobló como una patada en el estómago, y sentí los brazos de Facunda sosteniéndome. En eso sonó un silbato y nos ordenaron salir de la carpa. Sin vacilar, cegada por las lágrimas, cogí en un impulso la cruz y me la escondí en el escote.

Esa cruz es mágica, Camilo. Nada de lo que tengo te interesa, ya lo sé, pero cuando me muera quiero que te quedes con la cruz, te la cuelgues al cuello en vez de la que llevas y la uses siempre, para que te proteja como me ha protegido a mí. Por eso la llevo siempre puesta. Está cargada con la lealtad, la inocencia y la fortaleza de Apolonio Toro, que la llevó sobre el pecho durante muchos años y murió para salvar a tu tío Juan Martín. Torito ha sido mi ángel y va a ser también el tuyo. Prométemelo, Camilo.

Hay encrucijadas en el destino que no podemos reconocer en el momento en que se presentan, pero si se vive tan largo como he vivido yo se pueden ver con nitidez. Allí donde se cruzan o bifurcan los caminos debemos decidir la dirección que vamos a tomar. Esa decisión puede determinar el curso del resto de nuestra vida. Así me ocurrió ese día cuando recuperé la cruz de Torito, ahora lo sé. Hasta entonces había existido cómodamente sin cuestionar el mundo donde me tocó nacer; mi único propósito indiscutible había sido criar al niño que Nieves dejó huérfano.

Esa noche, al desvestirme, vi la marca que la tosca cruz de madera me había dejado, apretada por el sostén contra el pecho, y volví a llorar largamente por Torito, por Facunda, que tanto lo quería, por las otras mujeres que encontraron a sus muertos, por mí. Pensé en mi casa, en las cuentas de los bancos, en las inversiones en propiedades, en el montón de antigüedades y otras tonterías adquiridas en remates, en las amistades de mi clase social, en mis infinitos privilegios, y me sentí agobiada, como si arrastrara una carreta cargada con todo eso y con el peso del tiempo malgastado. No imaginé que esa noche sería el comienzo de mi segunda vida.

22

Los nombres de las víctimas de la cueva no se divulgaron oficialmente durante varios meses, y la prensa no se atrevió a desafiar a la censura y publicarlos, aunque ya se conocían porque las mujeres los habíamos identificado en aquel cuartel. La estrategia del gobierno consistía en controlar esa información el mayor tiempo posible, alegando razones de seguridad, así se evitaba el bochorno de las familias reclamando los huesos para enterrarlos con dignidad. Al retirar los restos de la cueva, los metieron mezclados en las bolsas, y la tarea de recomponer cada esqueleto resultaba muy engorrosa. Lo mejor hubiera sido tirarlos a una fosa común y olvidarlos para siempre, pero era tarde para eso.

Supongo que Facunda les contó de Torito a su familia y a algunas amistades, pero yo sólo pude comentarlo con Etelvina y miss Taylor, que todavía vivía, las únicas que recordaban a ese gigante querido, y, por carta, a Juan Martín, que llevaba años preguntándose qué había pasado con el hombre que lo ayudó a cruzar la frontera y luego no se supo más de él. Por eso me sonó una campana de alerta cuando Julián Bravo lo mencionó.

Llegó a la capital de paso en uno de sus viajes apresurados

por asuntos de negocios, como describía sus actividades, incluido el lavado de dinero y el transporte de mercancía ilegal. Por costumbre pasó a vernos y se quedó a cenar, porque Etelvina había preparado pato con cerezas, su plato favorito. Seguía siendo el hombre guapo y atlético de antes, el seductor alegre y seguro de sí mismo.

—¿Me has echado de menos? —se rio.

—Para nada. ¿Cómo está Anushka?

Anushka era una modelo eternamente lánguida, porque no comía, pobre mujer, vivía hambrienta. A ella también le prometió matrimonio, como a Zoraida, y la tuvo engañada durante años.

—Aburrida. Y tú, Violeta, ¿en qué has andado últimamente?

—Estuve en Nahuel…

—¡Ah! Por el asunto de los muertos en la cueva, supongo.

—¿Cómo sabes de eso si ni siquiera vives en este país? Encontraron los restos de quince hombres desaparecidos. Los detuvo la policía en los días del golpe militar, los asesinaron y escondieron los cuerpos.

—No es la primera vez ni será la última —comentó, examinando la etiqueta de la botella de vino.

—En el cuartel exhibieron pedazos de ropa y otras cosas de la cueva. Fui con Facunda…

—¿Encontraron algo de Torito? —me preguntó distraídamente, llenando su copa.

Fue exactamente en ese momento, sentada a la mesa ante una fuente de pato con salsa de cerezas y una botella de cabernet sauvignon, que por fin calzaron los pedazos sueltos del rompecabezas que era Julián Bravo. Por años y años tuve señales, indicios, evidencias, pero no quise ver lo obvio porque significaba admitir mi propia complicidad. Recordé a mi pobre hija, su trágica vida, las drogas, la miseria, la prostitución, Joe Santoro muerto de un tiro en la nuca, el temor que ella le tenía a su padre, similar al que Juan Martín también sentía. Recordé también mi propio miedo, los golpes y humillaciones del pasado, los tipos patibularios de la mafia, los agentes de la CIA, los fajos de billetes y las armas, su conexión con la dictadura. ¿Cómo pude dejar pasar todo eso?

Julián conocía la suerte que corrió Torito, lo supo siempre, tal como supo que Juan Martín había encontrado refugio en Argentina y me lo ocultó durante más de cuatro años. No puedo probar que fuera culpable de la muerte de Torito, pero es posible que lo denunciara para deshacerse de él una vez que puso a Juan Martín a salvo. Era preferible que no hubiera testigos. En cualquier caso, sabía que sus restos estaban en la cueva y sabía también que allí había otros cuerpos.

En esos días Juan Martín me había enviado la traducción al inglés de un extenso reportaje sobre la Colonia Esperanza, que salió publicado en Alemania y se reprodujo en Europa.

—Mi papá hace vuelos especiales para esta gente, ¿verdad? —me preguntó.

De acuerdo con ese reportaje, no era la comunidad agrícola paradisíaca que suponíamos, sino un recinto hermético de inmigrantes que llegaron tras una utopía y terminaron controlados por un psicópata que imponía disciplina bestial a las doscientas y tantas personas de su feudo, muchos de ellos niños y adolescentes. Nadie entraba ni salía sin autorización, los colonos recibían entrenamiento paramilitar y soportaban castigo físico y abuso sexual. Uno de ellos, que escapó de alguna manera y logró salir del país para declarar en Alemania, contó que desde el golpe militar la colonia era un centro de tortura y exterminio de disidentes del gobierno. Nada de esto se conocía en nuestro país, la censura se encargó de evitarlo.

Para el transporte de prisioneros de la dictadura, la colonia contaba con una pista de aterrizaje para avionetas privadas y helicópteros militares. La relación de Julián con la Colonia Esperanza se me reveló con indiscutible certeza, y entendí la causa de que estuviera tan bien informado y conectado: la Operación Cóndor, su colaboración con la CIA y con la dictadura.

—Mi papá es capaz de cualquier cosa —decían mis hijos.

El lema de Julián Bravo era que el fin justifica los medios. Había empleado los medios más dudosos para obtener sus fines con total impunidad. Él mismo se declaraba invulnerable, invencible, libre de las limitaciones de otros mortales; obedecía sólo las normas que le convenían porque las leyes las hacen los poderosos para controlar a los demás. Había llegado el momento de que yo aplicara su axioma: su fin justificó mis medios.

Al día siguiente de esa cena reveladora tomé el avión a Miami para hablar con Zoraida Abreu antes de que Julián regresara. Habíamos estado siempre en contacto esporádico y sabía que el amor que ella había sentido por él se le había ido desgastando. Como en ocasiones anteriores, la esperé en el bar del hotel Fontainebleau, que había adquirido nueva vida después de ser remodelado. Zoraida tenía poco más de cuarenta años y seguía siendo la dorada reina del Ron Boricua, con las mismas caderas desafiantes, piernas de corista y senos frutales. Llegó vestida con una solera amarilla de verano más apropiada para la playa. Nos abrazamos con ese afecto que nace del desencanto compartido; ella también había perdido la ilusión que alguna vez le inspirara Julián. Se quitó los lentes ahumados y le noté la edad en la cara; la cirugía plástica le había estirado la piel sin quitarle la expresión de fatiga.

Nos pusimos al día de la vida de cada una. La de ella seguía siendo más o menos la misma de antes en su papel de secretaria, contadora, ama de llaves, amante y confidente de Julián Bravo. Había cedido a la presión de ligarse las trompas, tal como hice yo, porque él quería asegurarse de que no traería hijos suyos al mundo. Zoraida habría de lamentar siempre haber renunciado a la maternidad por amor a ese hombre. Cuando me lo contó, me pregunté a cuántas mujeres Julián les habría exigido lo mismo para evitarse la molestia de usar un preservativo.

—Soy su empleada de todo servicio —me dijo Zoraida en tono amargo.

—Te paga bien…

—El dinero no compensa el abuso. No tengo más vida que él, es celoso. No me permitió tener hijos y ya no me quiere, ni siquiera se acuesta conmigo.

—Podrías dejarlo.

—Jamás lo permitiría, me necesita demasiado.

—¿Por qué sigues con él? —insistí.

—Un día se casará conmigo, aunque sea para que yo lo cuide en la vejez.

—¿Le tienes miedo?

—Antes le tenía miedo, pero ya no. Ahora quiero castigarlo, estoy harta —me dijo.

—Por eso vine, Zoraida —y le conté de Anushka, que según Julián era la mujer más cara de su vida.

Anushka resultó más lista que Zoraida y yo. Lo convenció de que era estéril, y a su debido tiempo lo sorprendió con un embarazo; se lo anunció cuando ya era tarde para un aborto. Era el fin de su carrera de modelo, dijo, aunque en realidad había cumplido treinta y cinco años y ya no era fácil conseguir trabajo. Julián se negó a casarse y nunca vivió con ella, pero la mantenía generosamente a ella y a la niña que tuvieron. Zoraida había soportado las múltiples traiciones de Julián, amoríos sin gloria ni permanencia, pero no imaginaba que durante años hubiera tenido una amante y una hija. Dedujo de inmediato que si él no se había casado con la madre de esa niña tampoco lo haría con ella. No comprendía cómo Julián pudo ocultárselo durante tanto tiempo ni cómo mantenía a esa mujer sin que se reflejara en sus finanzas. Los gastos no aparecían en ninguna parte. Ella llevaba la contabilidad oficial y la otra, la que nadie más que ella veía, la contabilidad secreta de las transacciones ilegales. Se ufanaba de que ni un dólar pasaba por las manos de Julián sin que ella lo supiera, pero acababa de descubrir que existía una tercera contabilidad a sus espaldas. Tal vez no era la única, podía haber otras. Le dolió más el engaño del dinero que el despecho de la infidelidad. Me preguntó si tenía una foto de Anushka y le mostré varias que había recortado de una revista de moda de hacía unos cinco años. Zoraida las examinó con la atención de un entomólogo.

—Esta tipa sufre de anorexia —fue su comentario.

Al despedirnos, me aseguró que Julián iba a maldecir el día en que la conoció.

La venganza de Zoraida Abreu fue rápida y drástica. Había servido con lealtad y paciencia a Julián Bravo durante dieciséis años, amándolo, a pesar de todo, con el entusiasmo de su corazón apasionado. La misma pasión le sirvió para hundirlo, tal como supuse que ocurriría cuando fui hasta Miami a reclutarla. La reina de belleza era demasiado inteligente para ceder al impulso de contratar a un matón, provocar un accidente o envenenar a Julián, como en las novelas y como yo fantaseaba a veces. El plan que elaboró en menos dos horas, con tres martinis en el cuerpo, era mucho más sofisticado.

Mientras yo volaba de vuelta a mi casa, barajando la culpa de lo que había desencadenado con la satisfacción de haber hecho justicia, Zoraida Abreu llamó por teléfono a su primer amor, un abogado a quien dejó plantado con el anillo de bodas cuando conoció a Julián. El hombre estaba casado y tenía tres hijos, pero al recibir la llamada de Zoraida se puso a sus órdenes sin vacilar. Nadie podía olvidar a una mujer como esa. Juntos elaboraron la estrategia que ella había discutido conmigo.

Zoraida se protegió con el anonimato, mientras él la representaba ante el agente especial a cargo de investigación criminal de la Oficina de Impuestos Internos, para denunciar a Julián Bravo por conspiración de fraude y evasión de impuestos. Para probar la credibilidad de su cliente y conseguirle inmunidad, el abogado contaba con la evidencia que hubiera tomado años conseguir de otra manera: los libros de la contabilidad secreta, los nombres de las corporaciones fraudulentas en Panamá y Bermudas, los números de las cuentas bancarias en Suiza y otros países, las combinaciones de las cajas fuertes con dinero en efectivo, drogas y documentos, los contactos con el crimen organizado. Solamente en impuestos atrasados de los últimos cinco años el caso valía varios millones, como le explicó el agente especial al fiscal federal correspondiente.

Zoraida también facilitó información sobre el tráfico de narcóticos en el avión de Julián Bravo, lo que sirvió para arrestarlo, mantenerlo encerrado e impedir que escapara de Estados Unidos. La investigación, que en circunstancias normales demoraría dos o tres años, tomó solamente once meses gracias a las pruebas entregadas por el abogado de Zoraida.

Desconozco los detalles legales, que poco importan. Han pasado treinta y cinco años desde entonces y creo que la única que todavía saborea esa deliciosa venganza es Zoraida Abreu. Me parece verla convertida en una mujer madura, satisfecha y bella, recordando en el bar de algún hotel de lujo con la aceituna del martini entre los dientes. Espero que haya tenido una buena vida.

Julián pagó la multa y los impuestos que debía, con intereses, y contrató a una firma de abogados, conocida por defender a criminales, que logró reducir su sentencia a cuatro años en una prisión federal de poca seguridad para delincuentes de cuello blanco. Merecía una pena mucho mayor, pero no fue juzgado por sus pecados capitales, sólo por algunos de sus pecados veniales.

En esos años perdió la confianza de sus antiguos clientes, quienes lo último que deseaban eran problemas con la ley, y creo que hasta los agentes americanos lo abandonaron, pero había hecho mucho dinero y gran parte estaba a salvo. Salió de la prisión delgado, fuerte y saludable, porque pasó el aburrimiento en el gimnasio, y casi tan rico como antes. Un día llegó a verme como si nos hubiéramos visto la semana anterior. Para entonces yo me había mudado a otro barrio, pero le fue fácil ubicarme. Venía a contarme que se había retirado de los negocios y se había comprado una hacienda en la Patagonia argentina para pasar su vejez criando ovejas y caballos finos, y prefería hacerlo en buena compañía.

—Los dos estamos bastante mayores y solteros, nos deberíamos casar, Violeta —me propuso.

Comprendí que no sospechaba mi participación en el desastre que había sufrido en Miami.

—Casémonos. A Camilo le gustaría la Patagonia —insistió.

Rehusé su oferta, como lo había hecho siempre, y le pregunté de nuevo por Anushka. Me contó que se había casado con un industrial brasileño después de confesarle que él no era el padre de la niña a quien había mantenido durante varios años.

23

Permíteme contarte un poco de Roy Cooper, el componedor de entuertos con pinta de boxeador de los barrios bajos a quien tanto quise, el hombre que figura como tu padre en tu certificado de nacimiento. Lo conociste, pero tal vez no te acuerdas de él porque eras muy chico cuando fuimos los tres a Disney World, creo que tenías siete u ocho años. Es la única vez que lo viste, pero él y yo nos mantuvimos siempre en contacto. Nos íbamos de vacaciones una o dos veces al año, cuando podía dejarte con Etelvina o en la granja con Facunda.

Roy se había trasladado a Los Ángeles, donde seguía practicando su oficio. Le sobraban casos, era la ciudad ideal para un hombre como él, que se movía con fluidez de anguila entre pecadores de diversa índole, felones y delincuentes, policías corruptos y periodistas curiosos. Me maravillaba que pudiera vivir en ese ambiente y mantener suficiente frescura y generosidad para amarme sin pedir nunca nada, ni siquiera ser amado en la misma medida, y para hacer lo que hizo por Nieves y por ti.

Es poco delicado que te mencione a mis amantes, ya que eres mi nieto y eres cura, pero Roy fue una excepción. A Julián no lo incluyo en la categoría de amante, porque es el padre de mis hijos, aunque nunca nos casamos. Roy era de pocas palabras, con un sentido del humor chabacano y una cultura de la calle, lo único que leía eran las páginas deportivas de los periódicos y novelas policiales en ediciones de bolsillo. Olía a cigarrillo y una colonia dulzona, tenía manos ásperas de albañil, sus modales en la mesa me chocaban y parecía vestirse con ropa de segunda mano, porque le quedaba estrecha y era terriblemente pasada de moda. En resumen, tenía pinta de guardaespaldas de algún criminal.

Nadie habría imaginado que ese hombre fuera delicado de sentimientos y, a su manera, muy galante. Me trataba con una mezcla de respeto, ternura y deseo. Sí, Camilo, me deseaba con tal constancia que a su lado se me borraban los años y los malos recuerdos, y volvía a ser joven y sensual. Nadie me hizo sentir tan bella y celebrada como él. Nos amábamos livianamente, con risa y sin imaginación, lo opuesto de la pasión carnal que conocí con Julián Bravo, una carrera de acrobacias en la que a menudo salía machucada. Con Roy repetíamos la misma rutina, tranquilos en la certeza de que gozábamos por igual, y después descansábamos abrazados, cómodos y satisfechos. Hablábamos poco, no importaba el pasado ni existía el futuro. Él sabía de Julián Bravo y sospechaba las razones por las que dejé de amarlo, pero evitaba hacerme preguntas; para él sólo contaba el tiempo que podíamos compartir. Yo tampoco indagaba. Nunca supe si tenía familia, si alguna vez estuvo casado o qué hacía antes de dedicarse a su extraña ocupación.

Roy tenía una modesta casa rodante, y en ella nos íbamos a recorrer por dos o tres semanas diferentes partes del país, especialmente los parques nacionales. Ese carromato no era de los más modernos ni lujosos, pero cumplía su función sin fallar jamás. Consistía en una salita con una mesa de usos múltiples, una cocina básica, un baño tan angosto que si se me caía el jabón no podía agacharme a recogerlo, y al fondo una cama separada del resto por una puerta corrediza. Contaba con un depósito de agua en el techo, electricidad cuando podíamos enchufarnos en un campamento y un retrete químico. El espacio nos resultaba suficiente, salvo si llovía durante varios días y debíamos permanecer encerrados, pero eso era poco frecuente.

Estados Unidos es todo un universo, contiene varias naciones dentro de su territorio, y todos los paisajes. Roy y yo viajábamos con calma y sin un itinerario fijo, íbamos a donde nos llevara la intuición del momento. Así fuimos desde el Valle de la Muerte en California, donde los fantasmas de quienes perecieron en el desierto paseaban en un calor de 52 °C, hasta un glaciar en Alaska, donde anduvimos en un trineo tirado por doce perros. Nos deteníamos por el camino en cualquier parte. Dábamos largas caminatas, nos bañábamos en ríos y lagos, pescábamos, cocinábamos al aire libre.

Recuerdo como si fuera ayer la última noche que dormimos juntos en la casa rodante. Yo tenía sesenta y cuatro años y me sentía de treinta. Habíamos tenido una semana magnífica en el parque de Yosemite, a comienzos del otoño, cuando hay menos turistas y el paisaje cambia mágicamente y los árboles adquieren colores vibrantes, rojo, naranja y amarillo. Como todas las tardes, asamos la cena en la barbacoa, un pescado fresco y verduras. De pronto apareció un oso a poca distancia, un animal enorme y oscuro que avanzaba bamboleándose hacia nosotros, tan cercano que oíamos el resoplido de su respiración y podría jurar que hasta podíamos oler su aliento. Nos habían dado instrucciones para esa emergencia, pero en aquel instante de pánico se me borraron de la mente. Nos habían dicho que permaneciéramos inmóviles, no gritáramos ni lo miráramos a los ojos, pero yo me puse a dar alaridos y saltos de terror.

El oso se levantó en dos patas, alzó los brazos al cielo y me respondió con un tremendo gruñido gutural que quedó reverberando como un largo eco. Roy no esperó. Me cogió de la chamarra y me arrastró prácticamente en vilo al tráiler. Alcanzamos a entrar y cerrar la puerta en las narices del oso, que arremetió contra el vehículo y lo sacudió unas cuantas veces, furioso, antes de dirigir su atención a la comida que estábamos preparando. Una vez satisfecha el hambre con nuestra cena y la bolsa de basura, se sentó a observar la caída de la noche con la paz de un budista.

Esa noche no nos asomamos afuera y cenamos frijoles en lata. A alguna hora el oso se marchó, y en la mañana recogimos nuestras cosas deprisa y nos fuimos. Creo que muy pocas veces he tenido tanto miedo. Desde entonces he ido varias veces al zoológico a observar a los osos; de lejos son bellos.

En esas vacaciones me llamó la atención que a Roy le colgaba la ropa; había perdido peso, pero como tenía la misma energía y entusiasmo de siempre, no le di importancia. Al día siguiente nos despedimos en el aeropuerto de Los Ángeles. Al abrazarnos noté que estaba emocionado y se le aguaban los ojos, lo que nunca antes había sucedido y no correspondía a la imagen de macho fuerte que él proyectaba.

—Dale saludos a mi hijo Camilo —dijo, secándose una lágrima de un manotazo.

Siempre preguntaba por ti y me recordaba la broma de haberte inscrito como hijo suyo.

No sospeché ese día que no volveríamos a dormir juntos nunca más. Roy murió de cáncer un año más tarde. Me ocultó su enfermedad porque quería que lo recordara sano, enamorado y vital, pero Rita Linares me avisó.

—Está solo, Violeta, nadie ha acudido a verlo, parece que no tiene familia y no me permitió llamar a ninguno de sus amigos. Cuando ya no pudo soportar el dolor, aceptó venirse conmigo. Somos amigos desde la escuela, ha estado presente en mi vida desde que llegué a este país, cuando era una chiquilla inmigrante que apenas hablaba inglés; siempre me ha ayudado cuando lo he necesitado, es como mi hermano —me dijo, llorando.

Volé de inmediato a Los Ángeles con la esperanza de que todavía estuviera en la casa de Rita, pero ya se lo habían llevado al hospital. Era el mismo hospital donde tú naciste y donde vi a Nieves por última vez, con los mismos pasillos anchos, las luces fluorescentes, los pisos de linóleo, el olor a desinfectante y la capilla de los vitrales. Roy estaba conectado a un respirador, todavía consciente. No podía hablar, pero pude ver en sus ojos que me reconocía, y quiero pensar que mi presencia fue un consuelo para él.

—Te quiero, Roy, te quiero tanto, tanto… —le repetí mil veces.

Al día siguiente murió, tomado de mi mano y la de Rita.

Creciste tan deprisa, Camilo, que una noche viniste a mi pieza a darme las buenas noches y me sobresaltó la presencia de un joven desconocido. Venías con el uniforme escolar de los viernes, es decir, con el sudor y la mugre del resto de la semana, un escobillón de pelos en la cabeza y una expresión exaltada. Habías perdido la bicicleta y corrido veintitantas cuadras para llegar antes del toque de queda.

—¿Dónde andabas? Son casi las diez de la noche, Camilo.

—Protestando.

—¿Contra qué, se puede saber?

—Contra los milicos pues, contra qué otra cosa va a ser.

—¡Estás loco! ¡Te lo prohíbo!

—Me parece que no tienes autoridad moral para prohibírmelo —me dijiste, y me guiñaste un ojo con esa picardía socarrona que siempre ha logrado desarmarme.

Era cierto que me habían colocado un tornillo en la clavícula por ir a meterme en una protesta, pero fue por mala suerte. En ese tiempo yo todavía no me arriesgaba, simplemente iba pasando por la calle, me arrolló la multitud y no pude escapar. La policía arremetió contra los manifestantes a palos, gases lacrimógenos y chorros a presión de agua inmunda. Uno de esos chorros me lanzó contra la pared de un edificio. Combatí el dolor de los tres primeros días después de la operación con unos poderosos analgésicos y marihuana, pero ya llevaba un mes con el brazo en cabestrillo y me fallaba la paciencia. Esa noche tuve mi primer atisbo de lo que iba a ser mi martirio en los cuatro años más que habría de durar la dictadura. Si andabas dando guerra a los catorce años, no ibas a llegar a la mayoría de edad; los milicos se encargarían de impedírtelo. Sufriendo por ti me llené de canas, chiquillo jodido.

Ya no vivíamos en el antiguo apartamento frente al Parque Japonés, que ahora se llamaba Parque de la Patria, porque después de que murieron José Antonio y miss Taylor nos quedó grande y, además, ya no correspondía a mi nuevo estado de ánimo. Nos fuimos los cuatro, Etelvina, Crispín, tú y yo a esa casita que se cayó en un terremoto, ¿te acuerdas? Quedaba lejos del centro y de la Escuela Militar, donde ocurrían la mayoría de los disturbios. El cambio de casa fue un paso más en el camino de ir desprendiéndome de las chucherías que antes me parecían indispensables y después me agobiaban. Eliminé los muebles macizos, las alfombras persas, la profusión de adornos y me quedé sólo con los enseres domésticos esenciales. Una vez que Etelvina escogió lo que deseaba guardar para cuando decidiera vivir en su propio apartamento, que por el momento estaba alquilado y le daba renta, llamé a la manada de sobrinos y sobrinas, con quienes en realidad tenía muy poco contacto, para que se llevaran lo que quisieran; en menos de dos días desapareció casi todo. Nos mudamos con lo mínimo, ante el desconcierto de Etelvina, que no entendía el capricho de vivir como gente de medio pelo si podíamos vivir como ricos.

Es difícil hacer dinero trabajando, como en mi juventud. Mientras más duro es el trabajo, peor se paga. Mucho más fácil es enriquecerse sin producir nada, moviendo dinero de un sitio a otro, especulando, aprovechando oportunidades de la Bolsa, invirtiendo en el esfuerzo de otros. También es fácil perder todo y quedarse en la calle cuando se vive del trabajo cotidiano, pero resulta difícil gastar una fortuna, porque el dinero atrae más dinero, que se multiplica en la misteriosa dimensión de las cuentas bancarias y las inversiones. Alcancé a acumular mucho antes de que se me ocurriera cómo gastarlo.

Primero fueron las mujeres que conocí el día en que fuimos a identificar los despojos de la cueva. Digna, Rosario, Gladys, María, Malva, Dionisia y varias más, y en especial Sonia, la madre de los cuatro hermanos Navarro, baja, fornida, firme como un roble, y que tuvo ese día la evidencia de que sus hijos habían sido asesinados, como había sospechado durante muchos años, pero en vez de hundirse en el duelo se puso al frente de las otras para exigir que les entregaran los huesos y castigaran a los culpables. Todas eran campesinas de la zona cercana a Nahuel, muchas de ellas conocidas de Facunda, pilares de sus familias, porque los hombres que quedaban estaban ausentes o entregados a la desesperación. Trabajaban de sol a sol desde niñas y seguirían haciéndolo hasta el final. Soñaban con que sus hijos o sus nietos terminaran la escuela, se prepararan en un oficio y tuvieran una vida más descansada que las de ellas.

Empecé a visitarlas una a una, casi siempre acompañada por Facunda. Me contaban de sus desaparecidos, de cómo habían sido cuando vivían, de cómo se los llevaron, de la eterna burocracia de buscarlos, de golpear puertas y mandar cartas y sentarse frente a los cuarteles a clamar por ellos, de ser echadas, silenciadas y amenazadas, de no cejar y seguir preguntando. Lloraban sin bulla, y a veces se reían. Me ofrecían té, tisanas de hierbas, mate. Café no tenían. Facunda me advirtió contra los regalos, que podían ser humillantes porque no podían retribuirlos. Les llevaba medicinas cuando las necesitaban, y zapatillas deportivas para los niños, eso lo aceptaban, y a su vez me daban huevos o una gallina.

Me fui integrando al grupo de a poco, con prudencia para no ofender. Me resigné a ser diferente a ellas sin disimularlo, porque habría sido inútil. Aprendí a escuchar sin tratar de resolver los problemas o dar consejo. Facunda tuvo la idea de hacer reuniones los viernes en la granja. Vivía con su hija Narcisa, convertida en una matrona gorda y autoritaria, y una nieta llamada Susana, de quien te hablaré más adelante. Hacía más de un año que había dejado de hornear porque no le daba el cuerpo para tanta faena, como decía, pero con la ayuda de Narcisa se esmeraba en preparar sus famosas tartas para las mujeres de los viernes. Yo asistía más o menos una vez al mes, porque el viaje desde la capital era muy largo.

En esa época me volví a conectar con Anton Kusanovic y conocí a su hija Mailén, una chiquilla de doce años, flaca, puros codos, rodillas y nariz, pero con la seriedad de un notario, que se presentó como feminista. Me acordé de Teresa Rivas, la única feminista que había conocido. Le pregunté qué significaba eso para ella y me informó de que luchaba contra el patriarcado, es decir, contra los hombres en general.

—No le hagas caso, Violeta, ahora anda en eso, pero ya se le pasará. El año pasado era vegetariana —me aclaró su padre.

La intensidad del propósito de aquella niña me impresionó en ese momento, pero pronto la olvidé. No podía adivinar que llegaría a ser tan importante para mí y para ti, Camilo.

Esas mujeres del campo me enseñaron que el coraje es

contagioso y que la fuerza está en el número; lo que no se logra sola se consigue entre varias, y mientras más sean, mejor. Pertenecían a una agrupación nacional de cientos de madres y esposas de desaparecidos, tan determinadas que el gobierno no había podido desbandarlas. La versión oficial negaba como propaganda comunista que hubiera gente desaparecida, y calificaba a esas mujeres de locas subversivas y antipatrióticas. La prensa acataba la censura y no las mencionaba, pero en el extranjero eran bien conocidas gracias a los activistas de derechos humanos y la gente del exilio, que había mantenido durante años una campaña de denuncia contra la dictadura.

En las reuniones de los viernes con las tartas de Facunda me enteré de que existían desde hacía décadas muchas agrupaciones femeninas con diferentes propósitos, que ni siquiera el machismo militar había podido aplastar. La acción era más difícil en la dictadura, pero no imposible. Me puse en contacto con grupos que luchaban por obtener una ley de divorcio o por despenalizar el aborto. Eran obreras, mujeres de clase media, profesionales, artistas, intelectuales. Asistía a esas reuniones para aprender, sin tener nada que aportar, hasta que encontré la forma de ayudar.

24

Ha llegado el momento en este relato de recordarte que en 1986 reapareció en mi vida Harald Fiske, el noruego observador de aves. Lo había visto años antes, cuando voló desde Buenos Aires para contarme que Juan Martín había escapado de la guerra sucia y estaba asilado en Noruega. Aunque fui a ver a Juan Martín varias veces, no coincidí con Harald porque su profesión de diplomático lo llevaba de un país a otro. A fin de año solía enviarme por correo un saludo de Navidad, una de esas circulares que algunos extranjeros les mandan a las amistades con las noticias domésticas y fotografías de la familia triunfante. En esas cartas colectivas se cuentan sólo los éxitos, viajes, nacimientos y bodas, nadie sufre bancarrota, cárcel o cáncer, nadie se suicida ni se divorcia. Por suerte esa estúpida tradición no existe entre nosotros. Las circulares de Harald Fiske eran aún peores que las fantasías familiares: pájaros y más pájaros, pájaros de Borneo, pájaros de Guatemala, pájaros del Ártico. Es increíble, también hay pájaros en el Ártico.

Creo que ya te conté que este hombre era un enamorado de nuestro país, del que decía que era el más hermoso del mundo y que teníamos todos los paisajes: un desierto lunar, las montañas más altas, lagos prístinos, valles de huertos y viñedos, fiordos y glaciares. Le parecía que éramos amables y hospitalarios porque nos juzgaba con su corazón romántico y con poco conocimiento. En fin, por las razones que fueran, decidió que iba a terminar sus días aquí. Nunca lo entendí, Camilo, porque si se puede vivir legalmente en Noruega, habría que estar demente para hacerlo en este país de catástrofes. Le faltaban algunos años para retirarse de su profesión y consiguió que lo nombraran embajador en nuestro país, donde planeaba jubilarse en un futuro cercano y pasar su vejez. Era la culminación de lo que siempre había deseado. Se compró nuevos lentes capaces de fotografiar a un cóndor en el pico más elevado de la cordillera, se instaló en un apartamento con la sencillez de esos escandinavos luteranos de la que tanto se burla Etelvina, y después me ubicó.

Mi último amor, Roy Cooper, había muerto hacía ya un año. Con su partida me despedí de toda ilusión romántica porque no esperaba que pudiera volver a enamorarme. Tenía salud y energía, las organizaciones femeninas me habían dado un propósito, estaba aprendiendo y participando, me sentía muy contenta con mi vida, y joven para todo menos para los sobresaltos de la intimidad con un hombre. Las hormonas cuentan, Camilo, y a esa edad las mías habían disminuido bastante. En otra época o en otra cultura, digamos alguna aldea de Calabria, una mujer de sesenta y tantos años sería una vieja vestida de negro. Así me sentía en lo que se refiere al sexo, ¡tanto esfuerzo para tan breve satisfacción!, pero mi vanidad seguía intacta y, si bien perdí interés en la ropa, me teñía el pelo y usaba lentes de contacto. Me halagaba que de vez en cuando alguien creyera que yo era tu madre en vez de tu abuela.

Harald se fue acomodando de a poco en mis rutinas. De partida, se las arreglaba para ir conmigo a menudo a la granja Santa Clara. Me llevaba en su Volvo, porque la carretera era tan conveniente como el tren, y nos deteníamos en las cocinerías de las aldeas de la costa, donde nos servían los mejores pescados y mariscos del mundo. «Con esta misma materia prima, en mi país la comida es desabrida», comentaba Harald, que también celebraba nuestros vinos con igual reverencia. Yo iba a ver a Facunda y a las mujeres de la agrupación, y él iba en busca de las mismas aves que ya había visto como cien veces. Nos alojábamos en el hotel de Nahuel, que ya no era el pueblecito de los tiempos de El Destierro, con una sola calle y casas de tablas, sino que había prosperado, tenía un banco, comercios, bares, peluquerías y hasta un sospechoso salón de masajes con ninfas asiáticas. Harald se convirtió rápidamente en mi mejor amigo y compañero, íbamos a los conciertos de la sinfónica, a caminar por los cerros, me invitaba a algunas de las tediosas cenas de la embajada, donde pretendía que hiciera de dueña de casa, ya que él no tenía esposa. Yo retribuía llevándolo a las protestas, cada vez más numerosas y atrevidas.

No lo sabíamos aún, pero la dictadura tenía los días contados; el poder monolítico de los militares estaba desmigajándose por dentro y la gente empezaba a perder el miedo. Los partidos políticos estaban prohibidos, pero habían resucitado en la clandestinidad y se movilizaban para exigir el retorno a la democracia. Harald acudía a las manifestaciones callejeras vestido de explorador, con pantalón corto, chaleco de innumerables bolsillos, botas y su cámara al cuello. Era un espectáculo: muy alto y rubio, desenchufado de la realidad, con el entusiasmo de un chiquillo en carnaval. «¡Nada más entretenido!», exclamaba fotografiando a los milicos a corta distancia. Por milagro nunca recibió un palo en la cabeza ni lo volteó un chorro de agua; de los gases lacrimógenos se protegía con gafas de natación y un pañuelo empapado en vinagre. Después mandaba sus fotos a la prensa en Europa.

Entretanto tú te escapabas del colegio para ir a la población obrera donde vivía Albert Benoît, el hombre que abrió la cueva de los muertos. Ese francés era tu héroe. Predicaba el Evangelio del Cristo obrero y de la Iglesia de la Liberación, condenado por subversivo. Se plantaba de brazos abiertos delante de los carros blindados y las metralletas de los soldados para impedir que arrasaran con los pobladores; también atajaba a la multitud furiosa que pretendía combatirlos con piedras, y lograba calmarla antes de que la masacraran. Una vez se tiró de bruces frente a las ruedas de un camión del ejército para impedir que avanzara, tal como ponía el pecho frente a las balas. Y tú, Camilo, ibas detrás, confundido con los muchachos de la población, uno más entre los pobres, enfrentando la violencia institucionalizada con los brazos abiertos, como Benoît. ¿Fue allí, entre piedras, balas y gases lacrimógenos, donde nació la semilla de tu vocación?

Otros religiosos fueron arrestados o asesinados, pero a Benoît, protegido desde el cielo, sólo lo expulsaron del país. Las voces contra el régimen militar aumentaron como un clamor ensordecedor, hasta que se agotaron los recursos salvajes para acallarlas.

En uno de los viernes en la granja, presenté a Harald a las mujeres del grupo, que lo identificaron de inmediato como al forastero lunático que habían visto a veces examinando el cielo con binoculares, espiando a los ángeles. Varias de esas mujeres bordaban ingenuos tapices con pedacitos de diversas telas cosidos sobre una base de arpillera, representando la dureza de la vida, las prisiones, las colas ante los cuarteles y las ollas comunes. A Harald le parecieron extraordinarios y empezó a mandarlos a Europa, donde se vendían bien y hasta se exponían en galerías y museos como obras de arte de la resistencia. Como el dinero iba en su totalidad a las creadoras, se corrió la voz y pronto había centenares de mujeres bordando arpilleras a lo largo y ancho del país. Por muchas telas que las autoridades confiscaran, siempre aparecían más; entonces el gobierno creó un programa para el fomento de arpilleras optimistas, con niños jugando a la ronda y campesinas con atados de flores en los brazos. Nadie las quiso.

Esa noche, hablando con Harald de ese grupo y de otros, le conté que me habían dado una nueva vida, pero sentía que mi contribución era una gota de agua en un desierto de necesidades.

—¡Hay tanto que hacer, Harald!

—Haces bastante, Violeta. No puedes aliviar todos los casos que se te presentan.

—¿Cómo se puede proteger a las mujeres? Una vez, una chiquilla de doce años me dijo que el objetivo final es derrocar al patriarcado.

—De acuerdo, pero por el momento es un proyecto algo ambicioso. Aquí hay que derrocar primero a la dictadura.

—Lo que debo hacer es crear una fundación para financiar programas, en vez de casos individuales. Hay que cambiar las leyes…

Me aseguré de que tendría suficiente para vivir con decencia y proteger a mi nieto, y el resto lo puse en la Fundación Nieves. Cuando me vaya de este mundo será lo único que quede de mí, porque la dotación, bien invertida, dará intereses y seguirá funcionando por un buen tiempo. Mailén Kusanovic está a cargo, aunque eso debiera ser tu responsabilidad, Camilo. Podrías hacer mucho bien con mi dinero, pero careces de talento para llevar adelante la fundación, eres muy despistado. Tu teoría es que Dios proveerá, pero Dios nada provee en materia de dinero. Muy encomiable es eso de elegir la pobreza, como has hecho tú, pero si quieres ayudar a otros, más vale que te avives. No debo adelantarme, porque me confundo. En esta parte de mi relato, Mailén todavía está en la pubertad, le faltan algunos años para entrar en nuestras vidas, todavía es una mocosa tres años menor que tú, pero mucho más inteligente y madura.

Estabas interno en el colegio San Ignacio, donde supuestamente los curas te mantenían a salvo de ti mismo. ¿Cómo podías escaparte a cada rato sin que te pillaran? Habías puesto a prueba mi paciencia desde chico con tus travesuras, siempre protegido por Etelvina, que te cubría las espaldas. Te puse interno porque no podía controlarte y no porque quisiera deshacerme de ti, como me has reprochado. Parece que hubieras olvidado las maldades que cometías. La gota de agua que rebalsó el vaso fue cuando te metiste con un amigo a robar en una casa que creían desocupada, les salió al encuentro una señora con una escopeta y por poco les vuela la cabeza a tiros. ¿Qué quieres que hiciera? Ponerte interno en el colegio de curas, claro. El castigo corporal ya no se usaba; una lástima, porque te hubieran hecho mucho bien unos cuantos palmetazos en el trasero.

Volvamos a Harald Fiske. Quién iba a imaginar que ese escandinavo se convertiría en mi marido. Suelo decir que es mi único marido porque se me olvida que estuve casada con Fabian Schmidt-Engler en mi juventud. Ese veterinario no me dejó huellas, ni siquiera me acuerdo de haberme acostado con él alguna vez, ya ves cuán selectiva es la memoria. Antes llevaba la cuenta de los amores breves y los furtivos, escribía nombres, fechas, circunstancias y les ponía nota de uno a diez por el desempeño, pero dejé de hacerlo porque era una lista patética que solo ocupaba dos páginas de la libreta.

Llevaba un buen tiempo viendo a Harald varias veces por semana como buenos amigos, viajando juntos al sur y divirtiéndonos en las manifestaciones callejeras, cuando Etelvina me plantó en la cabeza la idea de que él estaba enamorado de mí.

—Cómo se te ocurre, mujer, es mucho más joven que yo. Nunca me ha insinuado nada por el estilo.

—Será que es tímido, pues —insistió ella.

—No es tímido, Etelvina, es noruego. En su país nadie sufre los arrebatos de pasión de tus telenovelas.

—¿Por qué no le pregunta, señora? Así nos sacamos la duda y quedamos claras.

—¿Qué tiene que ver esto contigo, Etelvina?

—Yo también vivo en esta casa, ¿no? Tengo derecho a conocer sus planes.

—No tengo planes.

—Pero puede ser que el señor Harald los tenga…

No pude quitarme la duda de la mente, y empecé a observar a Harald con atención en busca de señales reveladoras. Quien busca, encuentra. Me pareció que aprovechaba cualquier pretexto para tocarme, que me miraba con expresión de cachorro, en fin, se me acabó la tranquilidad. Poco después estábamos en una de aquellas pescaderías de la playa que te he mencionado, compartiendo una corvina al horno y una botella de vino blanco, cuando ya no soporté más la incertidumbre.

—Dime, Harald, ¿cuáles son tus intenciones respecto a mí?

—¿Por qué? —me preguntó, perplejo.

—Porque tengo sesenta y seis años y estoy pensando en mi vejez. Además, Etelvina quiere saberlo.

—Dile que estoy esperando que pidas mi mano en matrimonio —me respondió con un guiño.

—Harald Fiske, ¿deseas a Violeta del Valle por esposa? —le propuse.

—Depende. ¿Promete esa mujer respetarme, obedecerme y cuidarme hasta el fin de mis días?

—Bueno, por lo menos se compromete a cuidarte.

Brindamos por nosotros y por Etelvina, contentos porque el futuro se nos abría con un abanico de posibilidades. En el auto, de regreso, me tomó la mano y se fue todo el camino canturreando, mientras yo visualizaba con temor el momento en que tendría que quitarme la ropa delante de él. No había ido jamás a un gimnasio, tenía colgajos de carne en los brazos, un rollo en la barriga y los senos iban descendiendo hacia las rodillas. Sin embargo, ese momento no llegó tan pronto como suponía, porque en casa me esperaba una pésima noticia.

Encontramos al rector del colegio San Ignacio consolando a Etelvina, que lloraba a sollozo partido porque habían arrestado a la luz de sus ojos. No era la primera vez que el rector te acusaba de alguna diablura; antes me había amenazado con expulsarte cuando te cagaste encima de la mascota del colegio, una tortuga, y cuando trepaste como una araña la fachada del Banco Central, te colgaste del palo de la bandera y los bomberos tuvieron que rescatarte. Pero esta vez era algo mucho más serio.

—Camilo escapó una vez más del colegio y lo sorprendió una patrulla pintando consignas contra la dictadura. Había otros dos muchachos con él, pero no eran alumnos nuestros. Ellos escaparon, pero a su nieto lo cogieron con la lata de pintura en aerosol en la mano. Nos hemos movilizado para averiguar adónde se lo llevaron, señora Violeta, y pronto tendremos alguna información —me dijo el rector.

Perdí la razón, debo admitirlo. Los métodos de la policía eran de sobra conocidos, y el hecho de que mi nieto fuera menor de edad no era un atenuante. En un instante desfilaron frente a mí las historias terribles que había escuchado a través de mi fundación, y el recuerdo de las víctimas de la cueva en Nahuel. En las pocas horas que habían pasado podían haberte destrozado.

Jamás voy a perdonarte la estupidez que cometiste, Camilo. Eras un mocoso idiota y casi me matas de un síncope; todavía me enojo cuando me acuerdo. Eras completamente irresponsable, sabías cómo funcionaba la represión, pero pensaste que una vez más podías darte el gusto de una travesura sin pagar las consecuencias. Escogiste la base de mármol del Monumento a los Salvadores de la Patria, una monstruosidad del más puro estilo Tercer Reich, coronada por una antorcha eterna humeando en el cielo de la capital, para atacarla con pintura negra. Quiero pensar que no fue idea tuya, sino de tus compinches. Jamás confesaste sus nombres, ni al rector, ni a mí, ni a nadie; sólo me dijiste confidencialmente que eran de la población de Albert Benoît. Los policías te partieron la cara a golpes. «¿Quiénes eran los otros?» «¿Dónde los conociste?» «¡Sus nombres! ¡Habla, mocoso de mierda!»

En esa situación yo hubiera dado la vida por tener a Julián Bravo a mi lado. Tu abuelo había sido un hombre de infinitos recursos y contactos, y en otro tiempo él hubiera sabido qué hacer, a quién acudir, a quién sobornar, pero por mi culpa había perdido su poder y estaba alejado del mundo en su hacienda de la Patagonia. En caso de que acudiera a mi llamado y todavía tuviera algunos contactos en las esferas del gobierno, no llegaría a tiempo. Me fui con el rector a la catedral a ver si podíamos conseguir ayuda de uno de los abogados de la Vicaría. Yo estaba en tal estado de nervios que a él le tocó llenar el formulario, mientras me moría de impaciencia contando los minutos que perdíamos en ese trámite.

—Tenga valor, señora, esto puede demorar un tiempo…
—trató de explicarme, pero yo no podía oírlo, estaba desesperada.

Entretanto Harald Fiske se puso en acción. La embajada de Noruega, como otras varias sedes diplomáticas, estaba en la mira del gobierno porque llevaban años dando asilo a fugitivos del régimen. Como representante de ese país, Harald carecía de influencia, pero era amigo del embajador de Estados Unidos, con quien trepaba montañas en bicicleta. Para entonces, el gobierno ya no contaba con el apoyo incondicional de los americanos porque la dictadura estaba desgastada y la situación del mundo estaba cambiando. No convenía apoyar a un régimen desprestigiado. El embajador de Estados Unidos tenía la misión secreta de preparar el terreno para la vuelta a la democracia en nuestro país. Democracia condicionada, por supuesto.

—El chico es hijo de mi novia. Hizo una tontería, pero no es un terrorista —le dijo Harald.

En verdad se trataba de mi nieto, yo no era su novia oficial todavía y tú habías sido un terrorista desde que tenías dos años, pero los detalles eran de poca importancia. El americano prometió interceder.

Supongo que te acuerdas muy bien de los dos días que estuviste en manos de la policía. A mí no se me ha olvidado ni un minuto de esos horribles dos días, que podrían haber sido una eternidad si te hubieran transferido a la Dirección de Seguridad, de donde ni siquiera el bendito embajador americano hubiera podido rescatarte. Te pegaron hasta dejarte inconsciente, y habrían repetido la paliza si no tuvieras el apellido Del Valle y no hubieras sido alumno del San Ignacio. También allí, en los calabozos del cuartel policial, funcionaba la jerarquía de clase social, Camilo. Agradece que no eras uno de los otros dos muchachos que estaban pintando el monumento contigo. Con ellos se habrían ensañado más todavía.

Te soltaron en deplorable estado, con la cara hinchada como una calabaza, los ojos en tinta, la camisa ensangrentada y machucones por todo el cuerpo. Mientras Etelvina te aplicaba hielo y te daba besos de amor y, simultáneamente, cachetadas por estúpido, el rector del colegio me explicó que mi nieto presentaba demasiados problemas, sacaba malas notas porque no le daba la gana de hacer las tareas y su conducta era pésima.

—Camilo le puso un ratón dentro de la cartera a la profesora de música y vació el contenido de un frasco de laxante en la comida de los profesores. Fue sorprendido fumando marihuana en el baño y rifando fotos pornográficas entre los alumnos de primaria. En resumen, su nieto estaría mejor en un colegio militar...

—¡Esto es culpa de ustedes! —lo interrumpí a gritos—. ¿Cómo obtuvo marihuana, laxantes y fotos de mujeres en pelotas? ¿Quién vigila a los niños en ese internado?

—Somos un colegio, señora, no una cárcel. Partimos de la base de que los alumnos no son delincuentes.

—No puede expulsar a Camilo, padre —le supliqué, cambiando de táctica.

—Me temo, señora, que...

—Mi nieto se está poniendo marxista y ateo...

—¿Cómo dice?

—Lo que oye, padre. Marxista y ateo. Está en una edad difícil, necesita ser guiado espiritualmente. Ningún sargento de un colegio militar puede hacer eso, ¿verdad?

El rector me dio una de esas miradas que matan, y después de una pausa larga se echó a reír de buena gana. No te expulsó del colegio. Me he preguntado a menudo si esa no fue una de aquellas encrucijadas que deciden nuestros destinos, de las que ya te he hablado. Si te hubieran echado del San Ignacio, posiblemente serías marxista y ateo en vez de cura, en cuyo caso serías un tipo normal, te hubieras casado con una chica muy de mi gusto y me habrías dado varios bisnietos. En fin, soñar no cuesta nada.

25

El mundo, el país y nuestras vidas cambiaron mucho a comienzos de la década de los noventa. En 1989 cayó el muro de Berlín y pudimos ver en la televisión la euforia de los berlineses derribando a martillazos, en una sola noche, la muralla que durante veintiocho años dividió Alemania. Poco después se terminó oficialmente la Guerra Fría entre Estados Unidos y la Unión Soviética, y por un tiempo demasiado breve algunos respiramos aliviados con la esperanza de paz, pero siempre hay guerra en alguna parte. Nuestro sufrido continente, con algunas tristes excepciones, empezaba a sanar de la plaga de caudillos, revoluciones, guerrillas, golpes militares, tiranías, asesinatos, tortura y genocidios del pasado reciente.

Aquí la dictadura cayó por su propio peso, empujada desde abajo por el esfuerzo colectivo, sin violencia ni estrépito, y amanecimos una mañana con la novedad de la democracia, que los jóvenes no conocían y los otros habíamos olvidado. Salimos eufóricos a celebrar en las calles, y tú desapareciste un par de días en la población donde tantos amigos tenías. Estaban preparando una fiesta para darle la bienvenida a Albert Benoît, que nunca desarmó su maleta en Francia porque esperaba el momento de volver a la tierra de su adopción. La misma gente que él había defendido plantándose de brazos abiertos frente a los tanques y las balas le dio un recibimiento de héroe. Algunos, que eran niños imberbes cuando marchaban con él armados de piedras, como tú, ya eran hombres y mujeres, pero Benoît recordaba a cada uno por su nombre.

Primero fue un gobierno de transición, una democracia condicionada y cautelosa que habría de durar varios años. La democracia no trajo el caos que la propaganda de la dictadura había pronosticado; quienes se beneficiaron del sistema económico en forma escandalosa siguieron teniendo el poder; nadie pagó por los crímenes cometidos. Emergieron los partidos políticos que habían sobrevivido en la sombra, y otros nuevos; resucitaron las instituciones que creíamos muertas, y aceptamos el tácito acuerdo de hacer el mínimo de bulla para no provocar a los militares. El dictador se fue tranquilamente a su casa, vitoreado por sus seguidores y defendido por la derecha. La prensa se sacudió de encima el peso de la censura y poco a poco fuimos conociendo los aspectos más siniestros de los años anteriores, pero la consigna era tapar con un manto de olvido el pasado para construir el futuro.

Entre los secretos que se ventilaron cuando hubo libertad de prensa se hallaba el de la Colonia Esperanza, que había estado protegida por los militares durante años, y finalmente el gobierno pudo abrirla. Se había convertido en una prisión clandestina donde hacían experimentos médicos con los prisioneros políticos, y muchos fueron ejecutados. El jefe escapó ileso, y creo que vivió apaciblemente en Suiza hasta su muerte. ¿Ves lo que te digo, Camilo? Los malos tienen suerte. Fue un escándalo tremendo, porque se confirmó lo que se había publicado en Alemania varios años antes, que los colonos, incluso los niños, también eran víctimas de un régimen de terror.

Salieron en la televisión algunas personas asociadas con la infame colonia, entre ellos Fabian Schmidt-Engler. Se veía muy diferente al marido de mi juventud. Tenía unos setenta y seis años, había engordado y le quedaba muy poco pelo; si no hubieran dicho su nombre, tal vez no lo habría reconocido. Mencionaron a la respetada y honorable familia Schmidt-Engler, que había establecido una dinastía de agricultores y hoteleros prósperos en el sur. Dijeron que Fabian había servido de enlace entre la colonia y los aparatos de seguridad de los militares, pero desconocía las atrocidades que se cometían en ese recinto, y no fue acusado de ninguna felonía en particular. Busqué por todas partes alguna información sobre Julián Bravo y sus misteriosos vuelos, pero no la encontré. Sólo mencionaron a los helicópteros del ejército que transportaban prisioneros, pero nada de las avionetas privadas que él piloteaba.

Esa fue la última vez que supe de Fabian hasta que murió en el año 2000 y leí su obituario en el periódico. Dejó una esposa, dos hijas y varios nietos. Según me contaron, las hijas eran adoptadas porque tampoco tuvo descendencia con la segunda mujer. Me alegré de que hubiera podido formar la familia que no pudo tener conmigo.

Juan Martín vino con su mujer y mis nietos a celebrar el cambio político. Ya no existía la infame lista negra. Su plan era quedarse un mes, ir al norte y al sur, aprovechar lo mejor del turismo, pero antes de cumplir dos semanas se dio cuenta de que ya no pertenecía aquí y encontró un pretexto para volver a Noruega. Allí se había sentido extranjero muchos años, pero le bastaron esas dos semanas para curarse de la nostalgia, el mal de los exiliados, y echar raíces definitivas en el lugar que lo había acogido cuando le falló su patria. Desde entonces ha venido a visitarnos en contadas ocasiones, y siempre viene solo. Creo que a su esposa y a sus hijos este país no les causó tan buena impresión como a Harald Fiske.

Mi vida también cambió en esos años, entré en otro tramo de mi sendero. Según el poema de Antonio Machado, «no hay camino, se hace el camino al andar», pero en mi caso no hice camino, sino que he transitado dando tumbos por senderos angostos y tortuosos que a menudo se borraban y desaparecían en la espesura. De camino propiamente, nada. Entré en mi década de los setenta con espíritu liviano, libre de ataduras materiales y con un nuevo amor.

Harald Fiske era el compañero ideal para esa etapa, y puedo decirte con pleno conocimiento de causa que es posible enamorarse en la vejez con la misma intensidad y pasión que en la juventud. La única diferencia es que hay una sensación de urgencia: no se puede perder tiempo en tonterías. A Harald lo amé sin celos, peleas, impaciencia, intolerancia y otros inconvenientes que ensucian las relaciones. El amor de él por mí fue tranquilo, muy diferente al drama constante que compartí con Julián Bravo. Cuando se jubiló del servicio diplomático, optamos por vivir en Sacramento, donde podíamos llevar una existencia apacible y visitar la granja a menudo para respirar aire de campo. Después de que murió Facunda, su hija Narcisa cuidaba la propiedad. Puse en alquiler la casa de la capital, y no volví a vivir en ella, así es que me dolió muy poco que se derrumbara en un terremoto. Por suerte los inquilinos andaban de vacaciones y nadie quedó aplastado en los escombros.

En Sacramento compré una casa antigua para que Harald se entretuviera arreglando sus múltiples desperfectos. Se crio ayudando a su padre y a su abuelo en la carpintería de la familia; su primer trabajo, cuando era un adolescente, fue como soldador en un astillero, y su hobby, aparte de los pájaros, era la plomería. Podía pasar horas de dicha debajo del lavaplatos. De electricidad sabía poco, pero improvisaba, y solo una vez estuvo a punto de perecer electrocutado. Estaba orgulloso de sus manos callosas, con las uñas partidas y la piel reseca y enrojecida, «manos de obrero, manos honestas», decía.

Con la vuelta a la democracia, varias de las agrupaciones femeninas que ayudaba mi fundación se sacudieron el peso machista de la mentalidad militar, florecieron y existen hasta hoy. Gracias a ellas ahora hay divorcio y han legislado sobre el aborto. Es cierto que avanzamos, pero a paso de cangrejo: dos para adelante y uno para atrás.

La fundación encontró por fin su misión. Antes repartía dinero sin una estrategia, hasta que pude darle el enfoque que ha tenido desde entonces y espero que siga teniendo después de que me muera: trabajar contra la violencia doméstica. Lo inspiró una joven llamada Susana, hermana menor de Etelvina. Sabes de quién te hablo, Camilo.

En su juventud, Narcisa, la hija de Facunda, tuvo varios niños de diferentes hombres que le dejaba a su madre para que los criara mientras ella partía de aventura con otro enamorado. Estaba con uno de ellos cuando la sorprendió el golpe militar y se perdió de vista durante dos o tres meses. Reapareció sola y embarazada, como había ocurrido varias veces antes, y a su debido tiempo tuvo a su hija Susana. Vi a la niña en muchas ocasiones en la granja, creciendo bajo el manto protector de su abuela, rodeada de hermanos mayores. Acababa de cumplir dieciséis años cuando se fue con un policía a un pueblo que quedaba a unos treinta kilómetros de Nahuel; yo sólo tenía noticias de ella por Facunda. Me contó que su nieta llevaba una vida miserable porque el tipo bebía como un cosaco y le pegaba. Tenía alrededor de dieciocho años y ya le faltaban varios dientes por los bofetones.

Un día, una mujer llegó a Santa Clara con un bebé y una niñita que apenas caminaba, todavía en pañales, y los dejó para que los cuidaran Facunda y Narcisa. Eran los niños de Susana, que estaba en el hospital con un brazo y varias costillas quebrados. En una rabieta, el hombre había arremetido a correazos contra ella y la había aturdido a patadas. No era la primera vez que Susana terminaba en el hospital. Esa semana me tocó estar en la granja cuando la mujer nos contó lo sucedido. Dijo que al escuchar los gritos llamó a otras vecinas, que se presentaron en tropel armadas de sartenes y palos de escoba para rescatarla.

—Tenemos que defendernos entre todas, siempre estamos preparadas, pero a veces no oímos o llegamos tarde —agregó.

Acompañé a Facunda a ver a Susana, y la encontramos en

una sala común, con un brazo enyesado, tendida en una cama sin almohada, por los golpes en la cabeza. Una doctora comentó que lo peor de su trabajo era atender a las víctimas de violencia familiar que llegaban una y otra vez a la sala de emergencia.

—Un día ya no vuelven. Muchas mujeres son asesinadas por el marido, el amante, a veces el padre.

—¿Y la policía?

—Se lava las manos.

—En el caso de Susana, el agresor es policía.

—A ese no le va a pasar nada, aunque la mate. Dirá que fue en defensa propia —suspiró la doctora.

Para entonces yo llevaba varios años trabajando en agrupaciones de mujeres, y había adquirido algo de humildad para buscar la forma de ayudar, en vez de arremeter contra la realidad como había hecho al principio. Ellas tenían experiencia y podían aportar soluciones, mi papel era contribuir en lo que me pidieran, pero el caso de Susana, por ser nieta de Facunda y hermana de Etelvina, me hizo hervir la sangre. Me fui a Sacramento a hablar con un juez, que había sido colega de mi hermano José Antonio, aunque era varios años más joven que él.

—La policía no puede entrar en una vivienda sin una orden de allanamiento, Violeta —me respondió cuando le expuse lo ocurrido.

—¿Aunque estén golpeando brutalmente a alguien?

—No exagere, amiga mía.

—Este es uno de los países con más violencia familiar del mundo, ¿lo sabía?

—La mayor parte de las veces se trata de un asunto privado en el seno del hogar, que no les incumbe a las fuerzas del orden público.

—¡Se empieza con palizas y se acaba asesinando!

—En ese caso interviene la ley.

—Ya veo. Hay que esperar a que ese degenerado mate a Susana para que usted emita una orden de restricción. ¿Es eso lo que me está diciendo?

—Cálmese. Me ocuparé personalmente de que el agresor reciba una fuerte reprimenda, que puede significar su expulsión del Cuerpo de Policía.

—Si se tratara de su hija o su nieta, ¿se quedaría tranquilo sabiendo que anda suelto y puede atacarla de nuevo?

Susana estaba todavía en el hospital cuando el hombre se presentó en la granja con el pretexto de ver a sus niños, porque los echaba mucho de menos, dijo. Iba de uniforme y con un arma al cinto. Explicó que Susana era muy torpe y se había caído de una escalera. Facunda y Narcisa no le permitieron ver a los niños, y lo echaron a gritos destemplados; el hombre se fue jurando que iba a volver y entonces verían quién era él. Comprendí que la promesa del juez sólo había servido para sacarme de su oficina.

—Susana tiene que dejar a ese hombre ahora mismo. La violencia va siempre en aumento —le dije a Facunda.

—No se atreve, Violeta. El tipo la ha amenazado con matarla, y a los niños también.

—Tendrá que esconderse.

—¿Dónde?

—En mi casa, Facunda. La iré a buscar cuando la den de alta en el hospital. Ten listos a los niños.

Me llevé a Susana enyesada, flaca y aterrorizada, y a sus dos niños a mi casa, donde Etelvina los esperaba. En el trayecto tuve tiempo de reflexionar sobre mi propia historia. Soporté durante años el maltrato de Julián Bravo sin llamarlo «violencia doméstica», más bien disculpándolo: fue un accidente; se le pasó la mano porque bebió demasiado; lo provoqué; tiene problemas y se descargó conmigo, pero no se repetirá, me lo aseguró, me pidió perdón. Nada me ataba a él, no lo necesitaba, era libre y me mantenía sola, sin embargo, me costó años terminar con ese abuso. ¿Miedo? Sí, había temor, pero también inseguridad, dependencia emocional, inercia y la regla del silencio que me impedía hablar de lo que me pasaba; me aislé.

Etelvina me hizo ver que Susana tenía suerte porque en nuestra casa estaba segura, pero había millones de mujeres que no podían escapar. La Fundación Nieves financiaba algunos refugios para mujeres víctimas de abuso, repartidos por aquí y por allá, pero se necesitaba hacer mucho más. Conversando con una mujer que manejaba una de aquellas casas de acogida y conocía bien la situación de las víctimas a su cargo porque había sufrido lo mismo, concluimos que aunque multiplicáramos los refugios nunca serían suficientes. Me dijo que la violencia contra la mujer era un secreto a voces que se debía ventilar para que fuera conocido de todos.

—Denunciar, informar, educar, proteger, castigar a los culpables, legislar, eso es lo que tenemos que hacer, Violeta —me dijo.

Y así es, Camilo, como le di una misión concreta a la fundación. Eso me ha mantenido activa y entusiasta en lo que llaman la «tercera edad», aunque en mi caso viene a ser la cuarta o quinta. Ahora esa es la tarea de Mailén Kusanovic, que en ese tiempo era una adolescente enardecida por la sed de justicia. Mientras esa chiquilla dedicaba su tiempo libre al activismo feminista, tú andabas babeando detrás de una empleada del supermercado. ¡Qué dolores de cabeza me has dado, Camilo!

Susana y sus niños, que llegaron a mi casa con el plan de esconderse por unos días de aquel maldito policía, se quedaron con nosotros varios años porque era peligroso que volvieran a Nahuel, donde el hombre podía encontrarlos. Harald financió los dientes nuevos de la muchacha, y una vez que dejó de taparse la cara con la mano y pudo sonreír con dentadura completa, descubrimos que se parecía mucho a su abuela Facunda en la juventud. También heredó de ella la seriedad y fortaleza. Se repuso del trauma, y apenas pudo mandar a la niña al jardín infantil empezó a trabajar en una de las casas de acogida de la fundación. Al bebé lo cuidaba Etelvina con el mismo cariño que invirtió en ti cuando eras chico, Camilo. Hoy ese niño tiene treinta años y es maestro de biología. No tengo idea de qué pasó con el policía, simplemente se esfumó en el olvido.

26

Te graduaste en el San Ignacio con las peores notas de tu clase, pero con el premio al mejor compañero, y convertido en el favorito del rector, con quien debatías mano a mano sobre Dios y la vida.

—A veces su nieto me saca de quicio, Violeta, pero lo aprecio mucho porque me desafía y me hace reír. ¿Sabe qué se le ha ocurrido últimamente? Que, si Dios existe, lo cual según él no es un hecho, sino sólo una opinión, sería marxista. Lamento que ya no lo tendré en el colegio el próximo año —me comentó.

A esa edad nada sabías de Dios ni de la vida, en cambio sabías bastante de mujeres, me parece. Desde chico andabas siempre enamorado de alguien con melodramática intensidad. A los nueve años amenazabas con suicidarte por una joven vecina de diecisiete que ni siquiera estaba enterada de tu existencia hasta que te robaste mi anillo de brillantes para regalárselo. Supongo que te acuerdas de ella. La pobre chica, roja de vergüenza, vino a devolvérmelo.

—Camilo me pidió que lo espere para casarse conmigo cuando salga del colegio —me confesó.

Después de esa grave desilusión amorosa cambiabas de novia cada dos semanas. Etelvina te las espantaba a todas. «¡No me traiga pindongas a esta casa, Camilito!» Se refería a niñas con calcetines y uniforme escolar.

Poco después de terminar el colegio, cuando te habías inscrito en la universidad para estudiar ingeniería mecánica, te enamoraste de una señora que te doblaba en edad, te gustaban las mujeres mayores. Por suerte no me acuerdo de su nombre, y espero que tú tampoco. Pretendías casarte con ella y todavía eras incapaz de sonarte los mocos, como decía Etelvina con mucha razón. Separada de su marido, con hijos adolescentes, gerente de un supermercado, francamente no sé qué veía ella en ti; debía de estar muy necesitada para ponerle el ojo encima a un chiquillo pelucón y desarrapado como eras tú. Bueno, todavía eres así.

Tuve que intervenir en ese asunto, porque mi deber siempre ha sido protegerte, como le prometí a Nieves. Primero fui a darme una vuelta por el supermercado con la intención de hacer entrar en razón a la dama en cuestión. Me recibió en su oficina, un cuchitril detrás de la sección de carnes y pollos. Era bastante ordinaria, a mi parecer, pero se portó respetuosa conmigo cuando le advertí que por su bien dejara de ver a mi nieto, que era un tarambana descocado y mujeriego, alcohólico, ratero y de carácter violento.

—Le agradezco que me lo diga, señora Del Valle, lo tendré muy en cuenta —me respondió, conduciéndome delicadamente hacia la puerta.

En vista de que la señora del supermercado no me hizo caso, me puse de acuerdo con Juan Martín para que te recibiera de vacaciones en Noruega, con la idea de que te distrajeras con algunas doncellas escandinavas. El ofrecimiento que recibiste de trabajar en verano en la industria del salmón no cayó del cielo por tus méritos, como te hicimos creer, te lo consiguió Harald con alguna dificultad, porque en ese tiempo tú no servías para nada y bastaba darte una mirada para adivinar que eras un revoltoso. El plan era retenerte allá lo más posible. Resultó, pero no supuse que de paso te iba a alejar de la ingeniería mecánica. Heredaste esa inclinación por vía materna. La tía Pilar, como te he dicho era un genio de la mecánica. Podía arreglar desperfectos e inventar máquinas, como aquel artilugio para secar botellas, una especie de enorme escultura aérea con aspecto de fósil prehistórico. Te transmitió su don a través de los complejos vericuetos de la sangre ancestral, y gracias a eso has podido hacer más bien que con la oración. Te ha servido de mucho en el basural, quiero decir, en tu comunidad.

Con algún motivo que ya no recuerdo, puede haber sido el caso de aquella niña de once años, preñada por el padrastro, a quien le negaron un aborto terapéutico y se murió en el parto, salimos miles de mujeres a desfilar en las calles de varias ciudades. Para entonces se podía hacerlo sin riesgo. En la multitud me topé con Mailén Kusanovic y no la reconocí, la mocosa flaca y fea se había transformado en una amazona que marchaba a la cabeza de un grupo enarbolando un estandarte.

—¡Violeta! ¡Soy yo, la hija de Anton! —me saludó a gritos.

Por una parte me trató con familiaridad, como si fuéramos de la misma edad, y por otra me felicitó por participar en la manifestación, como si yo fuera una anciana decrépita.

Desde ese día la he tenido en la mira, Camilo. Mi idea original, antes de que se te ocurriera meterte a cura, era que te casaras con ella, pero ahora tengo que conformarme con que sea tu mejor amiga, a menos que en el futuro cuelgues la sotana y eches la castidad por la borda. A propósito, la castidad es un lastre; tal vez antes inspiraba respeto, pero ahora es sospechosa, nadie deja a un niño solo con un cura. Tenemos trescientos curas pedófilos reconocidos en este país. Invité a Mailén a tomar té, como se usaba entonces, para examinarla antes de presentártela. Tendríamos privacidad, porque Harald andaba con un par de amigos pescando. No apruebo ese deporte cruel de atrapar a un desafortunado pez, arrancarle el anzuelo, dejarle la boca en carne viva y devolverlo al agua, donde sufrirá una muerte lenta o será devorado por un tiburón atraído por la sangre. En fin, me parece que estoy divagando, volvamos a Mailén.

Esperaba a la joven gritona y sudorosa que había visto en la marcha callejera, pero había hecho un esfuerzo por causarme buena impresión y llegó maquillada, con el pelo recién lavado, pantalones de marinero, ajustados arriba y anchos abajo, como era la moda, y botas blancas con plataformas. Etelvina nos había preparado una torta de merengue, que la invitada repitió sin fijarse en las calorías; ese detalle terminó de convencerme de que era la chica ideal para mi nieto, me gusta la gente que engorda contenta.

Supe que estaba estudiando psicología y le faltaban tres años para graduarse. Me preguntó si me había hecho psicoanálisis y no lo interpreté como impertinencia de su parte, sino curiosidad profesional. Resultó que sabía del doctor Levy porque sus libros eran textos de estudio en la facultad, y le impresionó que yo lo hubiera conocido personalmente. Había muerto antes de que ella naciera. Creo que en ese momento sacó la cuenta de mis años y concluyó que era tan antigua como las pirámides, pero no cambió su tono de camaradería.

Aproveché para contarle de mi nieto, un joven estupendo, de buenos sentimientos y sólidos principios, guapo, trabajador y muy inteligente. Etelvina, que estaba sirviéndole otro pedazo de torta, se quedó con el cuchillo en el aire y preguntó a quién me refería. Le dije a Mailén que tenías un fabuloso contrato en Noruega, sin especificar que se trataba de destripar salmones, que habías comenzado a estudiar ingeniería antes de partir y que pensabas terminar la carrera cuando regresaras, y que pronto vendrías a verme a Sacramento.

—Me gustaría que lo conocieras —agregué en tono casual.

Etelvina dio un resoplido sarcástico y se fue a la cocina.

La madre de Anton Kusanovic era indígena pura, pero él sacó los rasgos de su padre croata. Se casó con una canadiense, que andaba recorriendo América del Sur como turista, aquí se enamoró y no regresó nunca más a su país. Mailén me contó que fue amor a primera vista y que sus padres seguían tan enamorados como el primer día, después de haber echado siete hijos al mundo. Ella es la única que tiene algo de la abuela indígena: el pelo liso color azabache, los ojos negros y los pómulos prominentes; el resto de su familia es de aspecto europeo. La mezcla de razas la hace muy atractiva.

No podía imaginar que en ese momento, mientras te buscaba novia, tú estabas haciendo planes para entrar en el seminario.

En esa época yo estaba viviendo a fondo el amor con Harald, que con su entusiasmo me mantenía joven. Una de las aventuras que me impuso fue ir a la Antártida. Viajamos en un barco de la Armada con un permiso especial que le dieron a Harald por ser diplomático, y porque se hizo pasar por científico. Ese mundo blanco, silencioso y solitario es transformador, puede cambiar a una persona para siempre. Se me ocurre que así es el territorio de la muerte, donde pronto andaré en busca de mis amores pasados; allí voy a encontrar a Nieves y a tantos otros que se fueron antes. Ahora que hay viajes turísticos, deberías ir, Camilo, antes de que se deshiele ese continente y hasta las focas se extingan. Mi marido vio pájaros desconocidos y pudo pasearse con su cámara entre una multitud inmensa de pingüinos. Huelen a pescado. Una de las diversiones a bordo era lanzarse al mar entre cascotes de hielo azul; te rescataban rápidamente antes de que perecieras de hipotermia. Para salvar nuestro honor, Harald y yo nos vimos obligados a imitar a los jóvenes marinos y zambullirnos en las aguas más frías del planeta. Desde entonces tengo los pies helados. A Harald se le ocurrían esas extravagancias, y yo lo seguía sin quejarme porque comprendí que él llevaba el amor al aire libre en la sangre. La verdad es que pasé mucho susto y dolor de huesos con él.

Aparte del vicio de observar pájaros, que parece ser muy popular en su país, a Harald le gustaba trabajar con herramientas; eso lo compartió contigo desde el principio. ¿Te acuerdas de que te enseñó los principios fundamentales de la carpintería? Decía que las herramientas y el trabajo manual son el lenguaje común de los hombres; que no hay barreras de comunicación cuando eso se comparte. Sus antepasados fueron todos carpinteros y ebanistas en la pequeña ciudad de Ulefoss, donde él nació y creció en la misma casa que el abuelo levantó con sus manos en 1880. La última vez que estuve en Ulefoss la población debía de ser menor de tres mil personas, y todavía las ocupaciones principales eran el hierro, la madera y el comercio, igual que en siglos anteriores. De niño, Harald iba con sus amigos a saltar sobre los troncos que flotaban en el ancho río que divide la ciudad, una diversión suicida, porque bastaba un resbalón para perecer aplastado o ahogado.

En el verano noruego, cuando nunca es completamente de noche, fuimos cada año a una cabaña escondida en un bosque a tres horas de Ulefoss. Harald la construyó él mismo, y se notaba en los detalles. Digamos que medía unos sesenta metros cuadrados, y a modo de letrina había un hoyo en una casucha exterior. De noche hacía un frío polar, no quiero pensar cómo sería en el invierno. Carecía de electricidad y agua corriente, pero Harald instaló un generador y contábamos con bidones de agua. Él se daba baños de agua fría, yo me jabonaba de vez en cuando con una esponja, pero compartíamos la sauna, un cuartucho de madera a pocos metros de la casa, donde nos cocinábamos en el vapor de piedras hirvientes; después nos zambullíamos por un minuto o dos en el río de agua helada. Nos calentábamos con leña en estufas de hierro; Harald era hábil para partir troncos a hachazos y encender fuego con un solo fósforo. La mejor leña es la de abedul, y había muchos en el bosque. Él pescaba y cazaba; yo tejía y planeaba nuevos negocios. Comíamos tallarines, papas, truchas y cualquier mamífero que él consiguiera con sus trampas o su escopeta, y para pasar las horas nos aturdíamos con aquavit, 40 por ciento de alcohol puro, la bebida nacional. El carromato de Roy Cooper era un palacio comparado con la cabaña de Harald, pero admito que añoro esas largas lunas de miel con mi marido en aquellos bosques espectaculares.

Al comenzar el otoño emigraban bandadas de gansos silvestres, amanecía un velo de niebla en el aire y un espejo de escarcha sobre la tierra, las noches se volvían muy largas y los días cortos y grises. Entonces nos despedíamos de la cabaña. Harald no le ponía llave a la puerta, por si alguien andaba perdido y necesitaba albergarse por una noche o dos. Dejaba pilas de leña, velas, queroseno, alimentos y ropa abrigada para ese posible huésped. Era una costumbre impuesta por su padre, originalmente para amparar fugitivos durante la guerra, cuando Noruega estaba ocupada por los alemanes.

Una vez le pregunté a Harald cuál era su deseo más pertinaz; me contestó que siempre había sido pasar su vejez en silencio y soledad en alguna isla pequeña de las cincuenta mil que existen en la fragmentada geografía de Noruega, pero que desde que se había enamorado de mí sólo deseaba morir a mi lado, en el sur de mi país. En algunas ocasiones, muy raras, hablaba como un trovador. Estoy segura de que me quería mucho, pero le costaba expresarlo; era de pocas palabras, ferozmente independiente, como esperaba que yo también lo fuera, y demasiado práctico para mi gusto. Nada de flores o perfumes, sus regalos consistían en un cortaplumas, tijeras de podar, insecticida, una brújula, etcétera. Evitaba manifestaciones románticas o sentimentales, las consideraba sospechosas. Si se ama de verdad, ¿qué necesidad hay de proclamarlo? Le gustaba mucho la música, pero se retorcía de vergüenza con la cursilería de ciertas canciones y los argumentos melodramáticos de las óperas; las prefería en italiano, así podía escuchar a Pavarotti sin enterarse de las tonterías que cantaba. Evitaba hablar de sí mismo, llevaba al extremo el concepto nórdico de *janteloven*, que significa: «No creas que eres alguien especial o mejor que los otros, acuérdate de que al clavo más prominente le cae el martillazo». Ni siquiera se jactaba de los pájaros que descubría.

En cada viaje pasábamos a visitar a Juan Martín y su familia en Oslo, pero sólo por pocos días. Creo que mi hijo estaba más cómodo queriéndome en la distancia. Había vivido muchos años en Noruega, adaptándose a una cultura muy distinta a la nuestra. Nada queda del joven revolucionario que escapó de la guerra sucia; se convirtió en un señorón con barriga que vota por los conservadores. Claro, los conservadores de allá están a la izquierda de los socialistas de aquí.

27

Ese año en que te mandé a Noruega para arrancarte de las zarpas de la gerente del supermercado fuimos a verte con Harald antes de ir a la cabaña del bosque. La industria del salmón ya tenía más de veinte años de prosperidad, y el país era el mayor exportador de ese pescado en el mundo. Estos noruegos son admirables, Camilo. Eran pobretones hasta que encontraron petróleo en el norte y les cayó una fortuna en las manos. En vez de malgastarla, como sucedió en tantas otras partes, la utilizaron para darle prosperidad a toda la población. Y con el mismo talento práctico, amor a la ciencia y buen gobierno que usaron en los campos petroleros, crearon las salmoneras.

Como en esos fiordos donde tú estabas el verano demoraba en llegar, andabas con parka color naranja, chaleco salvavidas verde loro, gorro, bufanda, botas y guantes de goma. Te vimos desde lejos trabajando en la delgada pasarela circular de las jaulas flotantes del salmón; parecías un astronauta bajo esos cielos de nubes rosadas, rodeado de montañas cubiertas de nieve, que se reflejaban en el mar calmo de aguas cristalinas y heladas. El aire era tan puro que dolía respirar. La vida en las salmoneras era muy ruda, y me gustó que hubiera muchas mujeres haciendo el mismo trabajo que los hombres. Si algo de machismo tenías por culpa de Etelvina, jamás por culpa mía, allí lo perdiste.

En teoría podías ahorrar tu sueldo completo, pero nunca has sabido manejar dinero, se te escurre entre los dedos como la arena, en eso también te pareces a tu madre. Allí lo gastabas en cerveza y aquavit para todos tus compañeros. Eras muy popular. Me preocupaba que no tuvieras una o varias novias, porque el propósito de ese viaje era justamente mantenerte distraído para que se te olvidara la señora aquella. Harald adivinó antes que yo que tus distracciones eran otras.

En el procesamiento del pescado las mujeres se veían todas iguales, enteramente cubiertas con delantales celestes y el pelo metido en gorras de plástico, pero a la hora del aquavit se podía apreciar que algunas eran chicas bellas de tu edad que hacían trabajo de verano o una práctica de la universidad.

—¿Te has fijado en que Camilo ni las mira? —me comentó Harald.

—Tienes razón, ¿en qué andará pensando?

—Nos sermonea sobre la injusticia, las infinitas necesidades de la humanidad y su angustia por no poder remediarlas. Anda inquieto y sombrío, cuando debería estar eufórico en este paisaje —me dijo Harald.

—Y no menciona a las chicas para nada. ¿Tú crees que este chiquillo es gay? —le pregunté.

—No, pero puede ser comunista o piensa meterse a cura —me respondió, y nos echamos a reír al unísono.

Al segundo día nos preguntaste si creíamos en Dios, y entonces la broma del día anterior ya no me resultó tan divertida. Para Harald la religión ocupaba un lugar mínimo en su vida. De chico asistía con sus padres al servicio luterano, pero hacía muchos años que se había alejado de la religión. En cuanto a mí, me criaron en una especie de paganismo católico, en constante regateo con el cielo entre mandas, rosarios, velas y misas, adorando cruces y estatuas. Pensamiento mágico. Cuando me junté con Julián y después anulé mi matrimonio civil con Fabian Schmidt-Engler, fui expulsada de la Iglesia por adulterio. Lo sentí como un castigo, porque me marcaba con un estigma de paria en mi familia y mi comunidad, pero no tuvo impacto espiritual. La Iglesia no me hacía falta.

Ese año 1993, antes de ir a verte a Noruega, pagué la manda que le hice al padre Juan Quiroga cuando te detuvieron por vandalizar el Monumento a los Salvadores de la Patria, que ahora se llama Monumento a la Libertad, y que fui postergando año tras año. En aquella ocasión le prometí al santo, de rodillas, que si recuperaba a mi nieto con vida haría una buena parte del camino de Santiago de Compostela a pie. Debía hacerlo sola, así es que Harald aprovechó para irse al Amazonas mientras yo viajaba a España. Con los setenta y tres años, era una de las personas de más edad en el peregrinaje entre Oviedo y Santiago, pero anduve con pie firme durante dieciséis días, con un báculo y una mochila a la espalda. Fueron días de agotamiento y euforia, de paisajes inolvidables, de encuentros emocionantes con otros caminantes y de reflexión espiritual. Pasé revista a mi vida completa, y al llegar finalmente a la catedral de Santiago de Compostela llevaba la certeza de que la muerte es un umbral hacia otra forma de existencia. El alma trasciende.

Esa fue la primera de muchas reflexiones que he tenido sobre la fe, Camilo.

Regresaste de Noruega antes de lo previsto, sin ninguna intención de volver a la universidad y decidido a empezar el noviciado, contra mi voluntad, porque ni yo ni nadie que te conociera podía sospechar que ibas a escoger ese arduo camino.

—¡Eso no es vocación, es un capricho! —te grité.

Me lo has recordado como cien veces desde entonces. Estuve a punto de ir a donde el provincial, o quien quiera que estuviese a cargo de los jesuitas, a decirle lo que pensaba sobre ese asunto, pero me atajaron Harald y Etelvina. Tú ibas a cumplir veintidós años y no les pareció adecuado que tu abuela interviniera.

—No se preocupe por Camilito, señora, no va a durar nada con los curas, seguro que lo van a echar por malcriado —me consoló Etelvina.

Pero no fue así, como sabemos. Te esperaban catorce años de estudio y preparación, y una vida de sacerdocio.

La única forma en que puedo explicarme tu transformación espiritual, Camilo, es releyendo algo que me escribiste varios años después, desde el Congo, cuando ya estabas ordenado. Tal vez no recuerdas esa carta. Los mismos hombres con quienes trabajabas, y a quienes servías, atacaron el recinto de la misión, le prendieron fuego y destrozaron a machetazos a las dos monjas maravillosas que vivían contigo. Te salvaste de milagro; creo que habías ido a conseguir provisiones para los niños de la escuela. Salió en la prensa del mundo entero, y yo casi me vuelvo loca de angustia sin noticias tuyas.

Tu carta demoró un mes en llegar. Me escribiste: «Para mí

la fe es un compromiso total. Mi compromiso es por todo lo que dijo Jesús. Lo que aparece en el Evangelio es verdad, abuela. Nunca he visto la fuerza de gravedad, pero tengo evidencia de que existe en cada momento. Así siento la verdad de Cristo, como una fuerza prodigiosa que se manifiesta en todo y le da sentido a mi vida. Puedo decirte que, a pesar de las dudas que tengo sobre la Iglesia, con todas mis fallas y limitaciones, soy profundamente feliz. No temas por mí, abuela, porque yo no temo por mí».

Te fuiste al seminario y dejaste un vacío inmenso. Etelvina y yo te lloramos como si te hubieras ido a la guerra; nos costó seguir adelante con nuestras vidas en tu ausencia.

En 1997 murió Facunda con ochenta y siete años, tan fuerte y sana como siempre. Se cayó del caballo que te regaló tu abuelo Julián, ese hermoso animal que tuvo una existencia feliz en la granja Santa Clara y era su medio de transporte. Dijeron que no murió del golpe, sino que se le detuvo el corazón sobre la montura. En cualquier caso, mi buena amiga tuvo el final súbito y sin dolor que merecía. La velamos en la propiedad donde pasó la mayor parte de su vida, y durante dos días desfilaron amigos, vecinos de Nahuel y de otros pueblos cercanos, y los indígenas de la zona, muchos de los cuales eran sus parientes. Había tanta gente que tuvimos que hacer el velorio en el patio, donde pusimos el ataúd bajo un toldo fragante de flores y ramas de laurel. Lamento que no hubieras podido asistir, Camilo, porque estabas haciendo el noviciado; Harald tomó cientos de fotos y películas, pídeselas a Etelvina.

El párroco de Nahuel dijo misa y después hubo una ceremonia indígena para despedir a Facunda. Los participantes llegaron con sus trajes ceremoniales y sus instrumentos musicales, porque la despedida se hace cantando. Como no podía faltar alimento, asamos al palo varios corderos, servimos maíz tierno en la mazorca, ensalada de cebolla y tomate, pan recién horneado, dulces y mucho aguardiente y vino, porque las penas se soportan mejor con alcohol. La regla del velorio es que los animales sacrificados deben consumirse por completo; la comida no puede desperdiciarse. Un anciano de la comunidad que había reemplazado a Yaima hizo la exhortación en su lengua, que no pude comprender, pero me explicaron que le dijo a Facunda que había dejado de existir y que no debía volver en busca de sus hijos o nietos, que debía entregarse al sueño de la Madre Tierra, donde estaban los que se fueron antes.

El anciano le mandó las últimas instrucciones al espíritu de Facunda para ayudarla en su paso al plano de los antepasados mediante una gallina, a la que le sopló humo de un cigarro y mojó con gotas de licor antes de torcerle el cuello y tirarla al fuego, donde se redujo a ceniza. Varios de los hombres que aún estaban sobrios levantaron el ataúd y lo llevaron en andas al cementerio de Nahuel, porque ella había dicho a menudo que quería ser enterrada junto a los Rivas y no en el cementerio indígena. Quienes pudieron, siguieron el cortejo a pie, los otros fueron en dos buses que contraté para la ocasión. La distancia era muy corta, pero habíamos bebido demasiado. La ceremonia concluyó en torno al hueco cavado para el ataúd, donde le dimos el último adiós al cuerpo de Facunda y le deseamos un buen viaje a su espíritu.

Además de Facunda, a quien tantos lazos me unían, ese año perdimos a Crispín. El perro tenía trece años, estaba sordo, medio ciego y bastante loco, como suelen ponerse los ancianos. El veterinario dudaba de que los animales sufrieran de demencia, pero yo vi a mi hermano José Antonio internarse más y más en el laberinto del olvido y te digo, Camilo, que los síntomas de Crispín eran idénticos. Murió en brazos de Etelvina, después de devorar un filete molido, porque le quedaban muy pocos dientes, gracias a una inyección misericordiosa que le puso ese mismo veterinario que negaba su condición. Me escondí en el último rincón de la casa; no fui capaz de presenciar el fin de ese leal amigo. A ti no te avisamos porque te habría dado una tremenda pena no poder estar con él en ese momento; te dijimos que se había apagado dulcemente echado en mi cama, donde dormía desde que te fuiste al internado.

Cuando entraste en el seminario tuve que aprender a quererte de lejos. Ni te cuento lo difícil que fue eso, Camilo, hasta que me habitué a las cartas. Un día podrás leer las tuyas de entonces y revivir la efervescencia de tu juventud con Jesús por compañero, y esos años de intenso estudio de la filosofía, historia y teología, ventanas abiertas de par en par al conocimiento humano. Tuviste suerte con los profesores que te tocaron, te enseñaron a aprender, a saber lo que no sabes y a preguntar. Algunos eran verdaderos eruditos. ¿Te acuerdas del anciano que enseñaba derecho canónico? En la primera clase te dijo que ibas a aprender el tema al revés y al derecho... para que pudieras encontrar el resquicio para liberar al ser humano. Me parece que eso es lo que has hecho siempre, aprendiste la lección al dedillo.

También encuentras el resquicio para ti mismo. Supe que hace poco te llamó el obispo para regañarte por casar a una pareja de mujeres gay, ambas vestidas de blanco, dichosas. Te puso ante las narices la foto de la boda, que salió en Facebook.

—Eso parece una primera comunión —te burlaste.

—¡Tiene que retractarse y pedir disculpas! —te conminó el obispo.

Tú recurriste a un resquicio del voto de obediencia.

—Me guardo la opción de comunicarle a la prensa lo que me ha ordenado, eminencia. No puedo retractarme, iría contra mi conciencia, porque creo que todo ser humano tiene derecho al amor. Asumo las consecuencias.

Me lo contaste por teléfono, y lo escribí para no olvidarlo, porque esa era exactamente tu respuesta cuando eras chico y te pillaba en alguna truhanería: «No puedo pedir disculpas porque iría contra mi conciencia, abuela. Todo ser humano tiene derecho a lanzar huevos con una honda, pero si te da placer, castígame». Ya entonces, a los diez años, alegabas como un jesuita.

Nunca me has querido contar por qué te mandaron a África, pero supongo que fuiste castigado para silenciarte cuando trataste de denunciar la pedofilia de algunos de tus colegas, o bien tú pediste ir de misionero por amor al riesgo, es decir, por lo mismo que convenciste a tu abuelo Julián de que te llevara a bucear entre tiburones cuando tenías once años. Casi me muero cuando me enteré de que te bajaron en una jaula con una máquina fotográfica en un mar infestado de esas bestias carnívoras, mientras tu abuelo bebía cerveza con el capitán en el bote.

Al principio esa misión cristiana en el Congo me pareció un proyecto poético, daba para una novela inspiradora del siglo XIX: jóvenes idealistas van a difundir su fe y mejorar las condiciones de vida de gente bárbara. Me conmovió que hubieras estudiado suajili, tú que apenas aprendiste inglés y lo chapuceas con acento de bandido. Te entusiasmaba más darles buen uso a tus manos que decir misa, pero el tono demasiado optimista de tus cartas me puso alerta. Algo me ocultabas.

Me mandabas fotos del vehículo inútil que arreglaste con repuestos hechos por ti en una forja, de los niños en el comedor escolar que habías construido con tus manos, del pozo que estabas instalando en la aldea, de la monja vasca de invencible coraje, de la monja africana que te hacía reír y del perrito que resultó ser hembra, pero evitabas mencionar el ambiente en que estabas. Yo nada sabía de África, de su diversidad, su historia o sus infortunios, era incapaz de distinguir un país de otro y suponía que había elefantes y leones en todo el continente. Me propuse investigar y descubrí que el Congo es un país enorme y riquísimo en recursos, pero es también el lugar más violento del mundo, más que cualquiera de las zonas en guerra.

Te fui sonsacando la verdad carta a carta y comprendí que, en otro contexto, estabas emulando al misionero Albert Benoît, que había muerto hacía unos años en la población a la cual le dedicó su vida. Fui al funeral en tu nombre; se paralizó la capital con la muchedumbre acongojada que lo acompañó al cementerio. Pretendías, como ese cura francés, compartir hasta las últimas consecuencias la suerte de la gente más vulnerable. Supe de las peleas tribales, la guerra, la pobreza, los grupos armados, los campos de refugiados, el maltrato brutal que sufren las mujeres, que valen menos que el ganado, el hecho de que se puede perder la vida en cualquier momento sin otra causa que la mala suerte. Me contaste de los dos muchachos que habían sido niños soldados, reclutados a los ocho años a la fuerza y obligados a cometer un acto tan atroz como asesinar a la madre, al padre o a un hermano, de modo que la sangre en sus manos los uniera a la milicia y los separara para siempre de su familia y su tribu; de las mujeres violadas cuando iban a buscar agua al pozo, y de cómo los hombres no iban porque a ellos los mataban; de la corrupción, la codicia y el abuso de poder, la terrible herencia de la colonización.

Aquí habías estado siempre contrariado. Te enfurecía la injusticia, el sistema de clases, la pobreza; te rebelabas contra la jerarquía de la Iglesia, contra la religión supersticiosa, contra la estupidez y estrechez de criterio de los políticos, los empresarios y tantos curas. En el Congo, donde había problemas mucho más graves, estabas contento; eras carpintero y mecánico, impartías clases a los niños, plantabas vegetales y criabas cerdos. No era tu país, no pretendías cambiarlo, solamente ayudar en lo que pudieras. «Lo mío es trabajar con las manos y tratar de resolver asuntos prácticos, abuela, no sirvo para predicar. Como misionero soy un fracaso», me escribiste. Te volviste humilde, Camilo, esa fue la gran lección del Congo.

Ahora vives en esa comunidad que antes de tu llegada era un basural. Me emocionó mucho cuando me llevaste a conocerla, tan limpia y ordenada, con viviendas muy modestas, pero decentes, una escuela, talleres de diferentes oficios y hasta una biblioteca. Me emocionó sobre todo la casucha con piso de tierra apisonada donde vives con la perra y la gata que te han adoptado. ¿Sabes, Camilo? Sentí una punzada de envidia, un deseo de ser joven y volver a empezar, de echar por la borda todo lo superfluo y quedarme solo con lo esencial, de servir y compartir. Sé que entre esas gentes eres totalmente feliz. Has aceptado que no puedes cambiar al país ni mucho menos al mundo, pero puedes ayudar a algunos. Te acompaña el espíritu del padre Albert Benoît. No sabes cuántas veces he dado gracias al cielo de que fueras tan joven durante la dictadura y de que, a pesar de tantas imprudencias, hubieras escapado del zarpazo de la represión. Ahora el obispo te tira de las orejas y hay quienes te acusan de comunista por trabajar con los pobres; en aquellos años te hubieran exterminado como a una cucaracha.

Te prometo que abandoné hace mucho tiempo el plan de arreglarte con Mailén Kusanovic. Por supuesto que estoy bromeando cuando te pido que te cases con ella cuando cuelgues la sotana. Me queda apenas un soplo de vida y no lo voy a malgastar en sueños infundados; sé que seguirás de cura hasta la muerte. La tuya, no la mía. Fue casualidad que ella reapareciera en el horizonte cuando estabas en África, yo no salí a buscarla.

Mailén había oído de la Fundación Nieves, que ya llevaba varios años de existencia y tenía buena reputación, y se acercó a presentar una solicitud. Ya no era una muchacha, debía de tener unos treinta y tantos años, pero no tardé en averiguar que estaba soltera. En ese tiempo todo pasaba por mis manos en la fundación, contaba solamente con una secretaria, porque se trataba de gastar lo menos posible en la administración. Mailén se sorprendió al verme detrás de mi escritorio porque no me relacionaba con la filantropía, y yo me sorprendí al comprobar que ella no se había desviado del proyecto feminista que tenía a los doce años. Necesitaba apoyo de mi fundación para un programa de anticonceptivos y educación sexual.

Habíamos elegido a la primera mujer presidente de la República, y esta les dio prioridad a los asuntos femeninos, sobre todo a combatir el mal endémico de la violencia familiar, que ella llamaba «la vergüenza nacional». Tuve varias reuniones con ella cuando asumió su cargo, porque mi experiencia podía ser de utilidad. La misión de mi fundación coincidía exactamente con su propósito de denunciar la violencia, informar, educar, proteger a las víctimas y cambiar las leyes. Eso significó que la Fundación Nieves empezó a recibir ayuda del gobierno, adquirió mayor visibilidad y atrajo a donantes que todavía hoy, tantos años después, contribuyen a financiarla.

—Pensé que el nuevo Ministerio de la Mujer tiene ese programa en las escuelas —le dije a Mailén.

Ella me hizo ver que, como siempre pasa, los fondos no alcanzaban para las zonas rurales apartadas y las comunidades indígenas. Me explicó que contaba con voluntarias y el material que le facilitaba el gobierno, pero faltaban camionetas para el transporte y un presupuesto para gasolina y manutención de las voluntarias cuando estaban en ruta. Lo que pedía era razonable; sacamos cuentas y nos pusimos de acuerdo en menos de quince minutos.

De la oficina nos fuimos a cenar a un restaurante donde la

comida era un plomazo para la vesícula, pero deliciosa, y antes del postre le propuse que trabajara conmigo en la fundación.

—Dentro de un par de años cumpliré noventa. No pienso retirarme, pero necesito ayuda —le dije.

Así fue como Mailén volvió a entrar en mi vida, esta vez para quedarse.

Desde entonces se ha convertido en mi hija, y se ha sumado a nuestra minúscula familia. Naturalmente, en menos de seis meses dirigía la Fundación Nieves. Asociarme con ella no fue una estratagema de casamentera, Camilo. Me basta con que sea tu mejor amiga y te trate como a su hermano; cuando yo me vaya, ella te cuidará, tiene mucho más sentido común que tú. Su papel es impedir que hagas demasiadas tonterías.

Entré en la última década de mi existencia, pero como tenía salud y tenía a Harald, no sentí que me acercaba al territorio de la muerte. Nos pasamos la vida negando el hecho irrefutable de que nos vamos a morir, y eso no cambia a los noventa. Seguí creyendo que tenía mucho tiempo por delante hasta que falleció Harald. Fuimos un par de abuelos románticos, nos acostábamos en la noche tomados de la mano y amanecíamos con los cuerpos enroscados. Como soy madrugadora, despertaba antes que él y podía pasar una bendita media hora de duermevela en la oscuridad y el silencio de nuestra habitación, dando gracias por tanta felicidad compartida. Esa es mi manera de rezar.

La vanidad me duró mientras él estuvo conmigo, porque me encontraba bonita. ¿Te acuerdas de cómo era yo antes, Camilo? Llegaste a mi vida cuando yo tenía más o menos la edad que tienes ahora, pero me veía mucho mejor que tú. La bondad desgasta mucho, te lo he advertido. Los malos se divierten más y llegan a viejos en mejores condiciones que los santos como tú. Si ya no existe el infierno y hay dudas sobre el cielo, me parece poco razonable esmerarse tanto en ser buena persona.

Echo mucho de menos a Harald. Lo normal sería que estuviera aquí, tomándome la mano en mis últimos días. Tendría ochenta y siete años. Desde la perspectiva del siglo que he cumplido, eso no es nada. A los ochenta y siete yo todavía era una jovencita y estaba aprendiendo a bailar rumba como una forma de ejercicio, ya que la gimnasia me resulta muy aburrida, y lo acompañé a navegar en canoa en las aguas color turquesa del río Futaleufú en la Patagonia, uno de los más bravos del mundo, según supe después. Imagínate, Camilo, ocho personas desquiciadas en un bote de goma amarillo, con chaleco salvavidas, para que flote el cadáver, y casco, para evitar que se desparrame el cerebro en caso de partirse la cabeza contra una roca.

¡Quise tanto a ese marido! No le perdono que me abandonara. Era tan sano que yo no estaba preparada para que de repente se le reventara el corazón. Tuvo la falta de cortesía de morirse antes que yo, aunque era trece años menor. Eso fue cuando cumplí noventa y cinco; se murió en plena fiesta de mi cumpleaños con una copa de champán en la mano. Harald tuvo una linda vida y una linda muerte, porque se fue cantando, bebiendo y enamorado, pero para mí fue un golpe bajo; se me rompió el corazón.

28

Recuerdo que a los sesenta y cuatro años estuve al borde de abandonarme a la idea de envejecer, pero entonces la cruz de Torito me obligó a cambiar de rumbo y empezar otra vida, me dio un propósito, una oportunidad de ser útil y una maravillosa libertad del alma. Me desprendí de buena parte de la carga material y de los temores, menos el temor de que algo malo te pasara a ti, Camilo. Viví los treinta y cinco años siguientes con el mismo ímpetu de la juventud. El espejo me revelaba los cambios inevitables de la edad, pero por dentro no los sentía para nada. Como el proceso de envejecer fue paulatino, la ancianidad me tomó por sorpresa. Vejez y ancianidad no son la misma cosa.

El instinto de permanencia me mantiene viva más allá de la dignidad. En los últimos tres años la implacable naturaleza me ha ido despojando de la energía, la buena salud, la independencia, hasta quedar convertida en la anciana que soy. Cumplí noventa y siete años sin sentirme vieja, porque estaba atenta a mis proyectos, tenía curiosidad por el mundo y todavía podía indignarme ante una mujer golpeada. No pensaba en la muerte porque estaba entusiasmada con la vida. Llevaba dos años sin Harald, el hombre que más felicidad me dio en mi larga existencia, pero no estaba sola, porque te tenía a ti, a Etelvina, a Mailén y a tantas y tantas mujeres con quienes trabajamos en la Fundación Nieves.

Y entonces, como sabes, me caí en la escalera. Nada grave. Una operación rutinaria para reemplazar la cadera y varios meses de ejercicios para volver a caminar, pero ya no pude hacerlo sola, necesitaba un bastón, el brazo firme de Etelvina, un andador y, por último, una silla de ruedas. Lo peor de la silla es que la nariz me llega al ombligo de los demás y lo primero que les veo son los pelos de la nariz. Adiós al automóvil, a mi oficina del segundo piso, al teatro y a la fundación, que quedó completamente en manos de Mailén, aunque en verdad ya lo estaba desde hacía años. Debí aceptar que necesitaba ayuda. Con humildad duele menos la humillación cotidiana de depender. Sin embargo, la invalidez del cuerpo me trajo un inesperado regalo: me dio una inmensa libertad de la mente. Ya no tenía deberes y podía ocuparme de ir escribiéndote de a poco este relato y de preparar el espíritu para mi partida.

Decidí venirme a la granja Santa Clara después de que me operaron, porque adiviné que sería mi último tiempo y era una lástima pasarlo en la ciudad. En este lugar nació Etelvina y aquí las dos estamos más contentas. Pensar que cuando llegamos a este lugar idílico con mi madre y mis tías lo apodamos El Destierro, así, con mayúscula. No fue un destierro, sino un refugio. Esta es la misma casa prefabricada que levantamos con mi hermano para reemplazar la de los Rivas cuando se vino abajo y se quemó en el terremoto de 1960. Ha durado desde entonces, sólo he cambiado el coirón del techo cada cuatro años, e instalé calefacción, porque en invierno se cuelan el frío y la humedad. Está rodeada de jazmines y hortensias, y hay una trinitaria morada que enmarca la entrada. Traje mi cama y algunos muebles; es muy acogedora y siento entre estas paredes la presencia de quienes habitaron aquí antes: mi madre y mis tías, los Rivas, Facunda y Torito.

Aquí estoy cerca del cementerio de Nahuel, donde están mis seres más queridos, incluso Harald, porque sus hijos aceptaron que sus restos quedaran aquí, como él deseaba. Vinieron al funeral con sus familias, unas personas tan altas y rubias como Harald, que se enfermaron del estómago apenas llegaron, como siempre sucede con la gente civilizada. Ahí están las cenizas de tu madre en una urna de cerámica y ahí también hay una tumba para Torito, aunque nunca sabremos si los huesos que nos entregaron son suyos o de otro hombre. Y ahí me vas a colocar en el ataúd biodegradable que tenemos esperando en La Pajarera.

Sé que andas escarbando en mis cajones en busca de los ahorros que Etelvina y yo hemos escondido por precaución. Es prudente mantener en mano dinero en efectivo, en caso de que nos asalten, porque si nos pillan sin nada nos degüellan. Acuérdate de que ya nos pasó una vez y nos llevamos un susto tremendo, con esos perdularios que se metieron por una ventana y salieron disparados cuando me puse a dar alaridos a pulmón partido, pero puede ser que la próxima vez nos falle la buena suerte o me fallen los pulmones. Claro que eso fue en Sacramento, aquí sería muy raro que sucediera.

Esos billetes amarrados con cintas de Navidad no le hacen

bien a nadie en sus escondrijos. Pronto, en cosa de días no más, Etelvina te los va a entregar para tus libretas mágicas. Tú no me lo contaste, pero salió en la prensa y en la televisión, dicen que hasta los billonarios, que normalmente no les dan nada a los pobres, porque es más sexy darle a la Sinfónica, están contribuyendo a tus libretas. Según Etelvina, lo hacen más por vergüenza que por compasión. Me explicó que le entregas una libreta a cada familia que está pasando apuros terribles, para que compre a crédito en el almacén del barrio, lo anote en la libreta y a fin de mes tú pagas la cuenta. Eso garantiza que haya comida en la mesa, evita la humillación de recibir caridad y mantiene funcionando el almacén, que de otro modo tendría que cerrar. Es una buena idea, como algunas que se te ocurren de vez en cuando.

Acuérdate de que todo lo que hay en la bodega de Sacramento será de Etelvina, para su apartamento, donde va a instalarse apenas quede libre de mí. Por fin podrá levantarse tarde, tomar el desayuno en la cama y veranear en esta granja, que ya le pertenece. Vivirá tranquila como lo merece. Asumo que lo que tú heredes será para los pobres, por eso te dejo solamente dinero, excepto la suma que será de Etelvina y lo que les corresponde a Juan Martín y a la fundación, como está estipulado en mi testamento. Te vas a llevar una sorpresa, Camilo, tendrás suficiente para centenares de libretas mágicas.

Sería inútil pedirte que gastes algo en ti, aunque necesitas ropa y deberías reemplazar esas botas de soldado con las suelas agujeradas. Creo que las sotanas pasaron de moda, como los hábitos de las monjas; andas siempre con los mismos vaqueros desteñidos y el chaleco que te tejió Etelvina hace mil años.

A ver si Mailén hace algo al respecto. Eres pobre en serio. De los tres votos del sacerdocio, el de la pobreza no te cuesta nada.

Tal vez les fallé como madre a Juan Martín y a Nieves por andar enredada en mis pasiones y negocios, pero he sido muy buena madre para ti, Camilo. Eres el amor más intenso de mi vida, y empezó cuando eras un guarisapo nadando en líquido amniótico en la barriga de Nieves. Ella te amó desde tu primer chispazo de vida, y dejó las drogas, que la habían sostenido en el huracán de su infortunio, para protegerte, para que nacieras sano. Nunca te abandonó, ha estado contigo siempre; supongo que sientes su compañía, tal como la siento yo. Mi cariño por ti se consolidó la primera vez que te tuve en los brazos, y desde ese instante no hizo más que crecer y crecer, de eso puedes estar seguro. No podría ser de otro modo. Eres un tipo excepcional, y no lo digo por chochera, la mitad de este país está de acuerdo conmigo, y la otra mitad no cuenta para nada.

Contigo termina mi estirpe emocional, aunque hay otros que llevan mi sangre. En las fotografías que me envía Juan Martín, su familia aparece en paisajes límpidos de nieve y hielo, sonriendo con demasiados dientes y un sospechoso exceso de optimismo. No es tu caso. Tu dentadura deja que desear y llevas una vida bastante dura. Por eso te admiro y te quiero tanto. Eres mi amigo y confidente, mi compañero espiritual, el amor más profundo de mi larga vida. Me hubiera gustado que tuvieras hijos y que fueran como tú, pero no siempre se consigue lo que uno desea en este mundo.

Hay un tiempo para vivir y un tiempo para morir. Entre ambos hay tiempo para recordar. Eso he hecho en el silencio de estos días en que he podido escribir los detalles que me faltaban para completar este testamento, que es de sentimientos, más que de asuntos materiales. Hace varios años que no puedo escribir a mano, mi letra es ilegible, ha perdido la elegancia de antes, que aprendí de miss Taylor en la infancia, pero la artritis no me impide usar mi computadora, el miembro más útil de mi cuerpo tullido. Te burlas de mí, Camilo, dices que soy la única centenaria moribunda que está más pendiente de la computadora que de rezar.

Nací en 1920, en la pandemia de la influenza, y me voy a morir en 2020, en la pandemia del coronavirus. Vaya qué nombre tan elegante para un bicho tan maligno. He vivido un siglo y tengo buena memoria, además de setenta y tantos diarios y miles de cartas para probar mi paso por el mundo. He sido testigo de muchos acontecimientos y he acumulado experiencia, pero por andar distraída o muy ocupada he alcanzado poca sabiduría. Si fuera cierto eso de la reencarnación, tendría que regresar al mundo a cumplir lo que me falta. Es una posibilidad aterradora.

El mundo está paralizado, y la humanidad, en cuarentena. Es una extraña simetría que yo naciera en una pandemia y me vaya a morir en otra. Vi en la televisión que las calles de las ciudades están vacías, hay eco entre los rascacielos de Nueva York y mariposas entre los monumentos de París. No puedo recibir visitas, y eso me permite despedirme de a poco y en paz. En todas partes se detuvo la actividad y reina la angustia, pero aquí en Santa Clara nada ha cambiado: los animales y la vegetación no saben del virus, el aire es puro, y es tan profunda la calma que desde mi cama puedo oír los grillos de la laguna, allá lejos.

Tú y Etelvina son las únicas personas que pueden acompañarme, los otros son espíritus. Quisiera despedirme de Juan Martín, decirle que lo quiero mucho, lo echo de menos y lamento no haber conocido mejor a sus hijos, pero no pudo venir, es peligroso viajar desde tan lejos. Por suerte tú estás conmigo, Camilo. Gracias por haber venido hasta aquí y por quedarte. No tendrás que esperar mucho, te lo prometo. Me preocupa que andes repartiendo ayuda justamente donde la enfermedad está causando una tremenda mortandad. Cuídate. Hay mucha gente que te necesita.

Adiós, Camilo

Ahora es el fin. Aquí estoy esperándolo en compañía de Etelvina, mi gata Frida, los perros de la granja que no pertenecen a nadie y vienen de vez en cuando a echarse a mis pies, y los fantasmas que me rodean. Torito es el más persistente, porque esta es su casa y yo soy su huésped. No ha cambiado, los muertos no cambian, es el mismo hombrón dulce que vi alejarse por última vez hacia las montañas con Juan Martín. Se sienta en la banqueta del rincón a tallar animalitos de madera, callado. Le he preguntado qué pasó en la montaña, cómo lo apresaron, por qué lo mataron, pero se encoge de hombros por respuesta, no quiere hablar de eso. También le pregunté cómo es el otro lado de la vida y me dijo que ya tendré tiempo para ir conociéndolo.

Llevo varios días agonizando y recordando, por lo menos una semana. La hemorragia ocurrió de repente, sin aviso, cuando estaba viendo las noticias del virus en la televisión; no alcancé a prepararme como se debe, y ahora una señora, que debe de ser la muerte, está sentada a los pies de mi cama, invitándome a seguirla. Ya no distingo claramente entre el día y la noche, y da lo mismo, porque el dolor y la memoria no se miden en los relojes. La morfina me adormece y me transporta a la dimensión de los sueños y las visiones. Etelvina tuvo que quitar el cuadro de los campesinos chinos que siempre estuvo frente a mi cama porque esa pareja habitualmente inmóvil, con su canasto de pícnic y sus sombreros cónicos de pajilla, se salió del marco y se paseaba en mi pieza arrastrando sus alpargatas. Efecto de la morfina, supongo, porque estoy lúcida, siempre lo he estado; el cuerpo ya no me da para más, pero tengo el cerebro intacto. Los campesinos peripatéticos se fueron a la casa grande de las camelias, donde los esperaba mi padre fumando en la biblioteca. Le llevaron el arroz de la esperanza.

Si el médico se equivocó y no me muero, nos chingamos los tres, sería un tremendo chasco. Pero eso no va a ocurrir. A ratos me elevo como una columna de humo y desde arriba me veo en esta cama luchando por respirar, tan reducida que apenas se perfila mi forma bajo la cobija. ¡Ah! ¡Esa magnífica experiencia de desprenderse del cuerpo y flotar! Libre. Cuesta mucho esfuerzo morirse, Camilo. Supongo que no hay apuro porque voy a estar muerta por mucho tiempo, pero esta espera me fastidia. Lo único que me da pena es que ya no estaremos juntos, pero mientras me recuerdes seguiré contigo de alguna manera. Cuando te pregunté si me vas a echar de menos, me contestaste que estaré siempre sentada en una mecedora en tu corazón. A veces te pones bien cursi, Camilo. No creo que me eches de menos, porque vives muy ocupado con tus pobres irremediables y no tendrás tiempo para pensar en mí, pero espero que te hagan falta mis cartas. Si mi ausencia te pone un poco triste, Mailén te va a consolar; se me ocurre que está enamorada de ti.

Estoy segura de que no va a durar mucho ese arreglo que hicieron de ser sólo amigos; he vivido demasiado para creer en el voto de castidad y otras tonterías. Además, te he oído decir que no es lo mismo celibato que castidad. Jesuita tenías que ser.

Etelvina llora cuando cree que no la oigo. Ella ha sido mi mejor amiga y es mi sostén en esta edad de huesos torpes en que necesito ayuda hasta para ir al baño. Pronto abandonaré este cuerpo desarmado que tan bien me ha servido durante un siglo entero, pero está finalmente derrotado.

—¿Me estoy muriendo, Etelvina?

—Sí, señora. ¿Tiene miedo?

—No. Estoy contenta y siento curiosidad. ¿Qué habrá al otro lado?

—No sé.

—Pregúntale a Camilo.

—Ya lo hice, señora. Dice que él tampoco lo sabe.

—Si Camilo no lo sabe, es que no hay nada.

—Venga a penarnos, señora, y nos cuenta cómo es morirse —me pidió con esa socarronería suya.

Es cierto que estoy contenta y siento curiosidad, pero a ratos también tengo algo de temor. Al otro lado podría haber solamente desolación, eterno vagar en el espacio sideral llamando y llamando. No. No será así. Habrá luz, mucha luz. Estas ráfagas de incertidumbre son muy breves. Es la vida que me tira de vuelta y me cuesta dejarla.

Etelvina quiere que me confiese y comulgue, aprovechando que tú estás aquí; teme que mis pecados sean muchos y me condene. Estoy de acuerdo contigo en que la confesión no debiera ser un hábito, bastaría confesarse un par de veces en la vida, cuando hay necesidad imperiosa de descargar el alma de culpa. Además, me ha faltado ocasión de pecar en los últimos veinte años, y ya he pagado por los errores anteriores. Me he guiado por una simple norma de conducta: tratar a los demás como quiero que me traten a mí. Sin embargo, les hice daño a algunas personas. Fue sin mala intención, excepto a Fabian, a quien traicioné y abandoné porque no pude evitarlo, y a Julián, porque se lo merecía. No me arrepiento de lo que le hice, porque era el único castigo que se me ocurrió.

Siento los pies más helados que nunca. No sé si es de noche o de día, a veces la noche parece tan larga que se pega con las noches anteriores y la siguiente. Si le pregunto a Etelvina qué día es hoy, me contesta siempre lo mismo: «El que usted quiera, señora, aquí todos los días son iguales». Es sabia, ha adivinado que solo existe el presente. ¿Y tú, Camilo? ¿Qué piensas de la muerte? El tema te hace sonreír; todavía tienes esos hoyuelos y se te achican los ojos cuando te ríes; también en eso te pareces a tu madre. Pronto cumplirás cincuenta años y has visto más crueldad y sufrimiento que el común de los mortales, pero mantienes tu aire inocente de chiquillo.

Después de vivir un siglo, siento que se me escurrió el tiempo entre los dedos. ¿Adónde se fueron estos cien años?

No puedo confesarme contigo, Camilo, eres mi nieto, pero, si te parece, puedes darme la absolución para tranquilizar a

Etelvina. Las almas sin culpa se van flotando livianas al espacio sideral y se convierten en polvo de estrellas.

Adiós, Camilo, Nieves ha venido a buscarme. El cielo está precioso…

Agradecimientos

Varias personas contribuyeron a la escritura de esta historia. Algunas me ayudaron en la investigación o me inspiraron, otras me sirvieron de modelo para ciertos personajes, y mis editores y traductores hicieron posible la existencia de este libro.

Agradezco muy especialmente a:

Juan Allende, mi hermano, quien siempre me ayuda en la investigación y lee el primer borrador.

Johanna Castillo, mi agente en Nueva York, quien editó el manuscrito.

Lluís Miquel Palomares y Maribel Luque, de la Agencia Balcells, que me ha representado durante cuarenta años.

Lori Barra, quien dirige mi fundación, donde he aprendido sobre la fortaleza femenina en las circunstancias más traumáticas.

Felipe Berríos del Solar, quien inspiró al personaje de Camilo del Valle.

Berta Beltrán, quien sirvió de modelo para la leal Etelvina.

Beatriz Manz, por compartir conmigo su infancia en el campo.

Roger Cukras, por sus anécdotas de la mafia y por su cariño incondicional.

Scott Michael, por instruirme sobre los delitos de impuestos en Estados Unidos.

Elizabeth Subercaseaux, por su ojo de novelista y su apoyo de gran amiga.

Mikkel Aaland, por la información sobre Noruega y su gente.

Jennifer y Harleigh Gordon, cuyas trágicas vidas inspiraron al personaje de Nieves.

A Google y Wikipedia, indispensables en la documentación.